검은 설탕의 시간

검은
설탕의

시간

양
진
채 소
설
집

강

차 례

북쪽 별을 찾아서

아지트를 찾아가듯 인천역 뒷길로 걸어 들어갔다. 철길을 밟고, 공장을 지나고, 좁은 골목을 통과하면 비밀의 문이 열리듯 맞닥뜨리게 되는 포구가 있었다. 하지만 오늘은 대한제분 공장 옆으로 난 길을 따라 포구로 찾아들었다. 성태가 점퍼 주머니에 넣은 손을 빼지 않은 채 몸을 후두둑 털며 움츠린 어깨를 폈다. 나도 괜스레 기지개를 켜듯 팔을 추켜올려보았다. 어둠이 내리고 있었다.

정호 형을 면회하고 나오면서 성태가 한잔하자고 했을 때, 자연스럽게 이 길로 찾아들었다. 정호 형 몸이 많이 안 좋다는 소식은 뜻밖이었다. 성태와 내가 찾았을 때는 이미 간성혼수까지 와 있는 상태였다. 여기가 공항이야, 비행기 안이야?

정호 형이 병상에 누워 뜻밖의 말을 했다. 간성혼수가 오면 욕을 하거나 패악을 부리는 사람이 많다는데 저이는 자꾸 어딜 가나 봐요. 들어보지도 못한 나라 이름을 대기도 하고요. 형수가 기운이 다 빠진 목소리로 말했다.

간암이라는데 황달까지 와서 병원에서도 별다른 의료 행위를 하지 못하는 처지라고 했다. 단단한 형이라고 생각했다. 배가 나오기 시작하고 고혈압이 경계에 있어 술을 줄이고 담배를 끊어야 하나 고민하는 나와는 달랐다. 얼마 전 만났을 때에도 이런 일이 있게 되리라고는 짐작조차 할 수 없었다. 형이 누운 침상 옆 흰 벽으로 연기 같은 그림자가 움직여 천장 쪽으로 사라지는 것을 보았다. 창밖에 움직이는 것이라고는 없었다. 가슴이 서늘해졌다. 형은 몰라보게 살이 빠져 있었고, 얼굴이 노랬고 검었다. 무엇보다 흐릿한 초점 없는 눈동자는 형이라고 믿을 수 없게 했다.

포구로 다가갈수록 바닷바람에 비린 냄새가 실려 왔다. 신선한 해조류 냄새라기보다 어패류 썩는 쪽에 가까운 냄새였다. 적막한 어둠 속에서 두어 곳의 횟집이 불을 밝히고 있었다. 만조 시간인지 물결이 방파제 바로 아래에서 검푸르게 출렁였다. 한쪽은 난간에, 한쪽은 바다 깊이 다리를 박은 횟집에 들어섰다. 안쪽에 자리 잡고 뒷문으로 나가보니 바다 위에 떠 있는 것처럼 물이 발아래에서 출렁였다. 갈매기들이 근처에 있는지 웅웅대는 소리가 작게 들리다 어둠에 묻혔다. 쓸쓸해질 때, 그것이 무엇인지도 모른 채 고개가 저어질 때, 우리는 여기로 스며들 듯 와서 말없이 술잔을 비우며 바다와 어둠과 적막 같은 것들이 축축하게 젖어들 때까지 견뎠다. 그렇게 술을 마시고 포구를 뒤에 두고 나올 때면 누군가 어깨동무를 하듯 손을 올렸고, 우리는 스며들 때와는 다른 걸음으로 포구를 빠져나왔다. 그래서 이 포구는 우리의 아지트였다.

주문한 찌개가 나오기도 전에 소주 두 잔을 연거푸 비웠다. 알코올이 식도를 타고 위로 스며들자 비로소 숨이 쉬어지는 것 같았다. 주인이 찌개를 휴대용 버너 위에 올려놓고 가스불을 켰다. 그날그날 있는 생선으로 알아서 찌개를 해주는 곳이라 별다른 주문을 하지 않았는데 작은 병어와 감자를 넣은, 조림에 가까운 찌개가 나왔다.

정호 형이 해외여행을 가고 싶었던 걸까?

성태가 젓가락을 집었다가 내려놓으며 물었다. 내가 알기로 형은 여행을 거의 가지 않았다. 애들 어렸을 때는 우리들 성화에 반강제로 몇 번 국내여행을 같이 간 적이 있긴 했지만 가게를 비우는 게 어려워 늘 망설였다. 언젠가 형이 가족과 설악산을 다녀왔다고 자랑처럼 얘기한 적이 있었다. 우리가 형도 여행 좀 다니고 인생을 즐기라고 얘기한 뒤였다. 가족끼리 설악산에서 이틀을 묵고 왔다는 것이다. 그런데 말이야. 가는 길에 오대산 월정사를 둘러보고 산채정식을 먹고 설악산 콘도까지 가는데, 가만 보니까 작년하고 똑같은 코스로 가게 된 거야. 월정사 아래 산채정식 식당까지 똑같았어. 우리가 앉은 자리까지. 방바닥에 앉아서 먹는 곳인데 식당 테이블이 둥근 유리였거든. 테이블 아래는 반원 모양의 나무통이어서 음식을 먹은 사람들이 그 안에 몇 자 써넣고 간 메모들이 들어 있었는데 혹시나 하고 유리 안을 들여다보니까 우리가 작년에 써넣고 간 메모가 있더라고. 같은 식당 같은 자리였던 거지. 그게 뭐냐고 구경할 데가 얼마나 많은데 같은 데를 같은 코스로 두 번씩이나 가냐고 했더니 형은, 난 낯선 곳이 별로야, 했었다. 익숙한 곳, 익숙한 사람들이 좋다고.

어디를 가고 싶었던 걸까.

나도 소주를 들이켜며 물었다. 답을 해줄 사람이 이 자리에 없었다.

예전에 형이랑 「E.T.」 영화 봤던 거 생각 나냐?

성태가 그렇게 물었을 때, 나도 그 생각을 하고 있었다. 정호 형이 어딘가로 떠난다면 타고 가는 건 비행기가 아니라 자전거일지도 몰랐다. 성태도 비슷한 생각을 한 거였다.

형은 「E.T.」에 자전거가 나온다는 것 하나로 그 영화에 꽂혀 있었다. 우리를 불러내 영화를 보여준 것도 그 형이었다. 달로 가는 자전거 봤지? 한 편의 서정시 같지 않냐? 형만큼 감동한 것은 아니어도 우리는 고개를 끄덕였다. 그 장면은 언제 봐도 아름다웠다. 그러나 「E.T.」를 보고 나서 정작 화제가 된 건 자전거보다 무선이었다.

E.T.가 텔레비전에 나온 인간이 전화 통화하는 것을 보고 자신이 사는 별에 무선 교신을 보내려고 하는 장면이 있었다. E.T.가 포크와 나이프, 둥근 톱니바퀴, 문자가 가능한 전화기 등으로 통신 장비를 만들어 산 위에 올라가 나무 위에 줄로 연결해서 외계와 교신을 시도하는 장면이었다. 이게 어떤 식으로 가능하느냐 하는 토론이었다. 그 당시에는 삐삐조차 등장하지 않았을 때였다. 그러니 휴대전화는 상상할 수도 없었다. 이 화제를 주도적으로 이끈 건 역시 정호 형이었다. 우리는 그걸 당연하게 생각했고 그럴 만하다고 여겼다. 우리는 정호 형의 역사를 잘 알고 있었고 한때 형을 추종했던 시절까지 있었다.

우리가 살던 동네에 부처산이라는 산이 있었다. 어떻게 붙여진 산 이름인지 몰라도 꽤 높은 봉우리여서 산에 올라가면 동네에 다닥다닥 붙은 판잣집뿐만 아니라 활터고개, 멀리 월미도나 영종도도 보일 정도였다. 그 부처산 꼭대기에 무선을 가르치는 학교가 있었는데 학생들에게 모스부호와 진공관 라디오 조립 등을 가르쳤다. 그 당시에는 무선 기술을 익히면 체신부나 정보기관에 취업하기도 쉽다고 소문이 나 있었다. 공장 아니면 부두에서 노동하는 사람들이 대부분인 동네였다.

그 학교 건물 옥상에는 대형 실습용 레이더도 설치되어 있었다. 판잣집이 즐비한 촌 동네 산꼭대기에 번듯한 건물이 세워지고 옥상에 대형 접시 모양의 레이더가 설치되어 있다는 것만으로도 학교가 대단해 보였다. 정호 형이 그 학교에 다녔다. 형은 종종 우리들 앞에 학교 교복을 입고 나타났다. 사관생도 복장과 비슷한, 금장 단추가 달린 검은 코트는 우리들 눈에 학교의 대형 레이더만큼이나 멋있어 보였다. 형은 우리를 모아놓고 땅바닥에 막대기로 必通之信念이라고 한자를 적어놓고 '필통지신념, 전파는 반드시 통한다는 신념'을 복창하게 했다. 우리는 목청껏 따라 했다. 형한테 잘 보이면 '무선'을 가르쳐주었기 때문이었다.

스돈스돈만 할 줄 알면 전 세계 사람들과 교신할 수 있어.

형의 그 말은 필통지신념이라는 말과 더불어 우리의 굳건한 믿음이 되었다. 그 당시 일주일에 한 번씩 주말에 방영하는 미국 드라마 「전투(combat)」 열풍이 불었다. 제2차 세계대전 때 프랑스에서 독일군과 싸웠던 미국 병사들의 활약과 전우애를 그린 전쟁 드라마였다. 동네 아이들은 이 「전투」를 보고 골목에서 전투를 흉내 냈다. 형은 편을 갈라서 무선 치는 전쟁놀이도 시켰다. 그야말로 이론에 이은 실전 연습이었다.

지금 생각해보면 우스운 일이지만 나는 누구보다도 열심이었다. 형한테 잘 보이고 싶어서 집에서 몰래 국자를 가지고 나와서 무전기를 대신한 적도 있었다. 형은 그런 내가 기특하다는 듯이 머리를 쓰다듬어주었다. 중대장님, 대대장님한테서 급한 무전이 왔습니다. 나는 포탄이 날아다니는 전쟁터에서 무전병이 되었다.

실제로 나는 글자를 형이 가르쳐준 모스부호로 변환시켜보기도 했다. 먼 거리에 정확한 통신문을 전송하려면 전건을 길게 누르거나 짧게 눌러서 신호를 보내는데 이게 우리가 아는 모스부호였다. 이 신호를 받아서 문자로 풀어 통신 내용을 파악하는 것이다. 그러자면 각 문자에 대응하는 부호를 만들어야 했다. 짧은 신호는 '돈', 긴 신호는 '스'였다. A는 약속 신호가 짧게 한 번 길게 한 번이었고 '돈스'로 읽었다. B는 긴 신호 한 번 짧은 신호 세 번, 그러니 '스 돈돈돈'. 한글 ㄱ은 돈스돈돈 식이었다. 무선놀이할 때 우리 입에서는 스돈돈돈 돈 스돈스 돈돈돈 하면서 '돈'과 '스'가 무한대로 흘러나올 수밖에 없었다.

한동안 일기를 남들이 알아보지 못하게 무선 암호로 쓴 적도 있었다. 물론 일기는 몇 줄 쓰지 않았다. 그러나 나만 알아볼 수 있는 문장이었다. 비밀을 품을 나이였다. 그때 나는 공책에 시립도서관에서 우연히 보았던 은희 이름도 적어놓

았었다. '은희야 보고 싶다'는 모스부호로 '─·─ ─·· ·─·─

·─── ─·· ··─ ─·─ ·· ─·─ ·· ·─·· ·─ ─ ─··

··─ ─── ─·· ·'라고 표시하고 '스돈스 스돈돈 돈돈스돈

돈스스스 스돈돈 돈돈스 스돈스 돈돈 돈스스 돈스 돈스돈돈

돈스 스스돈 돈돈스 스스스 스돈돈돈 돈'이라고 읽는 식이었

다. 그렇게 나는 '스'와 '돈'만으로 문장을 만들 수 있었다. 외

계 언어와 다를 바 없었다.

　우리에게 무선을 가르쳐주던 형이 정보기관에 취직했다는

소리를 들었지만 어찌된 일인지 몇 년 지나 그 일을 그만두었

다. 우리도 그때쯤에는 전쟁놀이가 시시해 더 이상 하지 않을

때였다. 끔찍한 전쟁을 놀이로 하다니, 지금 생각해보면 기가

찬 일이었다. 그때는 그렇게 전쟁놀이가 신이 났다. 이리저리

뛰어다니고 거의 날아다니다시피 하다가 총에 맞고, 쓰러지

고 죽는 연기를 했다. 언젠가는 국이 끓는 동안 국자를 들고

있다가 그때 생각이 나서 귀에 대고 스돈스돈 하고 무전 치는

흉내를 내보기도 했다. 보는 사람도 없는데 멋쩍어서 금방 내

려놔야 했다. 형은 정보기관 일을 그만두고 한동안 집 밖으로

잘 나오지 않다가 나중에 아버지가 하던 자전거포에서 자전

거 조립 기술을 배웠다. 누군가 그때 왜 정보기관 일을 그만

두었냐고 물었을 때 형은 고개만 흔들 뿐 끝내 이유를 밝히지

않았다.

'무선'에 관한 한 우리의 우상이었던 형이니 자전거포를 하고 있다고는 해도 「E.T.」에 나온 우주 교신 얘기를 할 때 당연히 형의 말에 귀를 기울일 수밖에 없었던 것이다. 형은 모스 부호 대신, 집 전화 대신 아직 국내에 상용화되지 않았던 삐삐라는 무선호출기에 대해 말해주었다. 모스부호 대신 연락받을 전화번호를 상대방 호출기에 남겨놓는 거라고 했다. 처음엔 번호만 남겨놓지만 나중에는 문자도 남길 수 있게 될 거라고 했다. 형의 말을 다 알아들을 수는 없었지만 지금 LTE까지 진화한 이동통신 시대가 열린 걸 보면 형의 얘기가 상당 부분 들어맞았다. 정보기관 일을 그만둔 뒤에도 무선에 관심을 놓지 않았다는 증거였다. 스돈스돈이 아니어도 전 세계와 무선통화가 가능한 시대가 되었다.

그때 우리 얘기는 점점 외계인과 교신할 수 있을까 하는 데까지 뻗어나갔다. 정호 형은 그쪽에도 상당히 해박했는데, 우리로서는 잘 알아들을 수 없는 용어까지 써가면서 외계인이 존재하고, 교신도 가능하다고 했다. 우주를 돌고 있는 보이저 호와 거기에 담긴 55개의 언어, 거기에는 우리나라의 "안녕하세요" 인사말도 들어 있다는 얘기, 세티라는 지구 밖의 외계 생명체를 탐색하는 과학 분야도 있는데 거기서 전파 망원경을 사용해 우주로부터 전파 신호를 수집하기도 한다는 얘기, 또 나사 이야기를 하며 무슨 프로젝트 운운하기도 했다.

지금도 기억에 남는 건 크롭 서클인가 하는 외계의 알파벳에 대응해 메시지를 판독하고 해독했다는 얘기였다. 이진수인 0과 1로 크롭 서클의 원형 문양을 해독해보니 놀랍게도 거기에는 "가짜 선물을 주는 자들과 그들의 거짓 약속들을 조심하라. 많은 고통이 있었지만 아직 시간은 있다. 믿으라. 저 바깥에는 선한 존재들이 있다. 우리는 속임수에 반대한다"라고 쓰여 있었다고 했다. 이쯤에서 우리는 정호 형을 금장 단추가 달린 코트를 입고 우리의 전투를 진두지휘했던 시절처럼 거의 동경에 가까운 눈으로 보게 되었다.

형은 어쩌면 외계 문명에서는 이미 다른 방법을 이용해 통신을 시도하고 있을 거라고 얘기했다. 형은 외계 암호를 이진수로 판독했다는 얘길 강조하면서 우리가 쳤던 스돈스돈도 결국 이진수 아니겠냐고 했다. 누군가 외계에는 물이 없어서 생명체가 살 수 없지 않느냐고 물었을 때에도 정호 형은 그건 지구적인 편견이라고 했다. 무기물 생명체가 없다고 할 수 없고, 우리 인류의 최종 진화체가 수정과 같은 무기물이라는 얘기였다. 외계 문명은 우리가 보기에 도저히 생명이 존재할 수 없을 것 같은 거친 환경 속에서도 탄생할 수 있다는 것이다. 그러면서 눈을 크게 뜨고, 귀를 기울이면 우리에게 누군가 간절한 메시지를 보내고 있는 걸 듣게 될지도 모른다고 했다.

그날 우리는 술에 취해 스돈돈돈돈스돈스스스돈돈돈 랩을

하듯 무선 흉내를 내며 웃었다. 그 얘기를 하는 동안 술을 잘 못 마시는 형의 얼굴이 점점 붉어지면서 눈알까지 빨개졌는데 표정만은 누구도 건들지 못할 만큼 진지했다. 그러나 지금 이 자리, 정호 형은 없고 성태와 나만이 포구 횟집에 앉아 잠꼬대 같은 갈매기의 끼룩대는 소리를 들으며 건들거리듯 술을 마시고 있을 뿐이었다.

형은 아마 「E.T.」 영화를 수십 번 봤을 거였다. 한번 무엇에 든 꽂히면 질릴 때까지 해버리는 성격이라는 걸 잘 알고 있었다. 형이 자전거를 타고 달나라로 가버리면 어떡하나, 그건 서정시가 아니라 잔혹 시인데. 불안한 마음을 떨치려 술잔을 들었다.

어디서 나타났는지 고양이 한 마리가 어슬렁거리며 식당으로 들어왔다. 검은 고양이인데 배 쪽과 다리가 흰 고양이었다. 경계하는 빛도 없이 성태와 내 다리 사이를 오가며 비벼댔다. 니야옹. 고양이가 스돈이 아니라 니야옹으로 말하고 있었다.

「E.T.」 말이야. 그 장면 있잖아, 아이가 E.T.를 자전거 바구니에 태우고 도망치다가 붕 떠오르고 달을 배경으로 지나가는 거. 그거 달 아니고 해더라.

해? 달 아니고?

그럴 줄 알았어. 다들 달이라고 그러거든. 나중에 기회 있으면 다시 봐봐. 이제 막 지고 있는 붉은 해를 배경으로 자전거가 지나가는 거. 달이 아니라 지는 해인 거. 젠장, 갑자기 이 시점에 그게 왜 떠오르는지 모르겠다.

성태가 이유 없이 화가 난 목소리로 말했다.

추격 신을 벌이던 게 낮이었으니 상식적으로 생각해도 해가 맞을 터였다. 그런데도 나는 왜 달이라고 생각했을까. 바로 뒤에 E.T.를 태울 비행체가 도착하고 이별을 나누는 장면이 밤이었기 때문에 자연스럽게 이전 장면도 달이라고 생각한 거였을까. 굳이 지는 해든, 떠오르는 달이든 아무 상관없었다. 그런데도 나 역시 해가 아니라 달이라고, 달이어야만 한다고 억지를 쓰듯 말하고 싶었다.

저녁 9시쯤 되자 횟집에는 우리 둘뿐이 없었다. 다리에 몸을 비비던 고양이는 아예 우리 곁에서 자리를 잡고 잠들어 있었다. 머리를 쓰다듬자 게으른 눈을 게슴츠레 뜨더니 도로 몸을 둥글게 말다시피 하고 잠들었다. 성태가 휴대전화를 꺼내 문자를 확인했다. 성태의 와이프와 애는 필리핀 유학을 핑계로 떠나고 2년 넘게 기러기아빠로 살고 있었다. 절대 텔레비전 틀어놓고 라면에 소주 먹는 짓 안 한다고, 마지막까지 기러기아빠의 자존심을 지킬 거라고, 아예 집에 라면이나 소주를 두지 않았다.

문자 올 데도 없는데 핸드폰은 뭐하러 들여다보냐?

그러게 말이다.

성태가 가방에서 담배와 라이터를 꺼내 들고 횟집 뒷문을 열었다. 성태가 일어나자 고양이도 슬그머니 자리를 떴다. 떠도는 고양이인가, 이름은 있나. 대학교만 들어가면 고양이를 키우게 해달라고 조르는 딸은 고3으로 올라가면서 얼굴 볼 시간도 없었다. 알레르기 비염 때문에 안 된다고 못박고 있긴 해도 쉽게 뽑힐 못이라는 걸 잘 알고 있었다. 저렇게 얌전한 고양이라면 키워도 될까. 저런 고양이를 부르는 애칭이 있을 텐데. 고양이가 지나간 자리를 좇다가 성태를 따라 뒷문으로 나갔다. 안에 있느라 몰랐는데 아직 쌀쌀했다.

나도 한 대 주라.

너 담배 끊은 거 아냐?

너도 끊은 거 아니었어?

술 마셨을 때 가끔 한 대.

나도 술 취했을 때 가끔 한 대.

우리는 나란히 서서 발아래에서 출렁이는 바다 물결의 숨소리 같은 걸 들으며 담배를 피웠다.

아직도 텔레비전 보면서 라면에 소주 마시는 거 안 하고 있냐?

성태가 호호 웃기만 했다.

여름에 들어온대.

잘된 거야? 잘된 거지?

잘된 건지 아닌지 잘 모르겠다. 나도 이제 이 생활에 완벽하게 적응했거든. 다시 같이 살게 되면, 잘살겠지? 2년 반쯤 아무것도 아니겠지?

안쓰럽게 기러기아빠 자존심 그런 거 세우지 말고 식구들한테 자주 전화나 해라. 요즘은 무료 통화가 되니까 요금 무서워할 필요도 없잖아.

그래야지. 마음은 그렇게 먹는데 생각처럼 쉽진 않네. 다들 바빠서 말이야. 너네 딸은 공부 잘하지?

성태가 화제를 돌렸다. 이제 곧 식구들이 들어온다는데 반가운 건지, 두려운 건지 표정이 묘했다.

이젠 여기도 오기 힘들겠어.

정호 형도 없이 여기 오긴 좀 그런가. 우리 아지트였는데.

성태가 아무 말도 없이 밤바다로 담배 연기를 날렸다. 찬, 그러나 아주 차지만은 않은 밤공기에 연기가 스며들었다. 나도 따라 길게 담배 연기를 뿜었다. 오랜만에 피워서 그런지 다른 때보다 맛이 없었다. 이 느낌이라면 담배를 아주 끊을 수 있을 것도 같았다.

여기, 이제 곧 매립될 거라더라.

담배를 다 피우고 성태가 말했다.

저쪽에서부터 여길 지나 저기 배 대는 데까지 다 매립 예정

지래. 7만 평이라나.

매립이라고? 그것도 7만 평?

갑자기 뒤통수를 맞은 느낌이었다.

신문에 몇 번 기사도 났었어. 포구를 살리자고 시민 모임도 결성됐나 본데 쉽지는 않은가 봐.

한 번도 생각해본 적 없었다. 따지고 보면 이 도시의 역사는 매립으로 점철됐다고 해도 지나친 말이 아닐 정도로 갯벌을 매립하고 신도시를 건설했다. 여기만 남겨놓으란 법은 없었다. 그러나 도심이긴 해도 여긴 사람들이 붐비지 않는 후미진 곳이었다. 이 자리까지 매립이라면, 이 횟집도 사라져버린다는 얘기일 거였다. 다리 한쪽을 바다 갯벌에 깊이 박고, 한쪽은 난간에 기댄 채 오랫동안 버텨왔는데 사라져버리면 바다 위에 떠 있는 기분으로 술 한잔하는 호사를 어디 가서 누릴 수 있나.

아까 우리가 들어오던 그쪽 일부를 남겨둔다는데 그거야 형식적인 거지. 매립하고 회센터 세우고 주차장 만들고 그렇게 다른 포구하고 비슷한 포구로 만들어버리면 여길 찾아올 이유가 어딨겠어.

우리 아지트를 포클레인이 밀고 들어온다 이거지? 손쓸 방도도 없고 말이야. 너무하네.

그렇게 또 사라지는 거지 뭐.

무기력했다.

한 대 더 줘.

성태가 담배에 불을 붙여주었다. 밤하늘의 별이 더러 보였다.

저 별 말이야. 저기 제일 빛나는 별, 찾았어? 그 별만 집중해서 봐봐. 뭐 이상하지 않아?

뭐가?

이상해. 한 별을 계속해서 쳐다보고 있으면 어느 순간 그 별이 흐려져. 사라져버리기라도 할 것처럼. 너도 한번 봐봐.

정말 그랬다. 어디서도 들은 적 없었다. 한 별을 집중해서 보고 있으면 별은 몇 초 지나지 않아서 밝기가 눈에 띄게 흐려졌다. 다른 별을 바라봐도 마찬가지였다. 별이 몸을 숨기는 것도 아니고, 이건 또 무슨 현상인지.

그러다 뜻밖의 기억이 떠올랐다. 왜 그 기억이 떠오른 것인지 맥락도 없었다.

긴담모퉁이라고 불리는 길이 있었다. 길이가 길고 높은 담이 있는 길이었는데 그 길 이름이 '긴담모퉁이길'이었다. 모퉁이에 가봐야 별거 없었는데 이름이 '긴담길'이 아니라 '긴담모퉁이길'이었다. 그 길 쪽에 건물이 한 채 있었는데 일반 건물은 아니었다. 어느 땐가 여름에 홀리듯 붉은 벽돌로 된 2층 건물 안으로 들어서게 된 적이 있었다. 그 당시 엄마는 긴담모퉁이길 쪽이 예전에 일본인 묘지가 있었던 곳이라고, 음산한 기운이 돈다고 가지 못하게 했다. 그러니 어쩌면 홀린 게 맞을지도 몰랐다.

그렇다고 해도 내가 2층 붉은 벽돌로 된 건물로 들어설 수 있었던 건 그 건물이 일반 가정집으로는 보이지 않았고, 안에서 드럼이니 기타 같은 악기 소리가 들려왔기 때문이기도 했다. 나중에야 거기가 아주 오래전에 학교 건물로 쓰였던 곳이라는 걸 알았다. 하지만 그때는 이미 학교였던 흔적은 찾을 수 없었고 실내로 들어왔을 때 내부 공간이 교실처럼 보이는 정도가 전부였다. 어떻게 들어가게 된 것인지, 나는 안으로 발을 들였고 소리가 나는 2층으로 올라갔다.

나무 계단을 밟고 올라가자 교실 같은 방이 몇 칸 있었다. 거기는 환한 밖과는 전혀 다른 세계처럼, 음침하고 퇴폐적인 알 수 없는 분위기로 가득 차 있었다. 거기다 창문도 열지 않아 땀냄새와 오랫동안 마르지 않은 습한 빨래에서 나는 눅눅한 냄새와 곰팡이 냄새가 음식 냄새와 섞여 떠돌았다. 그리고 그 모든 냄새의 진원지처럼 보이는 곱슬거리는 장발에 기타를 뜯는 남자와 발장단을 맞추며 드럼을 두드리는, 긴 머리가 흘러내려 얼굴을 가리다시피 한 남자가 투명 유리를 투과한 빛에 떠도는 먼지와 함께 있었다. 사선으로 보이는 방에는 화폭에 그려진 그림처럼 움직임 없이 앉아 있는 화가의 등이 보였다. 한 손에 붓을 쥐고 있었지만 그림을 그리는 것 같지는 않았다. 그렇게 미동도 없는 화가의 등을 보고 있는데 깜짝 놀랄 만큼 갑자기 후두둑 빗방울 떨어지는 소리가 났다. 빗소리는 양철 지붕을 때리는 것처럼 컸다. 조금 전까지도 비가 올 기미는 전혀 없었다. 소나기처럼 쏟아지는 빗소리에 섞여 흙냄새도 올라오는 것 같았다. 우산을 가지고 나오지 않았다는 데 생각이 미쳤다. 전혀 비가 올 날씨가 아니었다. 낭패라고 생각할 때 정말 소나기였는지 빗소리가 그치면서 똑, 똑, 똑, 한두 방울 떨어지는 소리가 들렸다. 드러머가 스틱으로 그 빗소리에 맞춰 드럼을 두드리고 있었다. 무슨 상황인지 알 수 없었다. 드러머가 고개를 드는가 싶었는데 다시 소나기 쏟아지는 소리가 들렸다. 빗소리에 맞춰 드럼스틱이 움직였다. 드럼스틱으로 빗소리를 내고 있는 거였다! 분명 드럼스틱으로 빗소리를 내고 있는 게 눈으로 보였는데, 소리는 완벽한 빗소리였다. 소나기에 흠뻑 젖기라도 한 것처럼 온몸이 축 처졌다. 그렇게 비가 내리지 않는데 빗소리를 듣고, 그림 앞에 앉아 꼼짝도 하지 않는 화가를 보다가 천천히 거길 돌아 나왔다. 그러는 동안 내게 말을 거는 사람은 아무도 없었다. 나무 계단을 내려가는 동안 2층에서 맡았던 온갖 냄새가 희미해지면서 조금 전 듣고 보고 맡았던 모든 것들이 꿈처럼 사라지는 걸 느꼈다. 다만 비에 젖은 것처럼 처진 몸만 그대로였다.

밖으로 나오자 햇볕이 정수리를 뜨겁게 달궜다. 건물 안의 온갖 소란과 상관없이 밖은 고요했다. 차도 지나다니지 않았다. 키를 넘는 담은 끝이 보이지 않을 만큼 길었다. 터벅터벅 담 끝까지 걸어 모퉁이에 이르렀다. 왜 이 길이 긴담모퉁이길로 불리는지 모른 채 담을 올려다보았다. 그때를 기다렸다는 듯이 적막을 깨고 매미가 울기 시작했다. 울기에는 이른, 첫 매미 울음소리를 가만히 서서 들었다.

시간이 지날수록 그날의 일이 정말 있었던 건지 믿을 수가 없었다. 그 이전에도 이후에도 그런 경험은 없었다. 상황은 실제였는지 알 수 없는데 그때 느꼈던, 아니 그때를 생각하면 차오르는 알 수 없던 열기가 오래도록 남아, 흐려지기는커녕 떠올릴 때마다 선명해졌다. 몇 년 뒤 우연히 그 길을 지나게 되었을 때 그 건물은 꿈처럼 사라지고 없었다. 그때 그 빗소리, 소나기 내릴 때보다 더 소나기 같던 소리를 내며 드럼을 치던 그 청년은 지금은 어디에 있을까. 바닷바람에 옷이 젖는 기분이었다.

우린 이렇게 맥없이 손 놓고 있을 수밖에 없는 건가. 정호 형이 저렇게 누워 있는데 어떻게 해볼 방법도 없고, 여기도 흔적 없이 묻힐 판인데 수는 없고. 사는 게 뭐 이러냐.

이럴 땐 잔잔한 음악이라도 깔려줘야 되는 건데 사방이 고요하기만 했다.

술이나 더 마셔야겠다.

술이 뭔 죄냐.

안으로 들어가니, 주인이 생물 병어로 해서 맛있는데 손도 안 댔네, 하면서 아깝다고 찌개를 다시 데워다 주었다. 숟가락으로 살살 뜨면 살만 잘 발라질 텐데, 맛있을 텐데 하는 생각은 드는데 숟가락을 들게 되지 않았다. 성태도 숟가락을 들어 병어를 발라먹기라도 할 듯했지만 몇 번 헤집다가 말았다. 술이 물 같은 날이었다. 정호 형이 다시 금장 단추가 달린 검은 코트를 입고 은근 뻐기듯 나타나 스돈스돈만 할 줄 알면 전 세계와 교신할 수 있어, 당당하게 말하며 필통지신념을 가르쳐주면 좋겠다. 그럼 나는 국자라도 들고 뛰어나갈 텐데. 중대장님, 대대장님께서 급한 무전을 보내오셨습니다, 큰 소리로 보고할 텐데.

우리가 처음 「E.T.」를 볼 때는 파릇한 청년이었는데 어느새 오십 줄이 훌쩍 넘어가고 있었다.

술을 물처럼 마시고, 마셔도 마셔도 취하지 않는다고 했는데 어느새 취기가 돌았다.

씨발, 정호 형은 대체 어딜 가고 싶었던 거야. 나한테 미리 말하지. 어디라도 데려갔을 텐데. 바보같이 정신도 못 차리고. E.T.처럼 자전거를 타고 날아가버릴 셈인가. 그 형도 분명히 알고 있을 거 아냐. 달이 아니라 해라는 걸.

성태의 혀가 꼬이기 시작했다. 성태를 일으켜 세웠다.

이렇게 보내면 안 되잖아. 어떻게 좀 해봐라. 형수 불쌍해서 어떻게 보내냐고.

막막하기는 마찬가지였다.

정호 형이 정보기관 일을 계속 했더라면 주말마다 놀러 가고 했을까. 자영업자라 가게에 매여 꼼짝 못했으니까. 그때 형이 암호를 잘못 해독하는 바람에 기관이 큰 피해를 입었다는 얘기가 돌았었어. 형이 일부러 그랬다는 얘기도 있었고. 지금하고는 다른 세상이었으니까. 그냥, 스돈스돈 하면서 무선 일이나 잘하고 평생 살았으면 지금보다 낫지 않았을까. 자전거포 일도 힘들잖아. 자전거 옮기고 조립하는 일도 만만치 않고.

만약에로 시작하는, 가지 않은 길은 지금보다 나은 길로 남아 있을 가능성이 높았다. 그 미련에는 동경이 포함될 테니까.

「E.T.」에서 또 하나 이상한 곳이 있어. 눈치 못 챘지?

무슨 말이야?

성태가 검지와 검지 끝을 겨우 맞대어 보였다. 그게 뭐 어쩼다는 말인가.

영화에서 E.T.와 엘리엇인가 하는 어린애가 손가락 끝을 맞대는 장면은 안 나온다고. 당연히 손가락이 닿으면서 불이 들어오는 장면도 없고.

맨 끝에 나오지 않아? E.T.랑 엘리엇이 마지막 인사를 나눌 때 말이야.

나도 거기서 그 장면이 나오는 줄 알고 기대하고 봤는데 안 나오더라고. E.T.가 엘리엇 이마쯤에 손가락을 갖다 대니까 E.T. 손가락에서 불이 들어오긴 하지만, 인간과 외계인이 교감을 나누는 상징인 두 검지 끝을 맞대는 장면은 없더라고.

그게 정말이야? 믿기지 않는데.

나도 사실 내내 그 장면을 기다렸거든. 그런데 안 나오더라고.

그 장면을 기다리며 봤다니 성태 말이 맞긴 할 텐데 수긍이 가지 않았다. 그렇다고 우길 수도 없었다. 해를 달로 착각하는 거야 그럴 수 있다지만 그 명장면이 없는 장면이었다니, 영화를 분명히 봤는데도 그걸 눈치채지 못하다니. 영화를 보긴 본 건지. 뭔가 홀린 거 같았다. 정말 보기나 한 것인지.

횟집의 불마저 꺼지고 어두운 포구 길을 걸었다. 다시 하늘을 보았다. 멈춰 서서 별 하나를 유심히 바라보았다. 반짝이던 별이 흐릿해졌다. 저 별도, 혼자 출렁이는 검푸른 바다조차도 거짓말처럼 보였다.

늙나 보다. 자꾸 옛 생각이 나네.

나는 누구에게랄 것도 없이 중얼거렸다.

몇 년 뒤면 북성포구 횟집에 앉아 느껴보던 바다에 떠 있는 것 같은 기분을 기억할 수 있을까. 정호 형과 다시 횟집에 앉아 영화에는 나오지도 않은 달을 얘기하고, 손가락에 불이 들어온 얘기를 할 수 있을까. 그 밤, 스돈스돈거리며 어딘지 모를 곳을 향해 무전을 쳤던 우리의 목소리를 밤바다는 들었을 것이다. 이 포구 어디쯤 우리의 빛나던 청춘이 스돈스돈돈스돈스돈돈돈, 무전을 보내고 있는지도 모를 일이었다.

혼자 라면에 소주 먹는 거 아니지? 헬스장도 빠지지 말고 다니고. 건강 잘 챙겨라.

니가 혼자 라면에 소주 먹는 맛을 아냐?

물이 빠져나가는 중인가 봐. 몇 시간 지나면 갯골이 보이겠지?

우리 여기 누가 데리고 오게 된 거지?

난 아냐.

그럼 나도 아니니 정호 형인가? 우리가 포구에 도착했을 때, 갯골로 막 배가 들어왔었잖아. 그 배 갑판에 내려가 광어도 사고 그랬잖아.

광어만 샀냐, 꽃게도 사서 횟집에서 쪄 먹고 그랬잖아.

그런 건 기억나는데 어떻게 횟집까지 오게 됐는지는 기억이 안 나네. 그땐 저 공장 뒷길로 골목을 따라 들어왔을 텐데 말이야. 정호 형이 우릴 데리고 온 거면, 정호 형은 여길 또 어떻게 알았을까.

그게 무슨 상관이냐. 어쨌든 우리는 횟집에 앉아 여기만 한 곳이 없다고 아지트 삼자고 결정했잖아.

그래, 단번에 결정했지.

성태를 향해 검지를 내밀었다. 성태가 씩 웃으며 검지 끝을 맞대었다.

「E.T.」에선 안 나오지만 우리끼리는 해보는 거지 뭐. 비린 냄새와 출렁이는 바닷물 소리를 들으며 말이야.

어두운 포구를 걸어 나왔다. 잠들지 않은 갈매기가 우리 발소리를 들었는지 웅얼거리듯 끼룩거렸다. 긴담모퉁이 붉은 벽돌집에서 기타를 튕기고 드럼을 두드리던 장발들은, 그림 앞에 미동도 없이 앉아 있던 얼굴도 본 적 없는 그 화가는 잘 살고 있는지. 횟집에 들어와 다리를 비벼대던 고양이는 어디로 갔는지 문득 그런 것들이 궁금해졌다. 우리는 많은 기억을 이 길 위에 뿌려놓은 셈이었다. 부서지고 덮여서 사라졌지만 포구에 단단하게 고정되어 있는 배처럼 흔들리긴 해도 기억이 매립되지 않은 것만은 다행이라는 생각이 들었다.

우리 다 같이 「E.T.」 한 번 더 보자. 네 말대로 정말 자전거가 달로 가는 게 아니라 노을 속을 달려가는지, 검지를 맞대고 마음을 나누는 장면이 나오지 않는지 알고 싶어. 아니, 그게 아니더라도 그냥 보는 거지.

지금은 고3인 딸이 초등학생일 때 어린이날이라고 정호 형네 자전거를 사러 갔었다. 형은 바빠서 정신이 없었다. 아이를 가게 의자에 앉혀놓고 텔레비전을 보라고 하고 형을 도와주었다. 포장 박스도 뜯고, 벨도 달아주고, 연장 정리며 뒷정리도 하고 그러다 손님이 뜸해져 한숨 돌리고 보니 아이가 의자에 앉은 채로 잠들어 있었다. 정호 형이, 아이 이마에 맺힌 땀을 닦아주고 싶은데 기름 묻은 손이라 못 만지겠다며 손을 비볐다. 짜장면을 시켜 잠에서 깬 아이와 다 같이 먹었다. 형은 아이 자전거에 벨뿐만 아니라 앞뒤로 라이트를 두 개나 달아주고, 물통게이지도 달아주고, 이름도 멋지게 써줘 아이 어깨를 으쓱하게 만들어주었다. 아이는 어린이날이 되면 가끔 그때 얘기를 꺼냈다.

오늘 밤은 달이 뜨지 않으려나?

우리는 포구를 빠져나오다 말고 하늘을 바라봤다. 성태도 나도 달, 아니 해를 배경으로 질러가던 자전거를 떠올리고 있는지도 몰랐다.

빗소리 같은, 모스부호 같은 바닷물이 출렁이고 그게 나와 성태를 둘러싼 전부인 듯 포구는 고요했다.

수경은 약속 장소를 찾지 못해 난감했다. 스마트폰이 가리킨 장소에 찾는 음식점이 없었다. 어두운 거리를 헤매는 건 기분 좋은 일이 아니었다. 구도심이었고, 다니는 사람도 보이지 않았다. 겨울 끝이라 아직 날이 찼다. 불빛이 들어온 간판들을 다시 찬찬히 훑어보았다. 김에게 전화를 걸어 물어볼까 하다가 그만두었다. 길도 못 찾는다는 인상을 주기 싫었다. 오던 길을 되돌아 나가 처음부터 다시 찾아보는 수밖에 없었다.

정작 찾던 음식점은 큰길에서 들어와 골목으로 꺾이기 전, 왼편에 있었다. 간판도 흰 바탕에 붉은색으로 눈에 잘 띄었다. 지도와는 다른 위치였다. 휴대전화 지도만 보느라 미처

보지 못하고 골목으로 접어든 모양이었다. 수경은 간판을 바라보다가 생각난 듯 어깨에 힘을 뺐다. 언제부턴가 어깨에 힘이 들어가 있는 자신을 발견할 때가 있었다. 뒷목과 어깨가 자주 뭉쳤고, 머리가 아팠다. 누군가 어깨를 두드리며 거 긴장 좀 풀어, 라고 말을 한 적도 있었다. 그 말을 듣기 전까지 힘을 주고 있다는 사실을 몰랐다. 그러고도 어떻게 빼야 하는지 몰라 어깨를 으쓱 올렸다 내리곤 했다. 아니면 좀비 자세를 취하거나. 수경이 어깨를 늘어뜨리고 붉은 글씨로 쓰인 산호라는 간판을 보고 있는데 때마침 지역 인터넷신문사 대표인 김이 도착했다.

김은 얼마 전 수경에게, 지역 민주화운동센터에서 민주화운동사를 정리하면서 그와 별도로 민주화운동에 투신했던 인물에 대한 열전을 준비하는데 집필해보지 않겠느냐는 제안을 해왔다. 수경이 선뜻 대답을 하지 못하자 김은 일단 관계자를 한번 만나보고 결정하라고 했다.

수경은 음식점 안으로 들어가면서 음식점 이름인 '산호'가 예전에 거실 유리 장식장 안에 장식품으로 놓이곤 하던 그 산호인가 잠깐 궁금했다. 그 이름이 맞다면 음식점 이름과는 거리가 있어 보였다. 요즘은 이름만으로는 짐작할 수 없는 음식점도 많으니 이상할 것도 없었다. 그렇지만 왠지 산호는 고개가 갸웃해졌다. 나뭇가지가 뻗어나간 모양의 산호가 식물이 아니라 죽은 동물의 뼈라는 말을 들은 기억이 났다. 자포동물인 산호가 죽으면서 산호뼈만 남는다고 했던 것 같다. 수경은 산호를 보거나 만져본 기억이 없었다.

음식점 안 작은방에는 이 일을 진행할 박이 먼저 와 있었다. 수경은 박을 알고 있었다. 박은 30년 전과 크게 달라 보이지 않았다. 여전히 깡말랐고, 호기로웠다. 그는 80년대 지역사회운동연합 대표였다. 수경의 남편도 그 단체 회원이었다. 남편이 관계하지 않았더라도 이 지역 운동권에 있었던 사람이라면 그를 모르는 사람이 거의 없었다.

그 당시 다른 단체가 탄압을 피하기 위해 비합법이거나 반합법 조직 형태였다면 박과 남편이 속해 있던 단체는 달랐다. 시민운동단체를 표방하며 종교계 대표나 교수, 변호사 등 사회 인사를 고문이나 지도위원으로 꾸려 합법적으로 활동했다. 단체 대표를 맡고 있던 박은 작고 깡말랐지만 카랑카랑한 목소리로 어디서든 눈에 띄었다.

수경은 비합법단체의 말단에 속해 있었다. 짐작 가능한 몇 사람 말고는 누가 단체 회원인지 알 수 없었고 이름도 가명을 썼다. 그때 수경은 원석이라는 이름을 썼다. 정원석. 별 의미는 없었다. 수경은 누가 들어도 여자라고 짐작할 수 있는 수경이라는 이름 대신 중성적인 이름인 원석이 마음에 들었다.

김이 박에게 수경을 소개하며 남편 이름을 대자, 그는 그래요? 하며 깜짝 놀랐다. 후배 부인인 줄 몰랐다고 했다. 결혼식에도 오고 몇 번 얼굴을 마주치기도 했지만 오래전 일이었다. 오래전 일이 아니어도 수경은 후배 부인일 뿐이었다. 박이 굳이 수경의 이름을 부를 일은 없었다.

박은 수경이 한 달에 두 번 인터넷신문에 연재하는 '사진으로 읽는 공간' 글을 잘 보고 있다고 운을 떼었다. 공간과 공간에 얽힌 얘기들이 재밌다고 했다. 게다가 운동권에 몸담았던 전력이 있으니 운동권 사람들의 인터뷰 내용을 이해하거나 글을 쓰는 일도 훨씬 잘할 수 있을 거라고 했다.

'사진으로 읽는 공간'은 의미 있으나 없어진, 혹은 사라질 위기에 처한 공간의 의미를 다시 새겨보자는 기획연재물이었다. 지역에서 민주화운동과 관련된 중요한 장소, 매립이 결정되어 사라질 위기에 처한 포구, 협궤열차가 다니던 철길, 개항기 멕시코로 이민을 갔던 이들의 삶을 재구성한 박물관, 그 당시 조선에 들어와 살다가 죽은 외국인의 묘지 등에 관한 사진과 글이었다. 수경은 공간을 소개하는 데 그치지 않고 그 공간을 대표할 만한 사연을 가진 사람을 공간과 같이 이야기함으로써 글을 풍성하게 하려고 노력했다. 그렇다고 해도 연재를 관심 있게 읽고 이 일에 수경을 떠올렸다는 사실이 놀라웠다. 이 자리에 오기 전까지만 해도 수경은 김 대표가 자신을 추천한 줄 알고 있었다. 인터넷신문사 대표인 김 역시 지역신문사 기자로 노조위원장까지 하다가 시민정론을 표방하는 인터넷신문사를 만든 사람이었다. 시민의 십시일반 후원금이 자본금이었다. 김은 그것을 자랑스러워했다.

열전을 쓰는 일은 김에게 듣던 내용에서 크게 벗어나지 않았다. 7, 80년대 민주화운동을 했던 사람 중에 나이가 많은 분을 중심으로 20명을 선정하고, 한 사람당 원고지 5, 60매 정도의 열전을 집필해 한 권의 책으로 묶을 계획이었다. 선정된 분들은 인터뷰를 진행하는데, 병환 중이거나 돌아가신 분은 자료나 주변인 인터뷰로 대신할 예정이었다. 같이 진행하는 민주화운동사가 각 분야별로 전문적인 내용을 다룬 거라 많은 사람들이 쉽게 보기 어려울 거라고 했다. 열전은 상대적으로 개인의 삶을 중심으로 민주화운동 얘기를 진행하는 만큼 에피소드 중심으로 읽기 쉽고 재미있게 썼으면 좋겠다고 했다. 수경이 여러모로 적임자라고 했다. 수경이 이 자리에 나와 앉아 있는 이유였다.

수경은 일정과 집필 계약에 관한 얘기를 나누면서도 자꾸 머뭇거렸다. 사실 수경은 이십대에 노동운동을 했지만 몇 군데 공장을 전전하고 해고되는 과정을 거치면서 도망치듯 그 길에서 빠져나왔고 그 길 언저리에 다시 가지 않으려고 했다. 아직 남아 있는 사람들에게 미안했기 때문이었다. 수경은 스스로 비겁하게 도망쳤다고 생각했기 때문에 더욱더 그들을 피했다. 이 일을 하다 보면 어쩔 수 없이 그런 젊은 날의 자신과 마주할 수밖에 없을 터였다. 수경이 망설이는 이유였다. 그런데도 이 일을 하려는 건 돈 때문이었다. 금액을 명시하지는 않았지만 책 한 권 분량을 쓰는 일이니 수경에게는 적은 돈이 아니었다. 게다가 박은 아무려면 팔이 안으로 굽지 않겠느냐고 했다. 후배 부인인 수경이 그 팔 안쪽에 있었다.

수경의 남편은 박을 별로 좋아하지 않았다. 어떤 이유인지 모르지만 그 단체 모임에만 가면 기분이 상해서 들어왔다. 남편과 이 일을 하는 것에 대해 의논했다면 반대를 했을 거였다. 수경은 망설였지만 솔직하게 그 얘기를 했다. 박은 단체를 해산하는 과정에서 의견 충돌이 있었다고 했다. 단체의 장이었던 박은 의견이 모아지지 않자 일방적으로 해산을 통보했고, 아마 그래서 남편이 자신을 싫어했을 거라고 했다.

이미 열전 대상자가 어느 정도 확정돼 있었다. 종교, 시민사회, 교육, 노동, 여성 등 여러 분야를 고려해 명단을 짰고, 일부 바뀔 수도 있다고 했다. 지역의 특성상 노동 쪽 대상자가 많았다. 동일방직 노동자인 그녀 이름도 있었다. 엄혹한 시절, 노조를 민주화하려다 똥물투척사건의 한가운데 서게된 인물이었다. 수경이 처음 노동운동을 하던 스무 살 시절에 그녀 이름을 들었다. 수경은 언젠가 인터넷에서 그녀의 인터뷰 기사를 읽은 적이 있었다. 그때 그녀는 말했다.

"등 떠밀리듯 지나온 세월이었어요. 분명 누가 떠민 것은 아니었는데 그런 생각이 들어요. 여성이 노조 지부장이 된다는 것이, 노동자로서 정당한 대우를 해달라는 게 그 더럽고 냄새나는 똥물을 뒤집어써야 할 만큼 부당한 것이었나, 그건 아니잖아요. 그런 치욕이, 분노가 나를 떠밀었어요. 그리고 지금까지 왔고요. 우리는 보통 똥, 오줌이라고 말 안 하잖아요. 변, 소변 그렇게 말을 하죠. 왠지 변, 소변 그렇게 말하면 더럽다는 느낌을 한 꺼풀 덮어버리는 것 같으니까요. 그러니 우리 얘기를 할 때는 그 어떤 단어도 아닌 지저분하고 더럽고 냄새나는 '똥물'이어야 해요. 그때 우리의 구호도 '우리는 똥물을 먹고살 수 없다!'였으니까요. 이 세상 그 어디에서도 이렇게 적나라한 구호를 외치지는 않았을 거예요. 40년이 지난 지금도 동일방직 복직은 이루어지지 않고 있고요. 스무 살, 그때는 이렇게 오랫동안 그 사건으로 살아가게 될 줄은 꿈에도 몰랐어요."

수경도 알고 있었다. 그 길을 벗어났어도, 그 길에 들어서지 않아도 늘 그 길을 걷게 되기도 한다는 것을. 종이에 적힌 이름들을 하나하나 짚어나갔다. 이름과 이름 사이가 아주 먼 간극처럼 여겨졌다. 익히 들어봤던 이름도 있고 낯선 이름도 있었다. 얼굴을 아는 이름도 있었다. 그들의 이름을 짚어나가는 것만으로도 가슴이 무거워졌다.

이야기를 하는 와중에 문을 열고 나이 지긋한 사람들이 한 두 명씩 인사를 하면서 방 안으로 들어섰다. 알고 보니 민주화운동에 투신했던 사람들이 모처럼 모여 옆방에서 술을 마시고 있었다. 그중 몇몇은 이번에 집필하는 열전에 포함될 사람이었다. 어떻게 얘기된 건지 몰라도 그들은 이 자리가 어떤 자리인지 알고 있었다. 박이 들어선 사람들을 소개했다. 다들 한두 번씩 이름을 들어본 사람들이었고 전설 같은 인물들이었다. 그들은 이미 술을 꽤 마셔서 그런지 목소리가 높았고, 행동이 조금씩 과장되었다. 몇몇 사람이 수경에게 잘 부탁한다고 술잔을 건넸다. 좁은 방이 사람들로 가득 차자 더웠다. 취기가 오른 탓도 있었다. 안 취한 것도 아니고, 그렇다고 기분 좋게 취한 상태도 아니었다. 어중간한, 지금 수경의 상황과 같았다.

화장실에 가려고 방을 빠져나오다 홀을 나눠놓은 파티션 다리에 발가락을 부딪쳤다. 슬쩍 부딪쳤는데 꽤 아팠다. 수경은 화장실 변기에 앉아 술기운이 오르는 몸을 지탱하며, 남편은 없는데 남편과 함께 민주화운동을 했던 사람들을 만나고, 남편도 없는데 술을 마시고, 남편이 별로 좋아하지 않던 선배와 일을 도모하고, 뭐 이런 경우가 있나. 발가락은 왜 이렇게 아픈 건가. 푸푸 숨을 토해내며 맥락도 없이 혼잣말로 투덜거렸다.

술을 깰 겸 잠깐 밖에 나갔다가 코끝이 시릴 만큼 추워 후
두둑 몸을 떨며 들어와야 했다. 유리문 안은 밖의 찬 공기와
달랐다. 바로 기침이 나왔다. 수경은 정수기의 뜨거운 물에
찬물을 조금 섞어서 마시며 실내를 둘러보았다. 계산대 뒤 장
식장에 산호가 여러 점 놓여 있었다. 흰 것도 있었고, 연분홍
색도 있었다. 음식점 이름을 저 산호에서 따온 게 맞는 것 같
았다. 저것이 뼈란 말이지. 수경은 화려한 색을 자랑하며 바
다에 살던 생물이었다고는 짐작할 수 없는 뼈를, 퇴적된 시간
이 가늠되지 않는 온통 돌기를 가진 뼈를, 거칠고 물기라고는
전혀 없는 메마른 뼈를 좀더 가까이에서 들여다보았다.

오래된 장식장인데 그래도 옆으로 밀 수 있도록 유리문 손
잡이 부분에 홈이 파여 있었다. '그래도'라고 말하는 건, 수
경의 기억에 옆으로 미는 손잡이가 없던 유리문 장식장도 있
었기 때문이었다. 수경이 어렸을 때 집에 있던 장식장이 그
랬다. 장식장 아래 칸에는 월부로 산 세계문학전집이, 위에
는 보기 좋은 그릇이 자랑처럼 진열되어 있었다. 그 장식장
을 '차단스'라고 불렀다. 안에 있는 걸 꺼내거나 만져보려면
유리문에 두 손바닥을 바짝 대고 밀착된 힘으로 옆으로 밀어
야 했다. 엄마는 매번 유리문에 손바닥 도장이 찍힌 걸 보고
야단을 쳤기 때문에 지문을 지우려 했지만 그래도 얼룩이 남
아 혼이 나고는 했다. 그 기억 속, 유리에 손바닥을 대면 전해

지던 낯설고 차가운 감각, 옆으로 밀면 유리가 홈이 파인 나무 바닥을 긁으며 천천히 밀리던 느낌이 소주의 알싸한 향처럼 고스란히 살아났다. 전집류의 책을 사는 것도, 기껏 월부로 사서는 그 책을 장식장에 고이 모셔두던 것도 희미하게 떠올랐다. 마음을 어딘가 먼 곳에 두고 싶어졌다.

수경은 이십대 초반에 한 손 안에 제대로 들어오지도 않는 전동 드라이버를 쥐고, 선풍기 밑판 네 곳에 나사못을 박았고, 권고사직과 해고를 거쳤고, 잠들어 있는 새벽 골목길 옆 마당에 유인물을 던지던 시절을 지나, 맑은 소리 고운 소리를 내던 피아노공장에 들어가고, 떨리는 발끝을 감추며 민주노조 건설을 외쳤다. 수경은 그런 일들이 정당하다고 생각했고, 더 나은 세상을 위해 그렇게 살아야 한다고 생각했다. 그러나 그런 생각과는 달리 회사 측 구사대의 위협이나 멸시와 폭력에 속으로 잔뜩 겁을 먹곤 했다.

집회에서는 당당하게 연설을 하고 주먹을 불끈 쥐어 치켜들었지만, 최루탄이 터지고, 저들의 군홧발 소리가 바닥을 울리면 붉은 띠를 벗어던지고 시위자가 아닌 척 골목으로, 상가 안으로 사라졌다. 수경은 지난한 해고 싸움에 지쳐갔고, 그 길을 벗어나기 위해 결혼을 택했다. 그렇게 도망쳐서 살았다.

산호는 바다의 흔적을 품고 있겠지만 뼈만 남은 장식장 안의 산호에서는 바다의 그 어떤 것도 짐작할 수 없었다.

수경이 선풍기 밑판에 나사를 박던 그 어느 때, 공장 소모임에서 나눠준 복사물에서 동일방직 여공 둘이 똥물이 묻은 작업복을 입은 채로 서 있는 모습을 찍은 사진과 글을 보았다. 그 글을 통해 그녀를 알게 되었다. 수경은 그 사진을 보고 부들부들 떨었다. 눈물이 나올 지경이었다. 푸른 작업복과 흰 모자, 앞치마, 앞섶 등에 묻은 것은 분명 똥이었다. 수경의 나이 또래의 어린 여공이었다. 어떻게 하면 이렇게 잔인하고 폭력적일 수 있는지 분노에 차서 치를 떨었지만 나중에 술에 취해서는 자신도 그런 날을 맞닥뜨리게 될까 봐 두려움과 겁에 질려야 했다.

수경이 있던 방에서 왁자한 웃음이 흘러나왔다. 한때 이 사회를 바꿔보고자 했던 그들의 젊음은 웃음 속 어디에서도 짐작되지 않았다. 호탕한 웃음이었다. 수경은 그 웃음소리에 마음이 누그러졌지만 한편으로는 어색해져 낯선 공기를 털 듯 어깨를 늘어뜨려보았다.

수경이 자리에 앉자마자 주인으로 보이는 여자가 접시에 무언가 들고 들어왔다. 조금 전 보았던 분홍색 산호와 비슷한 색깔이지만 질감은 정반대인 느낌의 그 무엇이었다. 모인 사람들은 음식점 주인과도 꽤 친분이 있어 보였다.

"이 좋은 걸!"

누군가 큰 소리로 말했다. 안주를 보자마자 다들 화색이 돌았다.

"산호 아니면 어디 가서 이런 걸 먹을 수 있겠어!"

"역시 우리 누님이라니까!"

"자, 자, 잔을 채우라고. 귀한 안주가 왔으니 다 같이 건배하고 한 점씩 들어봐야지."

빠르게 잔이 채워졌다.

수경은 귀하다는, 그래서 그런지 처음 보는 그 안주를 바라보았다. 생선의 내장인 듯 보였다. 다 같이 건배를 하고 잔을 비우고 그 귀한 걸 먹었다.

"홍어 애, 진짜 오랜만에 먹어보네. 그나마 여기나 와야 이렇게 한 점 먹지."

"여기 온다고 아무 때나 먹을 수 있는 것도 아녀, 때를 잘 만나야지."

"이 사람아, 때가 아니라 누구랑 오느냐야."

"그렇지! 우리가 이렇게 모인 것도 얼마 만이냐. 애가 나올 만도 하지."

수경은 분위기를 한층 더 띄운 홍어 애라는 그 안주, 보드라운 크림처럼 보이지만 날것인 그것을 먹고 싶지 않았다. 누군가에게는 귀한 안주가 누군가에게는 먹기 거북한 음식일 수도 있었다. 예전 베트남 여행을 갔을 때, 두리안을 놓고 이렇게 맛있는 걸, 하고 먹던 친구가 있었다. 수경은 역겨운 냄새 때문에 그 방에 있을 수가 없었다.

"아, 한 점 들어요."

박이 수경에게 눈짓했다.

거절하기 민망해서 수경은 작은 걸 집어 참기름 소금장에 찍어 먹었다. 예상했던 맛이었고, 수경의 입맛에는 귀하지 않은 것이었다. 그야말로 홍어 애라는 걸 먹느라 애를 먹는군 하는 생각을 했다. 얼른 소주를 털어 넣고 두부를 집어 먹었다. 그러고 보니 상에도 삼합이랄 수 있는 삭힌 홍어와 묵은 김치와 수육이 있었다. 수경은 양념으로 버무린 홍어회초무침은 좋아하지만 삭힌 홍어는 그리 좋아하지 않았다. 상위의 안주는 대체로 연륜이 좀 쌓인 사람들이 좋아할 만한 것이었다.

"아이고, 홍어 애를 잘 못 드시는 거 보니, 인생 덜 사셨네."

아니나 다를까. 누군가 수경이 애를 제대로 못 먹는 걸 보고 놀리듯이 말했다. 수경은 웃었지만 얼굴이 달아올랐다. 술김에, 애를 잘 먹어야 인생을 살 만큼 산 거냐고 되묻고 싶었지만 그러지는 않았다. 나이 들면서 입맛이 변하는 걸 수경도 느끼는 중이었다. 젊었을 때는 먹지 못하거나 잘 안 먹던 생굴이나 간장게장 같은 것을 요즘은 먹을 수 있기도 했고, 맛있기도 했다. 비린내에 둔해진 것이다. 수경은 나이를 먹는다는 건 그렇게 모서리가 닳듯, 피부가 두꺼워지듯 감각이 무뎌지는 것이라고 생각했다.

"홍어 애는 어느 부위인가요?"

수경이 말을 돌리듯 조심스럽게 묻자, 누군가 홍어 간이에요 간, 했다.

수경은 간이라는 말에 갑자기 가슴이 서늘해졌다. 뭔가 조금씩 자꾸 어긋나는 기분이었다. 음식점을 찾아 헤맸고, 좋아하지 않는 술안주를 먹어야 했고, 망설여지는 이 일을 돈 때문에 할 수밖에 없어 떠밀리는 기분도 떨쳐지지 않았다. 슬쩍 부딪힌 거 같은데 자꾸만 쑤셔오는 발가락도 그렇고, 거기다 남편과 가까웠던 사람들을 정작 남편이 있을 때는 만나지 못하다가 이제야 만나게 되는 상황도 그랬다. 취기는 오르는데 기분은 갈피를 잡을 수 없었다. 홍어 애가 간이라니.

"아, 애간장을 녹인다는 말이 있잖아요. 애가 탄다느니 하는 말도 다 이 애에서 나온 말인 거요. 애가 간과 창자를 일컫는 거거든요. 창자가 다 녹을 정도나 타버릴 정도니 얼마나 마음이 아팠겠어요."

"그러고 보면 그 옛날 쫓겨 다니고 숨어 지내느라 애가 타는 일 많았지. 나이 들어 여기저기 아픈 것도 그때 타버린 애 때문일지도 몰라."

"아주 영향이 없다곤 할 수 없을 거야."

"타버린 애 대신 홍어 애라도 한 점 더 먹자고."

"그거 좋은 생각일세."

농담도 아닌 얘기를 흐흐 웃으며 주거니 받거니 했다. 말들이 그네를 타듯 했다.

수경의 남편은 이 년 전 간암 판정을 받았다. 그 사실을 알았을 때는 황달까지 와서 이미 어떻게 손을 쓸 수 없는 지경이 되었다. 수경은 경황도 없이 남편을 보내야 했고, 고생만 하다 떠난 남편 때문에 자주 가슴이 아팠다. 애라니. 타버린 애라니. 술이 말짱하게 깨는 기분이었다. 발가락이 쑤셔대기 시작했다. 그나마 일차 술자리가 정리될 무렵 김과 먼저 나올 수 있었다.

아침에 김이 발가락은 괜찮으냐고 문자를 보내왔다. 수경은 그때까지 이불 속에서 뭉그적거리고 있었다. 새벽, 잠결에 화장실 가느라 바닥을 디딜 때 아팠던 기억이 났다. 통증 때문에 잠을 못 잘 정도는 아니었고, 깨어서도 마찬가지였다. 문자를 읽고 이불 속에서 발을 빼 왼쪽 발등을 내려다보았다. 통증은 심하지 않았는데 둘째 발가락 주변이 발등까지 퍼렇게 멍이 들고 조금 부은 듯했다. 침대에서 내려와 왼발에 힘을 줬다. 바늘로 찌르는 듯했다. 수경은 할 수 없이 사무실에 조금 늦게 출근한다고 연락해놓고 왼쪽 발은 발꿈치로 디디며 근처 정형외과에 갔다.

발가락뼈가 찍힌 엑스레이 필름을 바라보았다. 기침이 심할 때 가슴 CT를 찍어본 적은 있어도 발가락뼈는 처음이었다. 갈비뼈와는 느낌이 많이 달랐다. 그러니까 선명한 발가락뼈는, 이상하게 정갈해서 낯설었다. 왠지 장식장 유리에 손바닥을 대던 느낌과 닮은 것도 같았다. 왼쪽 둘째 발가락 첫 마디가 어긋나 있는 걸 눈으로 확인할 수 있었다. 좀 아플 거예요. 의사는 말을 알아듣기도 전에 손으로 골절된 뼈를 맞췄다. 땀이 후끈 나도록 아팠다.

의사는 발가락을 움직이지 못하게 넷째 발가락과 가운뎃발가락을 묶어 같이 테이핑을 하고 발과 종아리 모양대로 반깁스를 했다. 금이 간 줄 알았는데 부러졌다니 놀라웠다. 통증이 심하지 않아서인지 이런 일이 신기하게 여겨졌다. 깁스한 발에 발볼을 조정할 수 있는 벨크로 테이프가 붙은 연두색 고무 슬리퍼를 신어야 했다. 한겨울에 물감을 짜놓은 듯 선명한 연두색 고무 슬리퍼라니. 다친 걸 동네방네 광고라도 할 만큼 눈에 띄는 색이었다. 슬리퍼가 회색이나 검은색이라면 그래도 좀 나으련만. 발을 다친 사람에 대한 배려라고는 없는 색이라는 생각이 들었다. 다른 사람 눈에 잘 띄어 조심하게 하려고 그런 건가? 그래도 그렇지. 수경은 어제부터 일이 잘 안 풀리는 기분이었다. 안 풀리는 정도가 아니라 꼬인다고 해야할 것 같았다.

발톱만 보이는 가지런한 발끝이 숨을 쉬듯 깁스 끝에 빼꼼하게 고개를 내밀었다. 이런 꼴로 어떻게 병원을 나서라는 건지. 수경은 자신도 모르게 한숨을 내쉬었다. 회사에 다시 전화를 걸어 발가락이 부러져 깁스를 하게 되었다고 말하고 휴가를 신청했다. 집까지는 한 정거장이 조금 넘는 거리라 버스를 타기도, 걷기도 애매했다. 수경은 망설이다가 버스에 올라타고 내리느라 발에 무리가 갈 수도 있다는 생각에 걷는 쪽을 택했다. 시린 발을 하고, 신지 못하는 왼발 부츠는 검은 비닐봉지에 담아 들고, 바람 부는 거리를 절뚝거리며 걸었다.

겨우 파티션 모서리에 슬쩍 부딪쳤을 뿐인데 발가락이 부러지다니. 이 일을 하지 말라는 건가. 오는 내내 수경은 자꾸 이 일을 하지 않을 구실을 찾고 있었다. 그렇다고 하지 않을 것도 아니면서 그랬다. 병원을 다녀왔을 뿐인데 피곤했다. 밥도 먹지 않고 침대에 드러누웠다. 머리맡에 엉겨 붙은 휴지 뭉치가 보였다.

어젯밤, 수경은 울었다. 뭉친 휴지를 보고서야 울었다는 기억을 해냈다.

수경은 김의 차를 타고 오다가 아파트 단지로 들어가는 대로변에서 내렸다. 절뚝이며 건들거리듯 단지 안으로 걸어 들어가다가 아파트 단지의 드문드문 밝힌 불빛과 고요와 어둠을 바라보았다. 오래전부터 수경은 이 동네에서 살았다. 아파트가 들어서기 전부터였다. 복합상가 건물에 세 들어, 지하는 창고로 썼었다.

어느 해 봄밤, 모두가 잠든 새벽에 수경은 남편과 트럭 위에서 자전거가 든 박스를 내려 창고에 쌓았다. 자전거포를 하는 남편은 특히 봄가을이 바빴다. 자전거 타기 좋은 계절이니 당연했다. 공장에서 보내온 자전거 박스를 창고에 쌓아야 했고, 조립해야 했고 팔아야 했다. 남편은 오랫동안 그 일을 혼자 해냈다. 물론 근처에 사는 남편의 형이 퇴근길에 들러 일을 도와주는 날도 많았고, 주말이면 수경도 가게에 나가 팔린 자전거에 페달을 끼웠다. 도난 사고 때문에 자전거를 다 조립하고도 페달은 팔기 직전에 끼워주었다. 페달에는 오른쪽 왼쪽을 구별할 수 있도록 나사를 돌리는 부분에 R, L이 표시되어 있었는데 수경은 나선형 홈에 페달을 끼우며 입으로는 라이트, 레프트 되뇌곤 했다. 남편은 늦게까지 자전거를 팔고 다음날 팔 자전거를 조립하느라, 대로변에 쌓인 자전거 박스를 지하 창고로 옮기는 일은 자정 가까이 돼서야 할 수 있었다. 그날은 자전거 조립이 많아 자정도 훨씬 넘긴 시간에야 겨우 창고에 박스를 내릴 수 있었다. 봄이었는데도 남편에게서는 땀냄새가 훅 끼칠 정도였다.

수경이 남편을 소개 받은 지 얼마 되지 않았을 때였다. 답동성당 앞에서 집회가 있었다. 수경은 시위대가 성당 앞 대로 변까지 진출하는 걸 건너편 시장 쪽에서 지켜보고 있었다. 스크럼을 짠 맨 앞줄에 그가 서 있었다. 집회에서 그를 만난 건 그때 한 번뿐이었다. 자전거포를 비울 수가 없었기 때문에 낮에 열리는 집회에는 참가하기 어렵다는 걸 잘 알고 있었다.

물론 스크럼을 짜고 있는 사람 중에 다른 아는 사람도 있었다. 하지만 그는 수경이 이제 막 이성의 감정으로 바라보기 시작한 사람이었다. 수경은 어쩐지 그가 미더웠다. 저 사람이라면, 저 풀리지 않을 것처럼 꽉 짠 스크럼 같은 삶을 살 수 있지 않을까 생각했다. 그 생각을 하자 가슴이 두근거렸다. 저녁 무렵이었고, 교통은 차단됐고, 이미 전투경찰이 몇 겹으로 시위대의 진출을 막고 있었고, 페퍼포그 차까지 동원된 상황이었다. 그날 무엇 때문에 시위를 했는지, 해산 과정은 어땠는지 기억나지 않았다. 큰 충돌은 없었던 모양이었다. 간판에 불이 들어오기 시작하는 어스름에, 긴장과 구호가 난무한 속에서 홀로 죄스럽게 가슴이 두근거린 기억만 남아 있었다.

남편은 수경이 자전거가 든 무거운 박스를 옮기는 일을 말리지 않았다. 손이 부족했고, 노동에 지쳐 있었다. 수경은 자전거가 든 박스를 모두 옮기고 남편이 창고 정리를 하는 동안 고요한 골목과 잠들어 있는 낮은 집들을 보았다. 깨어 있는 건 두 사람뿐인 것 같았다. 그 새벽이 오랫동안 잊히지 않았는데 이상하게 그 새벽 수경이 떠올린 것은 반딧불이었다. 어느 여름에 섬에 갔다가 보게 된 반딧불이었다. 계절은 여름에서 가을로 가고 있었고, 섬 언덕에는 수크령이 장관일 정도로 가득한 곳이었다. 그 언덕에는 방목하는 사슴도 있는데, 식당 주인은 제때 뿔을 잘라주지 않아 풀숲을 잘 보면 저절로 떨어진 녹각을 주울 수 있다고 일러주었다. 사슴도 녹각도 발견하지 못했는데 뜻밖에 반딧불을 보게 되었다. 저녁밥을 먹고 선착장 근처까지 산책을 나갔다가 돌아오는 길이었다. 조금씩 어두워지고 있어서 휴대전화 손전등 기능을 켜고 오는데 숲에서 작은 불빛이 움직였다. 보자마자 그게 사진이나 애니메이션에서 본 반딧불이 움직임이라는 걸 알 수 있었다. 반딧불이는 이리저리 날아다니다가 숲으로 들어가버렸다. 아주 밝은 불빛은 아니었는데 주변이 꽤 환하게 보였다. 옛날에는 반딧불이를 잡아 모아 그 불빛으로 책을 읽었다는데 영 터무니없는 말은 아닐 것 같기도 했다. 수경은 그 섬 여행은 다른 어떤 것보다 반딧불을 본 것만으로도 충분하다는 생각이었다. 겨우 한 마리였지만 곤충이 불빛을 내며 움직이는 광경은 충분히 신비로웠다. 수경은 빛길이라는 말을 떠올렸다. 어둠 속에서 빛을 내며 이리저리 날아가는 반딧불이가 불빛으로 길을 내고 있다는 생각이 든 것이다. 수경이 그 새벽 왜 반딧불이를 떠올렸는지 설명하긴 어려웠다. 어둠 속에서 달이나 별을 본 것도 아니었다. 잠들어 있다고 표현할 수밖에 없는 고요한 동네를 본 게 전부였다.

수경은 절뚝이며 들어오다가 그 새벽의 고요와 닮아 있는 단지 내 아파트를 바라보았다. 남편의 후줄근한 옷과 땀냄새, 그리고 지친 기색이 역력한 얼굴과 기름때 묻은 손이 떠올랐다. 남편은 절대 목이 라운드로 된 티셔츠를 입지 않았다. 한여름에 그렇게 땀을 흘리면서도 반바지를 입지 않았다. 수경이 남편의 상의를 고르는 기준은 목 칼라가 있고 앞쪽에 단추가 있는 셔츠나 남방, 그리고 담배를 넣을 수 있는 주머니가 왼쪽 가슴 쪽에 달려 있어야 했다. 바지는 허리에 2단 주름이 잡혀 있어 앉고 서기 편해야 했고, 청바지나 면바지는 입지 않았다. 접어 입더라도 긴바지여야 했고, 양복바지에 가까워야 했다. 누구도 남편의 옷차림에 신경 쓰지 않았다. 저녁이면 땀과 기름때가 배고 주름져 후줄근해지는데도 라운드 티셔츠나 반바지를 극구 싫어했다. 수경은 옷을 고르는 데 선택의 여지가 없었다. 남편의 취향에 딱 맞아떨어지는 옷을 만들어내는 브랜드는 많지 않았다. 두 군데의 매장에서 내내 옷을 살 수밖에 없었다. 쓸데없는 고집이었는데 그 고집이 그를 지켜주고 있어 어쩔 수 없었다.

그 새벽과 같은 날이 다시 오지 않을 거라는 생각이 들었다. 그때는 미처 몰랐던 것이 나중에 오래도록 소중해지는 경우가 있었다. 수경은 고요의 갈피를 헤젓듯 현관문을 열고 들어갔다. 술을 마시면 더 무겁게 느껴지는 가방을 식탁 의자에 아무렇게나 던지고, 휘적휘적 침대로 갔고, 홍어 애라니 하고 중얼거렸고, 자신도 모르게 한숨을 푹 내쉬었고, 그 한숨 끝이 떨리며 걷잡을 수 없이 눈물이 흘렀다. 수경은 다 내던지 듯 엉엉 소리를 내며 울었다. 울다가 잠이 들었다.

수경은 급작스럽게 남편을 잃고 난 뒤에야 일상이 언제든 뒤틀릴 수 있다는 것을 알았다. 이 '알았다'는 것은 사실이 아니라 감정에 가까운 것이어서 뜻밖의 사고 소식을 접할 때마다 소스라쳐 놀랐고, 곧바로 끔찍한 상상력으로 이어졌고, 서둘러 아이들과 자신의 안위를 확인했다. 뜻하지 않은 곳에서 수시로 감정이 격해졌고, 조절이 되지 않았다. 조금 전까지 웃고 얘기를 나눴는데 갑자기 남들은 짐작할 수도 없는, 실은 수경 자신조차도 짐작할 수 없는 곳에서 제 슬픔에 젖은 눈물이 쏟아져 나왔다. 그것은 누구도 이해하기 힘든, 상처가 준 야만에 가까운 공포였다. 수경은 머리맡의 휴지를 변기에 버리고 물을 내렸다. 걸을 때마다 발가락에 미세한 통증이 왔다. 붕대로 감겨 있었지만 왼발을 디딜 때마다 딱딱한 석고가 바닥을 울렸다.

깁스를 하고 출근을 했다. 연두색 슬리퍼를 신고 버스를 타는 일은 곤혹스러웠다. 발가락이 시려 자주 주물러주어야 했다. 누군가 그러다 동상에 걸리면 큰일 난다고 했다. 앞이 막히고 안이 털로 된 큰 실내화를 찾아보라고 했다. 인터넷 쇼핑몰을 뒤져도 마땅한 신발을 찾을 수가 없었다. 몇 군데 문방구를 뒤져 겨우 비슷한 실내화를 찾았다.

일주일쯤 지나자 깁스한 발이 간지럽기도 했고, 궁금하기도 했다. 별로 아프지도 않은 것 같았다. 의사는 한 달간 깁스를 해야 한다고 했다. 붕대를 풀었다. ㄴ자 모양의 석고는 수경의 종아리, 뒤꿈치, 발바닥을 그대로 본뜬 모양이었다. 이론상으로는 당연한 거였는데 발 모양을 그대로 드러낸 석고가 신기했다. 갇혀 있었던 발을 따뜻한 물에 담가 살살 씻었다. 푸르던 멍은 조금 흐려진 듯했다. 어긋났던 발가락뼈 부분을 살짝 눌러보았다. 아직 아팠다. 다시 붕대를 감을 때는 석고 모양에 발을 맞춰 넣고 붕대로 감아야 했다.

계약금이 입금되었다. 일을 시작해야 했다. 날이 조금씩 풀리고, 낮이 길어지기 시작했다.

그녀는 따로 인터뷰를 하지 않고 자료로 대체했다. 만나지 않아도 된다는 사실이 한편으로는 다행스러웠다. 그녀는 동일방직에 들어가 작업복을 입을 수 있다는 것만으로도 자랑스러웠다. 아무나 들어가지 못했다. 뇌물을 쓰거나 연줄이 있어야 취직할 수 있었다. 가난한 사람들이 전국 각지에서 몰려들었다. 공장에 취직했다는 것만으로도 뿌듯했지만 그러나 정작 공장의 작업환경은 너무 열악했다. 노동자로서 당당하게 살기로 결심한 뒤부터 삶은 달라졌다. 그녀의 삶은 똥물을 뒤집어쓴 폭압이 대변하듯, 조롱과 멸시와 협박과 폭력을 견뎌야 했다. 분노로 치를 떨어야 했고, 매일 아침 무겁고 아픈 몸을 일으켜야 했다. 더 이상 깨어나지 않았으면 하고 바랄 만큼 지옥 같은 나날이었다. 더 단단해졌지만, 차돌 같은 돌이 되기까지 그녀가 견뎌야 했을, 감당해야 했을 노동자의 삶 앞에서 수경은 자주, 울컥했다. 노동자로서 권리를 찾기 위해 민주노조를 만들려고 했을 뿐인데, 그들은 끝까지 쫓아와 어린 여공들의 가슴에 똥물을 들이부었다. 짐작도 상상도 할 수 없는 지옥이었다. 더 끔찍한 것은 그 일을 사주하고 방관한 사람들이었고, 언론통제로 아무도 그 일을 주목하지 않았다. 그들은 싸우고 있다고, 보아달라고 농성을 하고 집회를 하고, 점거를 하고 수많은 날을 외롭게 투쟁해야 했다. 집회를 하다가 잡혀 들어가도 대학생이면 덜 맞았다. 노동자라는 이유로, 쥐뿔도 모르는 것들이 설쳐댄다고 더 맞아야 했다. 전태일이 몸에 불을 붙일 수밖에 없었던 그 벼랑 끝에 아슬아슬하게 서 있었다. 태생부터 노동자였던 그녀가 동일방직에서 싸워야 했던 수많은 날들은 다른 사람의 시계와 달랐다.

　수경은 사진 속 친근하게 느껴지는 나이 든 그녀를 바라보았다. 할머니라고 불려도 이상하지 않을 주름진 얼굴이었다. 똥물 속에 처박혔을 그녀의 청춘은 흔적도 보이지 않았다. 유리창 밖으로 흘러가는 구름을 보았다. 유리창을 가로질렀던 비행운이 점차 흐려지고 있었다. 수경은 스무 살이 어떤 나이일까 생각했다. 새벽 골목길을 돌며 유인물을 뿌릴 때 제 발소리조차 무서웠던 적막. 목을 조여오던 최루탄 냄새, 무엇보다 옳다는 신념이 폭력에 대한 두려움을 이겨내지는 못하던 아픔 같은 것들이 떠오를 수밖에 없었다. 수경은 빈 커피 잔을 들어 마시려다 내려놓았다.

그녀는 그렇게 싸우던 일들이 호랑이 담배 피우던 시절로 치부되는 것이 제일 무섭다고 했다. 수경은 알고 있었다. 그들의 시간은 다른 사람들의 시계와 분명 달랐다. 몇십 배 천천히, 지독한 솜먼지 속에서, 끼륵끼륵 소리를 내며, 몽둥이와 발길질과 쌍욕과 똥물이 함께 흘러갔을 것이다. 그렇지 않고서야 그 짧은 시간이 수십 년을 지배할 수는 없는 거였다. 빛나던 시간들은 그렇게 천천히 간다. 그게 상처로 빛나든, 영광으로 빛나든 가슴에 새겨지는 시간은 그렇다. 똑같은 시간은 애초에 없었다. 그녀는 그때를 복기하듯 지금도 가끔 집채만 한 기계들 사이를 실먼지 속에서 받은기침을 해대며 헤매는 꿈을 꾼다고 했다.

그녀가 동일방직 공장에서 일한 기간은 삼 년 조금 넘었다. 그 이후로 블랙리스트 때문에 다른 곳에 취직할 수도 없었다. 그 삼 년이 지금까지의 그녀를 만들었다. 수경은 자신이 공장에 있던 기간을 따져보았다. 이 년 조금 넘는 기간이었다. 그이 년은 수경에게도 빛나던 시간들이었다. 수경은 그 빛나던 시간을 사랑이라는 말로 바꿔 부를 수 있을까 잠깐 생각했다.

수경은 어쩔 수 없이 그녀를 만나야겠다고 생각했다. 직접 들어야 할 말이 있을 것 같았다. 망설임 끝에 전화를 걸었지만 연결은 되지 않았다. 인터넷 검색을 통해 그녀가 어디에서 일하고 있는지 어렵지 않게 찾을 수 있었다.

한 달 만에 깁스를 풀었다. 물론 그전에도 반깁스였으니 답답할 때마다 붕대를 풀고 부목을 빼보았다. 다 나았나 싶었지만 통증이 아직 낫지 않았음을 알려왔다. 슬쩍 부딪혔던 발가락은 꼬박 한 달을 채우고서야 나았고, 다시 CT를 찍었을 때 발가락은 제자리로 완벽하게 돌아오지는 않았다. 의사는 그래도 힘을 받는 발가락은 아니니 활동하는 데 큰 어려움은 없을 것이라고 했다. 수경도 그렇게 생각했다. 집에 와서는 시리지도 않은 발가락을 주물렀고, 조금 뜨거운 물에 발을 담갔다.

날이 많이 풀렸다. 수경은 다른 일을 보다가 그 근처가 그녀가 있는 사무실과 멀지 않다는 걸 알았다. 언젠가 휴대전화로 위치를 캡처한 사진을 보면서 그곳을 찾아갔다. 일단 부딪쳐보리라고 생각했다. 그녀가 없어도 상관없었다. 거길 찾아가는 걸음이면 된다고 여겼다. 가다가 골목을 들여다보고 걸음을 멈췄다. 한두 사람이 겨우 빠져나갈 수 있을 정도의 좁은 골목이었고, 집 담 옆으로 있는 커다란 고무 화분이나 스티로폼 박스에는 무언가 심었던 흔적을 알리듯 흙이 가득 들어 있었다. 수경에게 골목은 오랫동안 누군가의 집에 유인물을 던져 넣는 길이었다. P세일이라 불리던 그 일은 주로 새벽에 이루어졌다. 편지처럼 접은 유인물은 골목으로 면한 담을 넘어 누군가의 마당에 떨어졌고, 일을 마치면 재빠르게 골목을 빠져나와야 했다. 수경은 그 일에서 멀어졌을 때에도 P세일 하기 좋은 골목을 보면 아까운 듯 바라보고는 했다.

수경은 코트 주머니에 손을 넣은 채로 골목을 바라보다가 무언가 날아가는 것 같아 눈을 가늘게 떴다. 아무것도 보이지 않았다. 기껏해야 바람에 날린 먼지였을 테지만 수경은 그게 왠지 반딧불이였을지도 모른다는 엉뚱한 생각을 했다.

다시 홍어 애를 먹을 수 있을까. 다시 먹는다면 참기름 속에 있던 굵은 소금처럼 고소하지만 껄끄러운 짜디짠 맛이 홍어 애의 비린 맛을 가려주지 않을까. 수경은 문득 그런 생각을 했다. 나무들 사이로 사라지던 반딧불이를 보며 숲으로 뛰어들던 남편을 떠올렸다. 어디까지 쫓아갔다 왔냐고 물었을 때 남편은 이마에 흐르는 땀을 닦으며 피식 웃었다. 꽁지 불이 꺼질 때까지.

마중

아무래도 안 되겠어. 내내 내 머릿속에서는 이 말뿐이었는데 끝내 꺼내지 못하고 여기까지 와버렸네. 그때 제안을 덥석 받아들이는 게 아니었는데 말이야. 많이 좋아진 듯 보여 손을 내밀었을 테고, 그 손을 내가 잡았던 건데 아니었나 봐. 실은, 아니라는 걸 잘 몰라. 괜찮은 줄 알고 잘 지내다가도 어느 순간 훅 빠져버리고는 허우적거려. 그럴 때마다 누가 좀 내게 어떤 상태라고 알려줬으면 좋겠어.

그가 그렇게 가버리고 난 뒤 늘 그래. 그가 살던 흔적은 집 안 어디에나 있는데 그가 정말 나와 살았던 것일까 아득해지는 순간이 있어. 그건 그가 가버렸다는 것을 믿을 수 없는 만큼과 똑같아. 어떻게 그렇게 가버릴 수 있을까와 그가 정말 존재하기는 했던 걸까 사이에서 아슬아슬해. 물속에 잠겼던 배를 끌어올리려 지탱하고 있던 와이어 같아.

그나마 이렇게라도 시작할 수 있었던 건 배가 건져졌기 때문이야. 안 그랬으면 나는 끝내 한 줄의 소설도 쓰지 못했을 거야. 하루 종일 뉴스를 보고 또 봤지. 3년을 묻혀 있던 배가 바닷물 속에서 희미하게 형체를 드러낼 때는 목울대가 뻣뻣해지더라고. 괴물로 변해버린 배를 보면서, 어후, 어후 하면서.

흠칫 놀라 어후, 어후 하는 건 그의 버릇이야. 한숨보다는 감탄할 때 주로 그렇게 내뱉었어. 자전거를 배달하고 오다가 만개한 벚꽃길을 지나게 될 때, 가게 유리문 사이로 첫눈이 내리는 걸 볼 때, 출근하다가 어느새 아파트 담장에 장미꽃이 잔뜩 피어 있다는 걸 알게 될 때 주로 그래. 그런데 그때도 그랬지. 배가 점점 가라앉는 믿을 수 없는 광경을 텔레비전으로 보며 어쩔 줄 몰라 어후 어후 하며 못 참겠다는 듯이 찬물을 들이켰지. 그러고는 딸에게 전화를 했어. 대번에 어디냐고 묻더니 밑도 끝도 없이 빨리 집으로 들어오라는 거야. 딸은 친구와 쇼핑 중이었는데 화를 내며 무조건 오라는 그의 말에 좀 놀랐나 봐. 한 번도 그런 적이 없었거든. 나중에 그러더라고. 저렇게 배가 가라앉는 걸 보는데 세상 도처가 다 바다 같더라고. 그냥 바다가 아니라 울돌목이고 맹골수도로 보이더라고. 내 눈앞에 딸이 보이지 않는데 어디서 저렇게 빠져들고 있을 것만 같아 겁이 났다고. 그 뒤로도 어후 어후로는 도저히 감당할 수 없는 말도 안 되는 일들이 겹겹이 쌓여 있었지. 정작 떠올라야 할 배는 떠오르지 않고 가족을 짓누르는 악의적인 매도만 떠올라 활개를 치고 다녔어.

세상이 울돌목이고 맹골수도로 보인다는 그의 말이 아주 틀린 건 아니었어. 정작 바다에 빠진 건 딸이 아니라 그였을 뿐. 바다에서 그날의 배가 건져 올려지고 있는데 이젠 내 옆에 그가 없어. 나 혼자 먹먹해져 3년 가까이 잠겨 있던 배가 떠오르는 걸 보네. 어후 어후 하면서.

그는 엔지니어야. 스스로를 그렇게 불렀어. 물론 술 취했을 때. 제정신일 때는 그냥 포쟁이라고 하고. 자전거포 포쟁이. 자전거를 조립하거나 수리하는 기술은 최고였어. 산악자전거 라이딩 붐이 일고 가격이 소형 승용차와 맞먹게 되면서 조립이나 수리에도 정밀한 기술이 필요했지. 스물네 살 군대에서 제대하자마자 복학도 하지 못한 채 자전거포에서 일을 시작해서 30년 동안 자전거를 조립했고, 수리했어. 그렇게 된 사정을 말하자면 좀 길어. 그는 일본이나 대만 등지에서 열리는 신차 박람회에도 다녀오곤 했어. 무슨 산악자전거연맹 이사인지 감투를 썼을 때는 산악대회용 코스를 개발하기도 했고, 무슨 국제 대회 감독도 했던 걸로 기억해. 소위 륜(輪)업계에서 그는 젊었거든. 그런 그가 페달도 없이 달 속으로 바퀴를 굴려 가버렸어. 그가 제일 좋아했던 영화 「E.T.」의 한 장면처럼 말이야. 알려나? 아이들이 자전거를 타고 외계인인 E.T.를 바구니에 태워 도망칠 때, 한순간 자전거가 붕 떠오르고, 둥글고 환하게 지고 있는 해를 배경으로 지나가던 장면 말이야. 한 대도 아니고 다섯 대의 자전거가 자신들을 쫓는 사람들을 멍하게 만들고 하늘로 올랐지. 명장면이었는데. 그런데 그는 페달도 없는 바퀴를 굴려 달 속으로 가버린 거지. 그가 좋아하던 자전거가 나오는 또 다른 영화 「일 포스티노」처럼 신나게 섬을 돌면 좋을 텐데. 누군가의 소식을 전하는 우편물을 들고, 사랑에 빠져 너무 아픈데 낫고 싶지 않다고 말하며 섬을 돌고 돌면 좋을 텐데 그는 그냥 달 속으로 가버렸네.

김치냉장고 통에서 마지막 남은 동치미 무를 꺼내 썰었어. 그가 가고 없는 지난겨울 동안 동치미를 먹으며 버텨냈어. 버텨냈다는 말은 과장도 엄살도 아니야. 동치미가 아니었다면 어쩌면 나는 지금도 새벽에 거실로 나와 아주 어두운 것도 그렇다고 밝아진 것도 아닌 어둠 속처럼, 현실도 아닌 꿈도 아닌 애매한 경계에서 시린 발로 서성거리고 있을 거야.

사실 나는 지극히 평범한 삶에 만족했어. 만족했다기보다 특별히 불만이 없었다는 게 맞을 거야. 이 나이 되도록 험한 일을 당하지도 않았고, 크게 다치지도 않았지. 경제적으로도 큰돈을 쥐어본 적은 없지만 그렇다고 빚을 지고 사는 것도 아니었어. 그냥 무던한 성격처럼 삶도 그렇게 흘러갈 줄 알았어. 그러니 암 진단을 받은 그가 한 달 만에 곁을 떠나버린 일을 어떻게 믿을 수가 있겠어. 그 한 달 동안 거의 잠을 잘 수가 없었어. 암 말기라는데 진단받기 일주일 전까지만 해도 별다른 증상이 없었다는 게 믿을 수 없었어. 그런데도 그는 빠르게 죽음 쪽으로 갔고 붙잡을 수 없었어. 꿈이라고 생각했고, 자고 일어나면 원래대로 돌아와 있을 줄 알았어. 마지막 순간까지 그의 손가락을 붙들었어. 떨어지면 안 되는 거였어.

연애를 할 때였는데 그와 가까운 바닷가 횟집에 간 적이 있었어. 바닷바람이 불어오는 창가에 앉아 회를 주문했지. 아직 초겨울이어서 그렇게 춥지 않았는데 방바닥이 따뜻했어. 손이 차지 않았지만 허벅지 밑으로 손을 넣어 따뜻한 방바닥에 댔지. 둘이 앉기에는 큰 상에 밑반찬이 나오기 시작했어. 가짓수만도 스무 개쯤 되는 반찬들이었어. 그가 문득 내게 오른손 엄지와 검지 끝을 맞대고 둥글게 원을 만들며 따라 해보라고 하는 거야. 오른손으로 그를 따라 하자 내 왼손에 소위 스끼다시로 나온 반찬 중 삶은 메추리알을 올려놓고는 오른손 엄지와 검지에 힘을 바짝 주라는 거야. 그러고는 내 엄지와 검지를 벌려보라고 하는 거야. 이상하게 벌어지지 않더라고. 다시 왼손에 해삼 접시를 올려놓고 같은 방법으로 엄지와 검지를 벌려보는데 어찌된 일인지 이번엔 어이없게 맞닿은 엄지와 검지가 벌어졌어. 손가락에 똑같이 힘을 주고 있었는데 말이지. 그렇게 해보는 걸 오링테스트라고 한다는 거야.

그는 식탁에 있는 멍게, 청어구이, 해초무침, 콘치즈, 부침, 붉은 새우, 삶은 소라, 가리비, 홍합 국물, 연두부까지 차례로 내 왼손에 올려놓았고 오른손 오링을 하고 있는 손가락을 벌려보았어. 어느 음식에는 손가락이 스르르 벌어지고, 어느 것에는 꿈쩍도 하지 않는 거야. 좀 신기하긴 하더라고. 음식을 나르던 종업원이 지나가며 웃었어. 마지막에는 소주, 락교까지 테스트했어. 오른손의 엄지와 검지가 꿈쩍하지 않을 때 왼손에 들린 음식이 몸에 잘 맞는 좋은 음식이라고 하더라고.

우리는 그렇게 음식테스트를 해보다가 나중에는 장난기가 발동해 식탁, 식탁의 비닐, 수저, 방석 같은 것도 해보았어. 그러다가 나는 그의 손을 왼손으로 잡고 우리를 보고 있던 주인에게 오른손의 오링을 떼어보라고 했지. 아까부터 흘끗거리며 재밌다는 듯이 보고 있었거든. 주인은 기다렸다는 듯이 와서 내 엄지와 검지를 벌리려 했어. 벌어지지 않았지. 주인이 손에 힘을 주지 않는 것 같았지만 그렇지 않다고 했어. 주인은 알 수 없다는 듯이 뒷머리를 긁더니, 두 분 오래오래 행복하십시오, 했지. 사실 엄지와 검지가 쉽게 벌어질까 봐 걱정했는데 다행이지 뭐야. 그때도 생각했어. 이전에 그래왔듯이 이후로도 별다르지 않은 삶이 펼쳐질 거라고. 잠들지 못하는 밤에 그날 왼손에 놓인 그의 손과 꿈쩍하지 않던 오른손의 오링이 떠오르곤 했어.

음식을 넘길 수가 없었어. 무언가를 먹었다가도 토하는 일을 반복했지. 화장실 변기를 붙들고 앉을 때마다, 푸르고 고요하던 새벽의 병원 복도가 떠올랐어. 먹지도, 잠을 제대로 자지도 못하자 살이 급격하게 빠졌고, 몽롱해졌어. 그와 관련된 물건들이 집 안 곳곳에 있었고, 그것들을 볼 때마다 무너졌지.

선잠에서 깨었을 때, 새벽인 줄 알았어. 방문을 열고 거실로 나갔더니 엄마가 불도 켜지 않은 채 텔레비전을 보고 있었어. 주방 쪽에서 고소하면서도 단내가 났어. 냄비 안에 조금 전 끓인 듯한 흰 쌀죽이 있었어. 엄마 옆에 가서 앉았지. 이 새벽에 무슨 죽을. 엄마는 내가 곁에 와 앉는 것도 모르고 무표정하게 텔레비전만 보고 있었어.

텔레비전에서는 아이와 어른이 절벽과도 같은 곳에 좁게 난 길을 걸어가고 있었어. 길도 산도 온통 흰 눈에 덮여 있었는데 그들은 걷고 또 걷기만 하는 거야. 영하 25도에 이르는 날씨인데 길에서 잠을 잤고, 얼지 않은 물을 건너야 할 때에는 바지를 벗은 어른이 팬티만 입은 채, 아이와 짐을 지고 얼음이 떠다니는 차가운 물을 건넜어. 허벅지까지 새빨갛게 변해가면서 말이야. 그렇게 며칠을 걸었고 이웃 마을에 다다랐는데, 그제야 내레이션을 통해 그들이 학교에 가는 길임을 알

앉어. 학교까지 가는 데 10일이 걸린다는 거야. 추위와 배고 픔으로 목숨까지 내놓아야 하는 길이었어. 얘야, 학교를 가야 한다는구나. 공부를 해야 한다고, 배워야 한다고 목숨을 내놓 고 길을 간다는구나. 엄마가 혼잣말처럼 중얼거렸어.

그렇게 가는 길을 '차다'라고 부른다는 것을 알았어. 온통 눈으로 뒤덮인 히말라야 풍경에서 눈을 돌렸을 때, 거실 창밖 으로 눈이 내리고 있었어. 첫눈 같은 눈이었어. 겨울 내내 눈 다운 눈이 내리지 않았거든. 이젠 눈이 온다고, 꽃이 피었다 고 문자를 해줄 그가 없었어. 차다, 속으로 중얼거렸지.

엄마가 주방으로 가서 가스레인지 불을 켜고 냄비 안의 죽 을 저었어. 새벽인 줄 알았는데 날은 밝아지지 않고 더 어두 워지더라고. 유리창 밖에서는 여전히 눈이 내리고 있었고, 그 눈을 바라보는 내 모습이 겹쳐 보였지.

엄마가 내 손을 끌어다 의자에 앉히고, 죽을 대접에 담고, 냉장고에서 무언가를 꺼내 식탁에 놓았어. 동치미였어. 아무 것도 가미되지 않은 죽을 먹을 수 있을 것 같았는데 정작 숟 가락이 간 것은 동치미 국물이었어. 살얼음이 뜬 동치미 국물 을 한 숟가락 넘기자 가슴이 찌르르하며 열리더라고. 동치미 국물에서는 파와 마늘과 청갓과 생강과 삭힌 고추가 무와 물 속에서 어울려 익으면서 나는 옅은 아릿한, 쌉쓰름하면서 시 원한 맛이 났어. 재료들이 소금물 속에서 무와 함께 익으면서 그 어떤 요리로도 흉내 낼 수 없는 맛을 내고 있었던 거야. 그를 잃고도 동치미 국물 맛이 느껴진다는 게 용납할 수 없었지만 동치미 국물은 넘길 수 있을 것 같았어. 피클처럼 시거나 달지 않고, 짠지처럼 짜지 않은 동치미 국물이 위 속으로 스며들었어. 그렇게 국물을 떠 마시고 무를 씹기 시작했지. 아삭한 식감이 고스란히 느껴졌어. 여름 무에서는 느낄 수 없는 단단한 무 맛이었어. 동치미에 들어가는 다른 재료 역시 겨울이 제철인 재료였고, 무 역시 김장철일 때 가장 달고 단단하잖아. 그리고 낮은 온도가 필요했어. 그래서 동(冬)치미였지. 겨울이 아니면 제대로 맛볼 수 없는 김치, 동치미였어. 여름에 내놓는 동치미는 제대로 그 맛을 낼 수가 없었고, 무도 물러진 경우가 많았어. 오직 겨울이어야만 했던 거야. 영하의 눈길을 걸어가던 사람들이 떠올랐지. 끝나지 않을 것 같은 길이었고, 온통 눈밖에 보이지 않는 길이었는데 기어이 그 길을 가더라고.

동치미를 한 그릇 비우고 나자 숨을 쉴 수 있을 것 같았어. 눈이 떠지는 것 같았고, 여기가 어딘지 분명하게 보이는 것 같았어. 엄마의 얼굴도 보이더라고. 이런 나를 지켜보고 있는 엄마의 가슴 말이야.

어렸을 때 연탄가스를 마신 적이 있었어. 엄마도 연탄가스를 마셨지만 나를 질질 끌고 방문을 열고, 마루를 지나 눈 쌓인 마당까지 기어가 얼음덩이가 동동 뜬 동치미 국물을 떠다가 입에 넣어줬고, 숨을 쉴 수 있었어. 그러니까, 잊고 있었지만 동치미는 두 번이나 내 목숨을 구해준 셈이었어.

아직도 오른손 엄지와 검지를 둥글게 붙여 그와 오링테스트를 해보고 싶었지만 이제는 왼손에 올려놓을 그의 손이 없어. 어쩌면 그때 식당 주인이 손가락이 쉽게 벌어질까 봐 힘을 주는 척만 하면서 내 손가락을 벌려보려 했는지 모른다는 생각이 뒤늦게 들었어.

동치미를 먹고 나서 창밖을 보았을 때, 밖은 완전히 깜깜해졌고, 내리던 눈도 제대로 보이지 않았어. 그제야 시계를 보았고, 새벽이 아니라 밤이 깊어가고 있다는 것을 알았지.

엄마가 굽은 허리를 두드리며 방으로 들어가고, 나는 식탁 의자에 앉아 어둠이 어둠을 덧칠하는 걸, 또 그 어둠이 서서히 물이 빠지는 걸 지켜봤어. 꼿꼿하게 말이야. 그동안 새벽이 무서웠거든. 그가 입원해 있는 동안, 신장까지 안 좋아져 대소변이 자유롭지 않을 때, 그는 어떻게든 대소변을 자신의 의지로 보려고 했어. 푸르스름한 병원 복도에 서서 화장실에 들어간 그가 나오기를 기다렸고, 나와서는 스무 걸음도 채 안 되는 병실까지 한 번에 걸어가지 못하고 이동식 침대에 누워 쉬어야 하는 걸 봐야 했어. 그 새벽, 모두가 잠들었는데 그와 나만이 깨어 다른 어떤 것도 아닌 대소변을 보지 못해 고통스러워하고, 그걸 지켜보고 그랬지. 그가 화장실에서 나올 때마다 나는 "봤어" 하고 물었고, 그는 고개를 젓거나 겨우 손가락 두 마디 정도를 가리키고는 했어. 몇 주 전만 해도 우리는 지극히 평범한 하루를 살았는데 한순간 모든 것이 무너졌어. 아무도 없는 그 새벽 텅 빈 복도에 서서, 알 수 없는 짐승의 아가리 속으로 점점 빨려 들어가고 있었지. 누구보다 치열하게 살았던 한 생이 이렇게 어이없이 끌려가는 걸 어쩌지 못하던 그 새벽을 나는 다시 견뎌낸 거야.

그렇게 그가 가고 몇 달 뒤에 예전 시민회관이 있던 자리에서 열리는 심포지엄에 간 적이 있었어. 왜 갔는지, 그럴 정신이 있었는지 모르겠는데, 거길 가야겠더라고. 스무 살의 우리가 있던 곳이었거든. 그날, 그러니까 지금은 없어진 시민회관에서 꼭 30년 전에 인천 5·3민주항쟁이 일어났었지.

그때 나는 스물한 살이었어. 그날 나는 들키지 않게 허리에 철사를 두르고 시민회관 광장 한가운데에 있었어. 수많은 구호와 혁명과 변혁을 꿈꾸는 전단지로 가득한 거리, 최루탄과 깨진 벽돌과 폭력이 난무하던 거리. 수만 장의 유인물이 하얗게 도로를 채웠고, 어디선가는 연기가 피어올랐고, 함성 소리가 나기도 했고, 어깨를 겯고 발을 맞춰 행진하기도 했지. 어느 순간 도망을 쳤고, 주안역 담벼락이 무너진 걸 보았어. 옷에 묻은 최루탄 가루 때문에 어딜 가든 사람들이 재채기를 했지. 그 속에 그와 내가 있었어.

그런데 이 기억은 조각나 있어. 실재하지 않는 조작된 기억
처럼. 그 광장 한가운데에서 무엇을 하고 있었던 것인지, 내
가 팔을 치켜올리며 강단지게 외쳤던 구호는 무엇이었는지,
그때 그 광장에 있던 사람들은 모두 어디로 갔는지, 내가 그
광장에서 한 일이 대체 무엇이었는지, 왜 그 이후의 기억들은
흐지부지한지, 왜 30년이나 지난 지금도 벗어나지 못하고 되
묻고 있는지 알고 싶었어. 그가 그렇게 가고 나서야.

출근 시간 주안공단으로 향하는 버스 안에서 떨리는 발끝
을 들키지 않으려 애쓰며 최저임금을 보장하라고 선동하던
나를 잊을 수 없어. 새벽, 좁은 골목길을 숨죽여 지나가며 담
장 너머로 던지던 유인물, 그 유인물이 새벽 적요를 깨며 시
멘트 바닥에 떨어지던 소리를 잊을 수 없어. 새파란 청춘인데
연애도 못하고, 변혁의 당위성에 매여 살아야 했던 우리가 불
쌍하기도 했어. 지금도 그 청춘에서 완전히 자유롭지 못한 내
게 최소한 심포지엄은 답을 해줄 것 같았어. 그래서 갔지. 시
민회관 자리를 다시 밟아본 것도 30년 만인 것 같아. 그럴 리
가 없을 텐데 말이야.

그 당시 민주화를 향한 열망이 5월 3일 인천 시민회관에
서 열리는 신민당의 인천지부 결성대회에 몰렸지. 그러나 재
야, 학생, 노동 세력은 이 역사적인 광장을 어떻게 활용할 것

인가에 대한 통합적인 전망이 부재했어. 주먹을 불끈 쥐고 손을 뻗었지만 방향은 모두 달랐어. 5·3민주항쟁계승 조직위원장은 "30년 전 5월 3일 인천 주안 시민회관 사거리 일대에서 벌어진 일련의 사건은 분명 민주화운동입니다. 그래서 우리는 감히 인천 5·3민주항쟁이라 명명합니다"라고 인사말을 했지. 나는 '감히'라는 말이 가슴 아팠어. '당당히'가 아니라 '감히'라니. 시대의 요구를 따라가지 못했던 조직들, 일반 대중과 함께하지 못하고 과격한 투쟁으로 변질되었던 집회, 집회장에서 한뜻으로 뭉치지 못하고 오히려 함께해야 할 조직끼리 반목한 점 등이, '당당히'가 아닌 '감히'를 쓰게 했을 거야. 발제자 중 한 사람이 그랬지. 벅찬 감성에 세상을 바꿔야 한다는 사명의식, 또는 소명의식이 있을 때 환상이나 낭만이 들어올 수 있다고. 그때 나는 정의로웠고, 순수했어. 억압받는 사람들이 주인 되는 세상을 꿈꿨지. 연애도 못하고 말이야. 그리고 털끝만 한 환상이나 낭만이 아직 남아 나를 괴롭히고 있다는 것도 알겠더라고. 그날의 내가 종으로 횡으로 맞춰지자 좀 우울했어. 그것은 '감히'와 한 부분이 맞닿아 있어.

심포지엄 중간 쉬는 시간에 화장실을 다녀오는데 누군가 내 팔을 붙들더라고. 그의 선배였어. 물론 내 선배이기도 했고. 그가 괜찮아? 말을 꺼내는데 저절로 눈물이 쏟아지더라고. 나중에 봐요. 옆자리에 앉으라는데 차마 앉지 못하겠더라고. 사실, 심포지엄 장소에 들어서는 순간 잘못 왔다는 생각이 들었어. 그와 내가 한 공간에 있었듯이 그를 알고 나를 아는 사람들도 여럿 있었던 거야. 그 사람들과 마주치는 일이 너무 힘들더라고. 위로받을 준비조차 안 되어 있었던 거야. 아무도 마주치지 않길 바랐는데 하필 그도 나도 좋아했던 선배를 만난 거지. 더 있을 수가 없어서 가방을 챙겨 들고 옆문으로 나와버렸네.

그날, 그와 나는 그 광장에 있었지만 겨우 얼굴만 봤을 뿐이었어. 우린 각기 다른 어깨동무를 하고 있었거든. 그가 맨 앞자리에서 스크럼을 짜고 지나가는 걸 언뜻 본 게 전부야. 그런데 왜 그날이 잊히지 않는 걸까. 스치듯 지나가는데, 굳은 얼굴이었던 그의 얼굴이 나를 본 한순간 펴지며 발그레해지는 걸 보았어. 정식으로 만나고 두번째 보는 거였는데, 사실 첫인상이 그렇게 좋은 건 아니었어. 키가 작고 목이 짧고 두껍고, 눈은 또 가늘게 째진 편이고, 말수도 없고 무뚝뚝하고. 그런데 그날 설핏 지나가면서 본 그 표정이 한순간 내 안으로 들어와버렸네. 악동 같기도 하고 수줍은 소년 같기도 한 그 잠깐의 모습이 나를 무장 해제시켜버렸지. 그 와중에 나도 모르게 입이 헤죽거려지더라고. 최루탄 가스가 날리고 콧물 범벅이 되어 도망을 치는데도 문득문득 그 표정이 떠올라선 헤프게 웃는 내가 정말 어이없었어.

그가 몸이 악화되면서 혼자 힘으로 일어날 수 없을 지경이 되었을 때, 자꾸 화장실을 가겠다고 일으켜달라고 했어. 화장실에서 시원하게 대변이든 소변이든 볼 수 있을 거 같고, 그렇게만 된다면 나을 수 있을 것 같다고 생각했지. 의사나 간호사들도 계속 소변 양을 체크하고 있었거든. 매번 어깨 뒤쪽으로 손을 넣어 일으키는 일이 너무 힘들었어. 일으켜달라고 하면 조금 전에 화장실에 갔다 왔다고 달래기도 했고, 팔이 너무 아픈데 조금만 있다가 가면 안 되겠느냐고 엄살을 부리기도 했지. 그럴 때마다 그는 그래, 선선히 대답했어. 마치 어린아이처럼. 그러면 나는 또 미안해져서 마음이 안 좋았고. 그런데 한번은 그를 일으키려고 하는데 그의 얼굴이 훅 내 얼굴로 다가오더니 입을 맞추는 거야. 그때쯤엔 그토록 원하던 대소변이 아니라 혈변을 보고 있어서 성인용 기저귀를 차고 있어야만 했어. 거기에다 간성혼수가 진행되고 있어서 자신의 이름도 대지 못하기도 했지. 그런데 입을 맞춘 거야.

우린 다 늙은 부부 같았는데, 처음부터 그랬는데, 시어머니와 같이 살아서 그랬는지 어쨌든 알콩달콩이니 하는 것과는 거리가 멀었는데, 언제부턴가 입을 맞춘다든가 하는 일이 자연스럽게 멀어져버렸는데 그가 입을 맞추더라고. 그 거리에서 그가 설핏 웃던 모습이 떠오르더라고. 순한 악동 같던, 이젠 잊은 지 오래된 그 모습이. 그게 잘 안 잊히더라고.

심포지엄 장소에서 나와서 자유공원에 갔어. 스무 살의 내가 바다가 보이는 자유공원 광장에 서 있었어. 비둘기들이 어린 내 주변에서 괴이하게 울어대며 바닥에 부리를 박고 있었지. 비둘기들은 아주 오래전부터 이 공원의 상징처럼 되어 있었어. 옥수수 사료를 사서 던져주곤 했으니까. 봄이야. 한껏 꾸며 입고 나온 긴 플레어스커트에는 안개꽃이 프린트되어 있어. 나는 막 날리기 시작하는 벚꽃나무 아래에서 꽃의 소리를 들어. 검은 고목 한가운데에서 피어난 연분홍 꽃의 숨소리를 들어. 나는 중얼거리고 있어. 산다는 건, 번데기 같아. 산다는 건, 절뚝거리는 비둘기 같아. 산다는 건, 영원히 녹지 못하는 꽁꽁 언 아이스크림 같아. 말주머니를 허공에 날렸지. 산다는 건, 어쨌든 꿀꿀해. 바다에서 불어오는 비릿한 바람이 얼굴을 스쳤지. 산다는 건 생을 품은 바람을 온몸으로 맞는 거야. 한껏 감상에 젖기도 해. 난 스무 살이었으니까. 나는 이름도 모르는 꽃 앞에 앉아 흥얼거려.

와서 모여 함께 하나가 되자. 와서 모여 함께 하나가 되자. 물가에 심어진 나무같이 흔들리지 않게. 흔들리지 흔들리지 않게, 흔들리지 흔들리지 않게.

주안공단으로 가는 버스에 올라타 민주노조건설 임금인상을 외치던 내 목소리. 당찬 목소리와는 달리 달달 떨리던 발끝. 내리기 직전 내게 말없이 주먹을 쥐어 보이던 순한 청년은 어느 공장에서 나사를 박고 있을까.

눈물 한 방울이 떨어져. 어깨를 겯으며 함께 가자고 했던 이들은 어디에 있는가. 그는 어디에 있나. 울돌목이나 맹골수도에 갇혀버렸나. 벚꽃 아래를 돌아 나오며 아무도 몰래 슬쩍 입을 맞추던 그는 어디로 가버렸나.

공원에서 바다로 향해 난 계단을 내려가. 계단 끝에는 바다가 아니라 오래된 작고 낡은 건물들이 옹기종기 모여 있어. 먼지 쌓인 골목을 지나야 바다를 만날 수 있지. 스무 살의 나이는 그 무엇도 확신할 수 없었어. 다만 눈이 부신 듯 아려서 시시때때로 가슴이 저리고, 눈물이 나고 주먹이 쥐어졌지. 바다로 향하던 내게로 바람이 불어와. 거친 바람은 치마를 펄럭이게 해. 치마에 프린트되어 있던 꽃들이 나풀나풀 날아 눈물처럼 떨어져.

헬로 헬로 미스터 몽키.

나의 이십대에는 몽키가 있었어. 어딜 가나 몽키를 부르는 소리가 있었지.

헬로 헬로 미스터 몽키.

부르는 소리를 들으면 저절로 몸이 흔들거렸지. 아라베스크인가 하는 여자 삼인조 가수들이 그 노래를 불렀어. 모두가 헬로 헬로 미스터 몽키를 부르고 따라서 춤을 췄지. 까마득해. 그런데 상징 같던 비둘기도 없어진 광장을 돌아 나오는데 누군가의 짐자전거에 묶인 소형 라디오에서 이 노래가 흘러나오네.

헬로 헬로 미스터 몽키.

어쩐지 그 노래가 아주 낯설지 않더라고. 아주 오랜만에 듣는데도 와락 반가운 느낌마저 드네. 백 년도 더 된 이 공원의 늙은 나무들과 잘 어울리는 것도 같았어. 벚꽃들도 난분분 지고 있었거든.

안녕 미스터 몽키. 넌 여전히 빠르고 멋있어. 안녕 미스터 몽키. 넌 어릿광대였음이 분명해. 한때 그는 아주 유명했지. 저 자그마한 늙은 어릿광대 모두가 그의 이름을 알았었지. 지금 그는 이름도 없지만 행복한 늙은이라네. 아이들은 그가 지나가기만 해도 웃지.

그런데 몽키 노래 사이로 노쇠한 자전거가 끼릭끼릭 관절기침을 하며 지나가는데 그 노래를 들었던 한 장면이 떠오르는 거야. 몇 년 전이었을 거야. 우리는 목포에서 출발해서 광주공항으로 향하고 있었어. 최종 목적지는 화순이었고. 승용차에는 목포에서 문학상을 타게 된 동료와 나를 포함한 축하객 몇이 있었지. 우리는 목포에서 광주공항으로, 다시 화순으로 해서 담양의 죽녹원을 들를 계획이었어. 그러니까 광주는 공항에 누군가를 내려주기 위해 들러 가는 곳이었어. 광주에 들어서자 누군가 말했어.

저는 광주를 25년 만에 처음 옵니다. 그때 직장 회장님 댁에 들르느라 왔었죠.

누군가 그 말을 받았어.

그러고 보니 저도 아주 오래전에 직장 동료 결혼식 때 광주를 한 번 왔었네요.

25년이라니. 광주가 그렇게 먼 도시였나. 그럼 나는 언제 와봤나 따져봤지. 이런, 28년 전이었던 거야. 내가 스무 살 때였으니까.

그때 나는 광주 금남로에 있었어. 도로를 점거하고 학살규명을 외쳤지. 김남주 시인의 시가 있었어. 지금은 타지 않는 「타는 목마름으로」도 있었고. 그 생각을 하자 문득 망월동 묘역을 가보고 싶었던 거야. 갔지.

오랜 시간이 흘렀음을 알았어. 묘에는 모두 조화로 된 흰 국화가 놓여 있었어. 묘비를 훑는데, 묘비 옆 앳된 얼굴의 사진을 자주 만날 수 있었어. 이제 갓 스물이었을 청춘들이었어. 이 아이들 중 누구도 자신의 삶이 이렇게 어린 나이에서 끝나 여기에 묻히리라고 생각하지 않았겠지. 누군가의 가슴은 아직도 타들어가고 있겠지. 그 생각을 하자 마음이 무거워졌어. 다음날 푸조나무가 울창한 관방제림 한쪽 줄지어 선 노점 어디에선가 몽키를 부르는 소리가 들렸어. 헬로 헬로 미스터 몽키. 낯설면서도 익숙한 노래였어. 내 이십대에 몽키가 있었지. 나는 몽키를 소리 내어 불러보지 못했어. 그때의 숨 죽인 새벽 골목길이 아직 지지 않은 배롱나무 붉은 꽃으로 남아 있었어.

그는 군대에서 제대하자마자 복학도 하지 못한 채 자전거 포 포쟁이가 되었어. 그의 아버지가 하던 일이었고, 어머니가 어렵게 그 뒤를 잇고 있었기 때문이야. 불평 같은 것은 없었어. 중독될 만큼 콜라를 자주 마셨지. 그냥 갈증이 난다고 했어. 그의 손에는 언제는 육각렌치나 전동 드라이버 등이 들려 있었지. 목장갑은 검은 기름때에 절어 있었고. 그 장갑을 벗지 않은 채 마시던 콜라가 목울대를 타고 들어가며 내던 소리를 기억해. 그가 지친 몸으로 기울이던 소주와 닮아 있었어.

그의 왼쪽 허리춤에는 십여 개 가까이 되는 열쇠가 매달려 있었어. 그 열쇠로 열어야 하는 많은 문만큼의 무게를 짊어지고 있었지. 그의 어깨가 조금씩 앞으로 기울었어. 그는 지난 겨울을 넘기지 못했고, 나는 봄을 맞지 못했어. 그리고 다시 봄이야. 1년이 넘었고, 잘 견뎌왔다고 생각했어. 그러나 나는 아직도 세월호를 세월호라 차마 부르지 못하고 '배'라고 어설프게 말하는 것처럼 그를 남편이라고 더 가까운 호칭으로 부르지 못하고 주저하고 있어. 처음에 같이 앤솔로지를 묶지 않겠느냐는 제안을 받았을 땐 '소설'에 방점이 찍혀 있었어. 그가 가버린 뒤로 소설을 한 편도 제대로 쓸 수 없었거든. 이러다 영영 소설을 못 쓰게 될까 봐 무서워서 얼른 제안을 받아들였던 거야. 그런데 막상 소설을 쓰려고 시작하니까 방점이 '세월호'에 찍히는 거야. 한 문장도 쓸 수 없었어. 매일매일 소 도살장에 끌려가는 심정으로 노트북 앞에 앉았지만 도저히 안 되더라고. 얼마나 아픈지 알기에 소설을 쓸 수 있을 거라고 생각했는데 얼마나 아픈지 알기에 쓸 수가 없더라고. 그 아픔 속으로 빠져들 용기가 나지 않아서 이렇게 주저대고 있는 거야. 그를 보낸 나도 이렇게 아픈데, 무슨 수로 그 아픔을 보듬어보겠나.

남편이 그렇게 가버리고 나보다 더 힘들었던 건 시어머니야. 자전거포 안쪽에 살림집이 있었고, 거긴 시어머니 방이 있었지. 남편은 아침에 출근하고 나면 저녁 10시가 넘도록 어머니하고 생활했던 거야. 남편은 어머니의 애인이자 아들이자 친구였어. 그 일이 있고 나서 어머니가 알 수 없는 분노로 내게 패악을 부리던 때가 있었어. 저녁을 차리고 있었는데 가라고 소리쳤지. 만들던 음식을 모두 싱크대에 처박고 다 필요 없으니 가라고. 그때 마주친 어머니의 눈을 잊을 수가 없어. 붉게 충혈돼서 금방이라도 쏟아질 듯한 눈물을 담고 불안하게 흔들리며 나를 바라보던 눈. 어떻게든 살기 위해 버티던 눈이었어. 그랬는데, 그때는 당신보다 내가 더 힘들었기에 그 눈빛을 외면해버리고 나왔는데 두고두고 박히더라고. 우리 모두 그를 잃고 지옥불 속을 헤매고 있구나 싶었어.

배가 건져 올려지기까지 그 많은 날들을 그들도 그랬을 거야. 끝나야 하는데 영영 안 끝날 것 같은 불길 속을 헤매고 있었을 거야.

언젠가 아파트를 나서다가 어떤 아저씨를 봤어. 헐렁한 옷차림새나 팔자로 걷는 모양새가 그와 너무나 닮은 거야. 가슴이 곤두박질치는데 미치겠더라고. 그가 이상하게 볼까 봐 쳐다보지도 못하면서 그렇다고 안 쳐다볼 수도 없고. 완전히 눈길을 거두지는 못하겠더라고. 조금 떨어져서 몰래 그를 쫓아갔어. 분명히 그가 아닌데 그인 거 같아서, 그일 수 없는데 그 같아서, 그를 놓치면 안 될 거 같아서 허청거리듯 그를 쫓아갔어. 그가 4층짜리 빌라 안으로 들어가고 조금 이따가 3층 왼쪽 집에 불이 들어오는 거야. 하염없이 그 집 창문을 바라보고 있는데 갑자기 창문이 열리더니 그 아저씨가 내려다보는 거야. 내가 뭔가 이상했나 봐. 나와 눈이 딱 마주쳤지. 아줌마 뭐요? 그 목소리를 들으니 갑자기 정신이 번쩍 돌아오더라고. 고개를 숙이고 허겁지겁 거길 빠져나왔어. 그때까지도 가슴이 얼마나 벌렁거리며 뛰는지. 분명 전혀 다른 목소리였고, 아니라는 것도 확인했는데 그래도 어쩌지 못하겠더라고.

한 사람의 생을 생각해. 아니, 흔적을 생각해. 그전까지는 생각해보지 못했던 그의 몸짓, 얼굴 근육 움직임, 어떤 손짓 같은 거. 그전까지는 몰랐는데 눈여겨볼 생각도 안 했는데 그가 보이지 않으니 어느 순간 알아지는 것들 말이야. 얼마나 큰지, 얼마나 많은지 문득문득 치받고 올라오는데, 한 생이 존재 자체로 우주였구나 생각되는 거야.

배가 드디어 물 위로 드러나네. 3년을 물속에 잠겨 있던 세월호야. 이름조차 희미하게 지워져버린 세월호. 더 이상 저 배를 볼 수가 없어서 무작정 밖으로 나왔어. 계속 보다가는 숨이 막힐 거 같았거든. 걷다 보니 그에게로 와버렸네. 생몰을 가진 항아리 속에 그가 있어. 미처 꽃을 사오지 않았네. 저번에 걸어놓은 꽃이 시들어가고 있는데 말이야. 어디선가 울음소리가 들려. 잘 참고 있는데 울음소리는 끊어질 듯 끊어질 듯 공허한 공간, 사람이 없는 것 같지만 너무나 많은 그 공간을 떠돌아. 그때 그 마지막 입맞춤이 아직도 생생해서, 그 울음소리를 듣고 있을 수 없어서 서둘러 나왔어. 아직도 나는 정면으로 부딪칠 용기가 나지 않나 봐.

기운 없이 내려오는데 일주일 전까지만 해도 잠잠하던 산수유 가녀린 노란 꽃망울들이 터지고 있었어. 겨울에서 봄에서 여름, 다시 겨울에서 봄이 오고 있는 거야. 파랗고 붉은색이 아니라 먼저 노랗게 산수유꽃이 피어나고 있던 거야. 멀미나도록 노란빛이 텔레비전 안에만 있었던 것이 아니었어. 팽목항에서, 광장에서만 날리고 있었던 것이 아니었어. 꽃망울을 가진 가지는 한사코 밝은 곳, 빛이 더 드는 쪽으로 손을 뻗으려 하고 있었어. 캄캄하고 어두운 곳에서 양지쪽으로, 꽃이 환하게 피어나는 곳으로 데리고 나와야지. 애야, 저기 밝은 빛이 비추는 환하게 꽃 핀 곳으로 가자. 산수유 가지에 눈을 주며 주술처럼 중얼거려.

팽목항에 간 적이 있었어. 그가 도저히 안 되겠는지 가게 문을 닫더라고. 가보자고. 가서 눈으로 직접 확인해보자고, 어떻게 저럴 수가 있냐고. 그렇게 내려갔는데, 어떤 일이든 도울 일이 있으면 도와주자고 갔는데 결국 바다만 바라보다 올라왔어. 그 사람들, 가족을 한순간 잃어버린 사람들을 차마 마주볼 수가 없더라고. 먼저 눈물이 터져버릴까 봐. 기껏 추스르고 있던 그들을 다시 힘들게 할까 봐.

가게를 오래 비워둘 수 없다고, 가게를 열어야겠다고 핑계를 대며 그만 가자고 하더라고. 그렇게 다시 올라가다가 내가 문득 말했지. 망월동에 가볼까. 그냥 올라가면 그도 나도 너무 힘들 것 같았거든. 우린 묘 주변을 오랫동안 서성였어. 헬로 헬로 미스터 몽키, 그렇게 부르던 노래 알아? 그가 무슨 말이냐는 듯 바라봤어. 아니, 문뜩 떠올라서. 옛날에 유행했잖아. 알지. 그 노래를 누가 모를까. 그 가수들 우리나라에도 왔었잖아. 그래? 그럼 당신도 이 노래 불렀어? 듣기는 많이 들었는데 정작 불러보지는 않았네. 그걸 부를 만큼 기분 좋은 일이 없었던 걸까? 그러고 보니 그랬어. 정작 내가 아는 것도 헬로 헬로 미스터 몽키 그게 전부였어. 도처에 몽키가 있었는데 말이야. 다시 가자고, 날 좋은 날 다시 한 번 팽목항에 가자고 했는데, 그때는 좀 괜찮아질 거라고 했는데 끝내 다시 가지 못했네. 떠오르는 배를 차마 보지 못해 산수유 노란빛만 취한 듯 보네. 봄이 오고 있는 거겠지.

지금 이렇게 써내려간 건 뭐라고 부를 수 있을까. 아직 소설을 쓸 수 있는 상황이 안 되나 봐. 제안을 받아들이지 않는 것으로 해도 어쩔 수가 없어. 그를 잃은 내가 이 생을 버텨내기 위해 동치미 국물을 마시고, 옛 시민회관을 찾고, 자유공원에 올라 몽키를 듣고, 그와 닮은 이를 찾아 이끌려가듯 어떤 것은 사람의 힘으로 안 되나 봐. 떠난 그와 정면으로 대면해보려 했는데 아직은 무리인가 봐. 내내 눈길을 걸어야만 하는 '차다'의 길처럼 그렇게 걸어갈 수밖에 없나 봐. 그러니 미안하다고 말할 수밖에. 그날 이후 세월호에 갇혀버린 수많은 영혼 앞에 지금은 국화꽃도 향도 피울 수가 없네. 그들 앞에서 내 설움이 먼저 북받쳐서 온전히 기도를 할 수가 없을까 봐. 그게 미안해서. 하지만 나도 어떻게든 살려고 발버둥치고 있는 거라고, 시어머니처럼 불안한 붉은 눈동자를 하고 패악을 부리듯 버티고 있는 거라고 좀 봐줘. 어디선가 노랫소리가 들려오는 것 같아. 몽키를 찾는 노래는 아니겠지.

부들 사이

기철은 살코기가 담긴 비닐을 주방 싱크대 위에 올려놓았다. 문이 열릴 때, 문 위에 매달린 종이 울리는 소리를 들었을 텐데도 미란은 내다보지 않았다. 기철은 주방에서 가까운 테이블에 자리 잡고 앉아 안주머니에서 담배를 꺼내 물었다. 라이터를 켰지만 딸칵 소리만 날 뿐 불이 올라오지 않았다. 일회용 라이터의 투명한 플라스틱 몸통에 가스가 절반쯤 남아 있는 게 보였다. 방문 열리는 소리가 들렸다. 라이터를 몇 번 흔들어 다시 불을 켜려는데 미란이 입에 문 담배를 낚아챘다.

"식당 안에서 금연인 거 몰라요?"

기철은 새삼스럽게 뭘 그러느냐고 투덜거리려다, 미란이 긴 바바리코트에 목에는 스카프까지 두른 걸 보고 입을 다물었다.

"어디 가려나 보지?"

대충 날짜를 셈했다. 면회 가는 날인 듯했다.

"저거 해주고 가소. 어제 김씨랑 술을 많이 마셨더니 속이
쓰려 얼큰한 게 먹고 싶어 왔는데."

억지를 부렸다. 기철이, 미적거리며 밖을 내다보는 미란의
시선을 따랐다. 하늘이 잔뜩 흐렸다.

"새벽엔 바람이 장난이 아니던걸. 나가려거든 옷 단단히 여
미고 가소."

바람이 잦아들긴 했지만 새벽까지 기세가 대단했다. 바람
은 밤새 날카로운 휘파람 소리를 내며 머릿속을 헤집을 듯 불
었다. 강 쪽으로 난 문은 물을 벗어난 물고기처럼 파닥거리며
요동쳤다. 새벽에, 기철은 바람 소리처럼 어지러운 꿈을 꾸다
잠깐 일어났다. 현관문이 왈칵 열릴까 봐 힘주어 당기며 열었
지만 바람은 그 순간을 기다리고 있었던 듯 몰아쳐 들어왔다.
현관을 나서자마자 한쪽 귀와 볼이 금세 얼얼했다. 시멘트벽
냉기가 손바닥에 선뜩하게 전해졌다. 마당을 가로질러 화장
실로 가서 방광을 짓누르던 오줌을 쏟아내며 몸을 부르르 떨
었다. 어지러운 꿈까지 빠져나간 듯했다. 저릿한 새끼손가락
을 주무르며 짙은 새벽하늘을 올려다보다 집 안으로 들어왔
다. 다행히 아침에는 한결 나았다.

"눈이 오려나 봐요."

주저하듯 밖을 내다보던 미란이 등을 돌려 코트를 벗어 의자에 걸쳐놓고 앞치마를 둘렀다. 다른 날 같으면 어림없는 일이었다. 아예 식당 문조차 열지 않았을 것이다. 미란이 기철이 가져온 봉지를 열어보더니 살코기를 꺼내 씻고는 전골냄비에 고춧가루와 고추장, 마늘을 넣고 버무린 다음 물을 부어 안쳤다. 마지막에 대파와 청양고추도 숭숭 썰어 넣을 것이다. 혼자 살다 보니 기철도 음식이라면 웬만큼 했다. 그래도 하루에 한 번은 일부러 식당에 들러 한 끼를 해결했다. 기철은 미란이 목에 두른 스카프 속에 슬쩍 드러나는 꽃무늬를 보았다. 저런 작은 꽃 이름은 무얼까 생각했다.

"따뜻해질 거예요."

미란이 탕을 가스레인지 위에 올려놓고 나와 바닥패널 난방을 틀었다. 금방 엉덩이 쪽에 온기가 전해졌다. 기철은 미란이 흐린 햇살이 매달린 창문 쪽으로 눈길을 주는 걸 보고 텔레비전 리모컨 버튼을 눌렀다.

나는 가슴이 두근거려요. 당신만 아세요 열일곱 살이에요. 가만히 가만히 오세요 요리조리로. 파랑새 꿈꾸는 버드나무 아래로. 딩동댕. 감사합니다앙. 여, 여보셔. 그냥 내려가시지 말고 이리 좀 와보셔어. 입가에 웃음을 찰랑찰랑 매단 여자가 엉덩이를 살랑거리며 사회자에게 다가간다. 근데 저 실례지만 지금 몇 살이나 자셨수. 아이, 열일곱, 열일곱 살이라니까요옹. 여자는 눈웃음을 치며 검지로 사회자의 볼을 살짝 친다. 에잉, 말씀이 너무 심하셔어. 어째 내가 보기엔 마흔일곱은 자셨겠는데. 어머, 무슨 그런 섭섭한 말씀을.

방청 온 사람들이 플래카드를 높이 쳐들어 흔들며 웃었다. 박수를 치고 더러는 신나게 몸을 흔들어댔다. 구경 온 사람들은 거리낄 게 없이, 체면 차리지 않고 제 기분대로 놀았다. 「전국노래자랑」을 재방송해주는 모양이었다. 송해 아저씨도 많이 늙었네. 기철은 조금 전 노래를 흥얼거렸다. 나는 가슴이 두근거려요. 당신만 아세요 열일곱 살이에요. 열일곱, 생각만으로도 아득해서 멀미가 일었다.

탕이 끓으면서 얼큰한 냄새가 식당을 채웠다. 기철은 주방 옆에 딸린 방문 앞에 놓인 굽이 높은 구두를 보았다. 그 구두 속으로 들어갈, 발목이 가는 미란의 발을 생각했다. 이렇게 추운 날 잘못 나섰다가 덜컥 감기라도 걸리면 어쩌려고 그러느냐고 말하고 싶은 걸 참았다. 웬 참견이냐고 하면 그것처럼 민망한 일도 없을 것 같았다. 기철은 괜히 입을 쩝, 소리 나게 다셨다.

미란은 기철이 고기를 가져오면 이게 뭐냐고 묻지 않았다. 기철은 고기를 먹으면서 짐승을 생각하지 않았다. 그건 당연했다. 사람들도 소고기를 먹으면서 코뚜레 꿰인 소를 생각하지 않았고, 돼지고기를 먹으면서 우리에 갇혀 꿀꿀대는 돼지를 떠올리지 않았다. 갈지 않은 추어탕을 먹으면서 꿈틀거리는 미꾸라지를 생각하지 않았다. 그런데 뉴트리아를 먹어본 적이 없는 사람들은 고기가 아니라 살아 있는 뉴트리아를, 몸집이 큰 쥐를 떠올리며 고개를 저었다. 방송에서는 괴물쥐 운운했지만 뉴트리아는 오히려 수달 쪽에 가까웠다. 선입견만 버리면 뉴트리아 맛을 제대로 볼 수 있지만 다들 그렇게 하지 않으려고 했다. 퇴치동물로 지정되면서 선입견은 더 굳어졌다.

기철은 매일 뉴트리아를 잡았고, 냉동을 시켰다. 고기가 먹고 싶으면 살코기만 발라 구워 먹거나 미란에게 가져갔다. 그럴 때는 내장을 빼내 버리고 쓸개만 따로 말렸다. 냉동시킨 뉴트리아는 일주일마다 구청에 돈을 받고 넘겼다. 전 주에 담당 공무원은 쓸개를 불법 유통하다가 걸리면 벌금을 문다고 에둘러 경고를 줬다. 기철은 그런 경우는 없다고, 겨울로 접어들 즈음엔 늘 이 정도 잡았다고 되받았다. 방송에서 뉴트리아의 쓸개에 곰의 웅담 성분이 들어 있다는 연구 결과를 발표하면서 뉴트리아 신세가 달라졌다. 쓸개를 몰래 찾는 사람들이 있었다. 그들에게 세균 따위는 문제되지 않았다.

고기는 맛도 향도 심심하고 담백했다. 특별한 맛은 아니지만 기철은 고기가 먹고 싶을 때 뉴트리아를 먹었다. 항생제가 잔뜩 들어간 사료를 먹고, 좁은 우리에서 꼼짝 못한 채 살 찌워진 짐승의 고기를 먹는 것보다 나았다. 이 녀석들은 야생에서 물고기나 풀, 채소나 과일을 먹고 자랐다. 쫄깃해서 씹는 맛도 좋았다. 무엇보다 먹고 싶을 때 언제든지 먹을 수 있었다. 미란은 닭볶음탕처럼 만들었다. 다만 아침에는 국물이 좀 있게, 저녁에는 볶음에 가깝게 요리를 했다. 기철은 식당에 대놓고 밥을 먹고 매월 말일에 달라는 금액을 주었다.

기철이 밥을 먹는 동안, 미란은 유리창으로 밖을 보고 있었다. 기철은 그런 미란이 신경 쓰였다. 다른 때보다 화장도 고와 보였다. 미란이 딱 한 번 남편 얘길 했다. 그 얘기를 하기 전까지 기철은 미란이 결혼을 했는지도 몰랐다. 지금 생각해보니 그때도 텔레비전에서 「전국노래자랑」을 재방송해주고 있었다. 송해 아저씨도 많이 늙었네. 아저씨가 아니라 할아버지라고 불러야겠다. 팔순은 됐을 텐데. 그렇게 시작되었다. 팔순이 아니라 구순이 다 된 나이라고 기철이 맞받았고, 미란이, 그 사람은 송해 아저씨야말로 방송대상을 줘야 한다고 했는데, 하면서 말끝을 흐렸다.

그 사람, 미란의 남편은 「전국노래자랑」이야말로 가장 사람 냄새나는 프로라고 했다. 「전국노래자랑」만 하면 볼륨이 올라가고 큰 덩치가 흔들렸다. 그 시간에는 아무도 만나지 않았다. 알아서 주변에서 그 시간을 피하기도 했다. 눈꼬리에서부터 관자놀이까지 난 초승달 칼자국이 같이 춤을 추었다. 아따 저년 참 빵빵하게 생겼네, 라거나 야살 맞게 생긴 놈이 노래는 끝내주네, 하는 평도 잊지 않았다. 「전국노래자랑」이 끝나면 그는 아쉽다는 듯이 입맛을 다신 뒤 후식처럼 미란을 번쩍 들어 침대에 내던졌다. 남편 가슴에 회칼이 깊숙이 박혔을 때 미란은 옆에 없었다. 남편은 어딘가로부터 전화를 받고 급하게 옷을 갈아입었다. 다른 날과 다르게 허둥댔다. 미란은 늘 준비해놓고 있던 속옷과 양말, 간단한 옷가지가 담긴 여행 가방을 들려주었다. 그와 살면서 이미 여러 번 경험해본 일이었다. 그가 엘리베이터를 타며 미란에게 손을 들어 보였다. 며칠 안 걸릴 거야. 집 잘 봐. 미란은 고개를 끄덕였다. 남편이 이마에 흘러내리는 땀을 닦는데 문이 닫혔다. 1층 엘리베이터 문이 열렸을 때, 이미 그의 가슴에는 칼이 박혀 있었다. 그는 돌아오지 않았다. 병원에서 감방으로. 이곳으로 오기 전의 일이었다.

기철은 아무 말 없이, 취한 미란의 말을 듣기만 했다. 그동안 한 번도 자신이 어떻게 살았는지 내비치지 않던 미란이었다. 이런저런 소문을 알 텐데도 미란은 입을 다물었다. 그날은 한 달에 한 번 면회를 다녀온 날이었다. 기철은 늦은 밤 식당에 불이 켜진 걸 보고 문을 두드렸고, 미란은 혼자 술을 마시고 있는 기철 앞에 와서 소주병을 흔들어 보였다. 앉아도 돼요? 흔드는 소주병 한가운데에서 기포들이 회오리를 일으켰다. 기철이 멍하니 바라보는 사이, 미란은 대답은 필요 없다는 듯, 맞은편에 앉았다. 매운 닭발을 안주 삼아 소주를 두 병째 비우고 나서야 거의 울 듯한 얼굴로 남편이 변했다고 했다. 조금 전 앉아도 되냐고 당당하게 묻던 미란은 없었다.

남편을 아는 사람들은 아무도 함부로 건들지 못했다고 했다. 입을 다물고 있을 때에도 얼굴에 무게가 실렸다. 쏘아보는 눈빛은 저절로 반응했다. 감정을 숨길 때조차 그의 얼굴 표정은 분명했다. 그런데 그가 변했다. 그의 얼굴 표정이 고요해졌다. 가능하지 않은 일이었다. 가슴을 지나갔던 칼이 그를 변하게 했을 리 없었다. 차가운 독방에서 매일 성경을 읽는다고 했다. 어떤 때는 미란 앞에서 쑥스러운 듯 성경 구절을 인용하기도 했다. 마음을 울린다고, 성경을 읽을 때마다 죄가 사해지고 깨끗한 몸으로 돌아오는 것 같다고, 이 재미를 왜 몰랐는지 모르겠다고. 그가 성경에 몰두할수록, 말투가 목사처럼 변해갈수록 미란은 남편이 낯설어 어떻게 해야 할지 몰랐다. 면회를 가는 것도, 얼굴을 보는 것도 곤혹스러웠다. 우악스럽고 거친 그가 좋았고, 「전국노래자랑」에 출연한 사람들이 부르는 노래를 따라 부르며 엉덩이를 흔드는 그가 좋았다. 거대한 나무둥치를 끌어안고 뒹굴고 가슴을 비벼대는 꿈을 자주 꾸었다. 뿌리가 미란의 몸을 휘감고 밤새 놔주지 않기도 했다. 이제 그런 남편은 어디에도 없었다.

그 말을 듣는 동안 기철은 본 적도 없는 미란의 남편을 향해 질투가 솟는 걸 어쩌지 못했다. 미란은 그때 이후로 남편 얘길 꺼낸 적이 없었다. 술에 취해 뱉었던 그 말을 기억하고 있는지도 알 수 없었다. 미란이 문 앞에 서서 목에 두른 스카프를 만지작거렸다. 손끝에서 꽃들이 부서졌다. 기철은 미란이 스카프를 풀어버리고, 옷도 늘 보던 옷으로 갈아입길 바랐다. 기철이 밥을 다 먹을 때쯤, 미란은 매만지던 스카프를 단단히 조여 매고, 의자에 걸쳐놓았던 코트를 다시 입고, 신발을 구두로 갈아 신었다.

"눈이 올지도 모른다는데 그런 구두를 신고 길을 나서도 되겠소?"

기철이 수저를 놓고, 물을 마시고, 미적거리는 것도 아니고 서두르는 것도 아닌 채, 어정쩡하게 엉덩이를 들며 말했다. 미란이 온열기 스위치를 껐다. 기철을 바라보고, 제 구두를 바라보다가, 테이블은 나중에 정리해야겠어요, 하더니 식탁을 상보로 덮고 그대로 출입문을 열었다. 미란이 식당 문을 잠그고, 마당 한쪽에 주차된 차에 올라타 출발한 뒤에도 기철은 쉬이 돌아서지 못했다. 밤새 바람이 불더니 하늘은 더 짙게 내려앉아 금방이라도 눈을 뿌릴 듯했다.

멀리 산자락에서 개 짖는 소리가 들렸다. 기철은 그 소리에 떠밀리듯 강 하구로 차를 몰았다. 가만히 가만히 오세요 요리조리로. 언제나 정다운 버드나무 아래로 가만히 오세요. 기철은 노래를 부르는 것도 아니고, 흥얼거리는 것도 아니게 중얼거리다가, 노래 끝에 긴 한숨을 매다는 자신을 보고 피식 웃었다.

강가의 버드나무는 어느새 가지만 앙상했다. 물푸레나무도 마찬가지였다. 나무들도 열일곱 살에서 한참은 지나왔을 터였다. 미란은 남편을 물푸레나무 같은 남자라고 했다. 물푸레나무 가지를 꺾어 물에 담그면 가지에서 잉크 방울을 떨어뜨린 것처럼 푸른 물이 푸레푸레 풀어지면서 물이 싱그러운 청빛으로 변하는데 아냐고, 했다. 북유럽 신화 운운하면서 신과 거인, 인간의 세계에 닿아 있던 세 개의 거대한 뿌리를 가진 나무라고. 그 뿌리에서 흘러나온 한 가닥이 자신에게 향해 있다고 믿었다고 알아듣지 못할 말도 했다. 술에 취해 그 거대한 뿌리에 엉키고 싶은데 이젠 그럴 수 없을지도 모르겠다고 중얼거렸다. 어쩌면 남편은 나를 기다리지 않을지도 몰라. 미란은 끝내 울먹였었다.

강둑길 한가운데에 차를 세웠다. 철망으로 된 포획틀 안에 녀석들이 잡힌 게 보였다. 녀석들은 강 하구, 물 흐름이 느려지는 곳에 굴을 파고 숨어 있다가 밤에 주로 움직였다. 줄이나 부들, 참새피 뿌리를 먹기도 하지만 참외나 당근, 고구마를 좋아했다. 녀석들은 길목에 설치한 포획틀 안에 넣어둔 당근이나 고구마를 먹으러 들어왔다가 꼼짝 못하고 갇혔다.

당근을 먹을 때, 녀석의 이빨은 당근과 구별되지 않았다. 주황색의 이빨은 앞니 네 개만 다른 이빨들보다 훨씬 컸다. 토끼 이빨과 비슷하게 생겼지만 앞으로 더 휘어져 있었고, 더 컸다. 몸통이 갈색이라서 선명하게 보이는 주황색 이빨은 생경한 느낌을 주었다. 이빨이 하얗다고 생각하는 것도 고정관념인지 모르겠지만 볼 때마다 주황색 이빨은 낯설었다. 토끼가 윗니 두 개로 물건을 파서 먹는다면 녀석은 위 아랫니를 사용해 도끼날처럼 무엇이든 잘라냈다. 줄이나 부들, 갈대처럼 세로줄의 결을 가진 질긴 줄기도 단숨에 잘라 먹었다. 육식을 하는 동물이 야생에서 살아남기 위해 상대의 목에 날카로운 이빨을 박고 물어뜯으려 송곳니를 가졌다면, 녀석은 그렇지 않은 셈이었다. 이빨만 보자면 사육이 가능한, 잡식성이지만 초식동물에 더 가까운 동물이었다.

포악한 동물은 아니지만 녀석들의 왕성한 번식과 식욕이 문제였다. 물고기나 밭의 배추나 고구마를 파헤쳐 먹어치웠다. 덩치도 웬만한 놈은 돌 지난 아이만 했다. 무엇보다 천적이 없었다. 천적이 있을 리 없었다. 강가나 늪지 주변에 녀석보다 덩치 큰 동물은 없었다. 사실 문제는 없었다. 인간에게 효용가치가 없어지면서 녀석들은 버려지고 퇴치 대상이 되었을 뿐이었다. 그러니 언제라도 가치가 입증되면 귀한 대접을 받을지 몰랐다. 녀석은 꼬리를 잡으면 꾸웅꾸웅 하고 돼지 울음도, 쥐 울음도 아닌 소리로 울었다.

선배를 따라나섰다가 강 하구에서 이 녀석을 처음 보았을 때, 기철은 적이 놀랐다. 저녁 무렵, 어둠 속에서 녀석은 등만 내보인 채 헤엄치고 있었는데, 기철의 눈에는 거무튀튀한 물건이 떠다니는 것으로 보였다. 그게 아주 낯설지만은 않았다. 수문통에 떠 있던 시멘트 포대에 싸인 물건. 까맣게 잊고 있었는데 불현듯 그게 떠올랐다.

기철은 어릴 적 수문통 옆에서 살았다. 지금은 복개되어 6차선 도로가 나버려 흔적도 없이, 표지석만 겨우 남아 있지만 중학생이 될 때까지도 수문통이 존재했다. 하루에 두 번 바닷물이 들어오고 나갈 때, 수문통의 물도 차올랐다가 빠졌다. 사리 때는 물이 넘쳐 안방까지 바닷물이 찰랑거리며 밀려들었다. 어느 백중사리에는 비까지 내려 교실 복도까지 물이 차 넘친 적도 있었다. 물은 순식간에 복도를 타 넘었고 아이들 발목을 적셨다. 물을 따라 밀려든 망둥이나 작은 숭어 같은 것도 있었다. 선생님이 제자리에 앉으라고 칠판을 두드리며 말했지만 물이 더 불어나면서 소용없었다. 나무로 된 복도였는데 아이들이 모두 바지를 걷고, 신발을 벗어 의자에 올려놓고 첨벙거리며 물고기를 잡느라고 아수라장이었다. 겁이 많은 여자아이들은 망둥이 같은 것이 지나면 꺄악거리며 소리를 질렀고, 남자아이들은 그 어느 때보다 신이 나 물고기를 잡으러 다녔다. 넘쳤던 물이 빠져나갈 때까지 계속되었다. 잡은 망둥이 같은 것을 신발주머니에 담아 가는 아이도 있었다. 기철은 어떻게 했는지 기억에 없었다. 다만 물이 빠져나가면서 파닥거리던 물고기, 빗물과 섞여든 바닷물의 비릿한 냄새, 나중에는 무섭도록 쏟아지던 비의 기세에 질렸던 기억만 남아 있었다.

기철은 어린 시절 내내 물과 살았다. 목재공장 옆 북성포구 저목장에 쌓아놓은 원목을 타고 놀기도 했고, 어른들이 빠루로 목재 껍질을 벗기면 나르기도 했다. 아이들은 원목을 타고 놀다가 미끄러져 물에 빠지면 죽을 수도 있다는 말을 수도 없이 들었지만 소용없었다. 실제로 원목이 빙그르 돌아 순식간에 물속으로 빨려 들어가면 구해낼 틈이 없었다. 빠진 아이가 놀라 어떻게든 물 밖으로 나오려고 하지만 바다 위는 모두 원목에 막혀 고개를 내밀 자리도, 숨 쉴 자리도 없다. 아이들이 물속에서 놀면서 저절로 익혔던 개구리헤엄은 아무 소용이 없었다. 여름방학이 끝나고 나면 교실 군데군데 빈자리가 생겼다. 그때는 아이를 많이 낳아서 그랬을까. 저목장에 접근하지 못하도록 막는 안전장치도, 강하게 말리는 사람도 없었다. 그런 위험한 곳이 바다 주변에는 널려 있었다. 갯벌에서 캔

조개나 낙지 그런 걸 담은 함지박을 끌고 가려고 들어왔던 소가 순식간에 밀려 들어오는 바닷물에 꼼짝달싹 못했다는 얘기도 들었다.

배가 드나들 정도로 넓었던 수문통은 쓰레기통이기도 했다. 음식물 찌꺼기부터 배설물까지 온갖 쓰레기를 아무렇지 않게 수문통에 버렸다. 악취가 코를 찌르다가도 하루 두 번 물이 들어왔다가 나가면서 쓰레기를 바다로 끌고 나가면 말짱해졌다. 고깃배를 따라 갈매기가 들어오기도 했다.

그 무렵 어느 날인가. 윗동네 하수구에서 빠져나온 공이 없나 수문통을 기웃거릴 때였다. 기철이 당시로는 흔치 않은 야구공을 주워 가방에 넣으려는데 저만치 앞에서 어떤 노인이 짐자전거에서 내리더니 장대를 들고 수문통으로 내려섰다. 대나무 장대 끝에는 갈고리가 달려 있었다. 노인도 수문통에서 무언가 건지려는 것이었다. 무엇을 건지려는 것인지 궁금했지만 동네 노인도 아니었고, 검게 주름진 얼굴은 쉽사리 곁을 허용할 것 같지 않았다. 사실, 노인을 처음 본 것도 아니었다. 언젠가 학교 가는 길에 노인이 갈고리가 달린 장대로 무언가 건져 가는 걸 멀리서 본 적이 있었다. 노인이 건진 것은 새끼줄로 묶인 시멘트 포대에 쌓인 것이었다. 기철의 책가방보다 작은 물건이었다. 노인의 짐자전거에는 이미 비슷한 물건이 한 개 실려 있었다. 노인은 짐칸에 조금 전 건진 그것을 싣고 자리를 떴다. 기철은 그 물건이 뭔지 짐작이 가지 않았다. 노인이 지나갈 때, 자전거 페달을 돌리던 앙상한 다리를 슬쩍 본 게 전부였다. 왠지 노인의 얼굴도, 짐칸에 실린 그것도 바로 볼 수가 없었다. 그냥 버리면 될 걸 굳이 시멘트 포대에 싸서 새끼줄로 묶어서 버릴 만한 것이 무엇인지 궁금했다.

얼마 뒤 아이들과 수문통 근처에서 놀다가 비슷한 물건을 발견했다. 그때 그 노인이 장대로 건져 가던 것과 같은 것이라는 걸 금방 알 수 있었다. 시멘트 포대에 싸서 새끼줄로 묶어서 버리는 물건이 흔한 것은 아니었다. 수문통에 물이 차면 물수제비를 뜨고 놀던 아이들은 주먹만 한 돌을 들어 포대를 쉽게 명중시켰다. 두세 번의 돌팔매질에 물에 젖은 시멘트 포대는 금방 찢어졌다. 찢어진 포대에서 나온 것은 거무죽죽한, 눈과 코와 입이 있는, 손과 발이 달린 어떤 것이었다. 그땐 어떤 것이라고밖에 생각할 수 없었다. 그 속을 들여다보던 아이들은 질겁했다. 그 어떤 것은 작은 동물이었고, 인간의 새끼와 너무 닮아 있었다. 기철이 집에 와 어머니에게 그 얘길 했을 때, 어머니는 그 소문이 참말인갑네, 했다.

용동에 있는 산부인과나 조산소에서 출산 뒤 나오는 탯줄이나 태반을 대충 시멘트 포대에 싸서 밤에 수문통에 버린다는 것이었다. 낙태를 하거나 사산아를 낳아도 그렇게 버린다고 했다. 몹쓸 병에 걸린 노인네가 그걸 건져다가 삶아 먹는다는 소문도 있었고, 모아서 어디다 판다고도 했다. 불치병에 효과가 있다는 것이다.

어머니 얘기를 들은 뒤로 이상하게 그 노인이 잊히지 않았다. 앙상하게 뼈만 남은 종아리에 장딴지만 볼록하게 튀어나온 다리로, 시멘트 포대에 싸여 새끼줄로 묶은 탯줄이나 태반이나 사산아를 싣고, 끼럭거리는 짐자전거를 타고 해가 지는 쪽으로 사라지던, 검은 얼굴의 온통 주름투성이이던 노인은, 고깃배를 따라 들어왔다가 길을 찾지 못하고 헤매며 기이한 소리로 울어대던 갈매기 같기도 했고, 한겨울 파도에 밀려 나와 바닷가 끝에서 하얗게 얼어가던 이름 모를 작은 물고기들 같기도 했다. 한없이 쓸쓸한 채 머언 먼 생을 살아야 할 것만 같은 우울이 가슴 깊이 밀려들었다. 그때 기철은 어느새 한 해 전보다 머리 하나는 더 자라 아버지 키를 넘어서고 있었다. 저목장에서 원목을 타고 놀거나, 수문통에서 장난거리를 찾는 일이 시시해지기 시작했다. 그렇더라도 쉰이 넘어 예순으로 가는 나이에 이 강 하구에 와서 그 노인을 떠올리게 될 줄은 몰랐다.

포획틀 안에 있던 녀석들은 갈퀴가 달린 큰 뒷발로 중심을 잡고 앉아서 작은 앞발로 당근을 잡고 베어 먹다가 기철이 나타나자 도망치려 했다. 기철은 장대 끝 큰 고리로 녀석의 배를 걸어 픽업트럭 짐칸에 있는 망에 옮겨 실었다. 꼬리를 잡아 옮기기도 하지만 10킬로그램에 육박하는 녀석들이 발버둥 칠 때는 위험했다. 기철은 생존을 위협 당하면 누구라도 어떤 이빨이라도 드러낼 수밖에 없다는 걸 잘 알고 있었다. 여덟 개의 포획틀에서 세 마리를 잡았다. 남아 있던 고구마와 당근을 버리고 새로 가져온 배추 속살과 당근을 넣어 포획틀을 좀 더 늪지 쪽으로 옮겨놓았다.

못 보던 포획틀이 두 군데 놓여 있었다. 뉴트리아가 다니는 길목에 설치해야 하는데 엉뚱한 곳에 설치해놓았다. 뉴트리아 쓸개를 노리는 사냥꾼일 것이다. 사람들은 기철을 사냥꾼이라고 불렀다. 뉴트리아 쓸개에서 웅담과 같은 성분이 나오면서 녀석들을 잡으려는 사냥꾼이 늘어났다. 쓸개에서 안전하게 웅담 성분을 빼내어 약을 만들 수 있게 된다면 녀석들은 해를 끼치는 동물이 아니라, 사육해야 하는 동물로 바뀔 수도 있을 것이다.

주머니 속 휴대전화가 울렸다. 입력되지 않은 번호였다. 저어, 뉴트리아 쓸개를, 꼭 좀…… 기철은 쓸개를 취급하지 않는다고 말하고 전화를 끊었다. 이런 전화가 하루에도 여러 통이었다. 쓸개를 살 사람들은 얼마든지 있었다. 녀석들을 싣고 차를 몰았다. 눈발이 날리기 시작했다.

미란의 식당을 지나쳤다. 하늘은 더 낮게 내려앉고, 산 아래 개 짖는 소리는 더 가깝게 들렸다. 버려진 개들이 야생에서 살아남았다. 주인에게 꼬리를 흔들고, 안기고, 재롱을 피우던 개들은 기철이 쓸개만 빼내고 버린 뉴트리아를 기막히게 알아채고 파헤쳐 뜯어먹고 갔다. 믿었던 주인에게 버려지고, 쓰다듬어줄 사랑을 잃자, 저 밑바닥 끝에 숨겨져 있던 야생성이 살아났다. 닭 모가지를 물어 비틀어야 했고, 묻어둔 날고기를 파헤쳐야 살 수 있었다. 기철은 까닭 없이 지독하다는 생각을 했다. 녀석들을 한 마리씩 비닐에 담아 냉동실에 집어넣었다. 대형 냉동실에 돈이 될 주검이 차곡차곡 쌓였다. 이번 주말에는 구청에 넘겨야 할 것 같았다.

목조 의자에 앉아 담배를 피워 물었다. 의자는 집 벽을 등지고 있어 바람을 막아주었다. 선배는 늘 이 의자에 앉아 강쪽을 바라보며 하루를 보내고는 했다. 선배는 항암 치료를 거부하고 선친이 살던 이 집을 수리해서 살았다. 말기암 판정을 받고 나오는데, 대학병원 앞 사거리에서 차들이 밀리며 재촉하듯 경적 소리를 울려대는데, 그 소리가 참기 어려울 정도로 두려웠다고 했다. 병문안 겸 며칠 머물 생각으로 찾아왔다가 벌써 삼 년을 넘기고 있었다. 산책하는 거 말고는 내내 이 의자에 앉아 있다시피 하는 선배에게 지루하지 않느냐고 물었을 때, 선배는 바쁘다거나 무료하다거나 하는 시간 개념 자체가 없다고 했다. 그냥 고요하다고. 그 고요가 좋다고 했다. 지금 누군가 기철에게 같은 질문을 한다면 선배의 대답과 다르지 않을 거였다.

강물이 햇빛을 받아 부서질 때, 그 자리가 은어 치어 떼라도 몰려 있는 듯 자글자글 은빛으로 빛날 때, 그 아름다움은 컴컴한 밤하늘에 쏟아질 듯 선명하게 빛나는 별을 바라보는 감정과 같았다. 자신이 어디에 있는지, 무얼 하고 있는지, 어떻게 살아야 하는지 그런 것들이 다 하찮아졌다. 오로지 저 아름다움을 온전히 바라볼 수 있는 것으로 족했다.

들고양이들이 어슬렁거리며 다가와 단단한 꼬리로 기철의 다리를 스쳤다. 녀석들은 자신들의 존재를, 친밀감을 그런 식으로 표현했다. 알은척을 안 하면 몇 번이고 꼬리나 몸통으로 스윽, 몸을 비볐다. 정 안 되면 누워 배를 드러내 보였다. 기철은 사료와 삶아놓았던 고기를 잘게 잘라주었다. 거두지는 않았지만 오면 밥을 챙겨주었다. 녀석들은 밥을 먹고, 마당에서 놀다가 게으르게 자기도 하고, 어딘가로 갔다가 새끼를 낳아 오기도 했다. 더러는 다치고, 죽고, 그리고 살아남았다.

날이 어두워지는 걸 보고 뜰채를 챙겨 나섰다. 녀석들은 밤에 움직였다. 늦봄부터 가을까지는 하루에 두 번, 낮에는 포획틀을 살피고, 밤에는 돌아다니는 녀석들을 뜰채로 덮쳐 잡았다. 차를 몰고 가다가 미란의 식당 마당에 차가 세워져 있는 걸 보았다. 돌아온 모양이었다. 기철은 차를 세워놓고 식당으로 갔다. 식당은 불이 꺼진 채였고, 카운터만 밝았다. 기철은 문을 두드리려다 말고 멈칫했다. 미란이 옷도 갈아입지 않은 채 카운터 의자에 앉아 엎드려 있었다. 굽은 등이, 누구도 들이지 않겠다고 완강하게 말하고 있었다. 망설이던 기철은 그대로 돌아섰다. 오늘은 매운 닭발로도 달래질 마음이 아닌 듯했다.

그날, 미란이 소주병을 들고 왔을 때, 그녀의 마음을 달래준 것은 매운 닭발이었다. 기철이 닭발을 주문했고, 양념을 한 닭발을 모두 볶아냈는데, 그 냄새를 맡자 참을 수가 없었다고 했다.

미란은 젓가락질이 엉성했다. 식당을 하는 사람은 젓가락질도 바르게 해야 된다는 법은 없었다. 그래도 미란이 젓가락질을 제대로 못하는 건 뜻밖이었다. 무엇이든 잘할 거 같았는데 허점을 발견한 듯했다. 왠지 기분 좋은 허점이었다. 닭발을 집으려고 하면 젓가락이 11자가 아니라 X자가 되었다. 미란은 매번 젓가락을 눕혀 잡고 익숙한 듯 X 사이를 좁혀가며 보기에도 매운 벌건 닭발을 퍼 담듯 집었다. 집는 건 엉성해도 먹는 모습은 야무졌다. 물렁뼈를 꼭꼭 깨물어 먹고는 혀로 입술 주변을 핥아 번들거리던 고춧가루 양념을 닦아냈다. 물렁뼈 씹는 소리가 들릴 정도였다. 미란은 그렇게 닭발을 먹고 소주잔을 단숨에 비웠다. 크으, 맛있다 소리를 후렴으로 붙이면서. 소주가 맛있다는 건지, 닭발이 맛있다는 건지 알 수 없는 소리였다.

기철은 닭발 양념해놓은 게 맛있어 보여 주문했지만 너무 매워 손도 대지 못하고 있었다. 오드득 씹히는 맛이 괜찮았지만 입 안이 화끈거렸다. 화끈거리는 정도가 아니라 양념이 닿은 입술이 쓰릴 정도였다. 한 젓가락을 집어 먹었는데 이마와 콧등에 땀이 맺혔다. 너무 매워 다른 양념 맛은 느껴지지도 않았다. 기철도 매운 게 당겨 닭발을 주문했지만 후회하고 있었다. 닭발보다는 곁들여 나온 밑반찬과 썰어놓은 오이나 당근을 먹었다. 다른 건 음식 솜씨가 좋은데 닭발볶음은 별로라는 생각이 들었다. 미란은 매운 닭발을 아무렇지 않게, 오히려 아주 맛있게 먹었다. 기철은 미란의 먹는 모습에 침이 돌았다. 유독 고춧가루 범벅인 데만 먹었나 싶어 다시 닭발을 하나 집어 먹어보았다. 두어 번 씹기도 전에 매운맛이 입 안을 온통 찔러댔다. 얼른 소주를 털어 넣고 물고 있다가 넘겼다. 당근을 씹었다.

"매운 것도 못 드시면서 닭발은 왜 시키셨어요? 닭발은 매운맛에 먹는 건데."

미란이 기철이 매워하는 걸 보더니 조개탕과 파전을 가져왔다. 닭발 대신이라고 했다. 미란이 건배를 외치더니 잔을 부딪치고 나서는 단숨에 비웠다. 닭발 때문인지 소주를 빠르게 비웠다.

"아, 눈물 난다."

미란이 냅킨을 뽑더니 눈가를 찍었다. 미란은 눈물을 찍고 나서 다시 닭발을 예의 그 X자 젓가락질로 집어 먹었다. 눈물이 날 만큼 매운 게 사실이었다. 기철은 오이를 집어 먹다 말고 미란을 바라보았다. 닭발을 씹던 입이 순간 일그러지는가 싶었는데 이내 눈가를 찍었던 냅킨을 내려놓았고 하, 웃었다. 입은 웃고 있는데 눈가가 빨갰다. 콧방울에도 붉은 기운이 돌았다. 그때에야 기철은 눈물을 흘리면서 매운 닭발에 소주를 넘길 수밖에 없는 여자를 찬찬히 바라보았다. 식당 주인이 아니라 한 사람의 여자로 오롯이 들어왔다. 기철은 이 자리를 그만 벗어나야 하나, 잠시 망설였다. 지금 이 자리를 벗어나지 않으면 흔들어 보이던 소주 안의 회오리처럼 흔들릴지도 모르겠다는 생각이 들었다. 그때, 예의 「전국노래자랑」을 시작하는 음악이 울려 퍼지고 "전국노래자랑"을 외치는 송해 목소리가 들렸다.

기철은 강 하구에 차를 세우고도 한참을 그대로 앉아 있었다. 왼손 새끼손가락 끝을 비볐다. 새끼손가락 반 마디가 잘려 나간 자리는 수시로 가려웠다. 날이 추워지면 더했다. 선배를 따라나선 날, 뜰채로 잡은 뉴트리아를 갈고리에 걸어

차에 있는 포획틀에 옮기는 선배를 보면서, 기철은 노인을 떠올렸다. 장대를 들고 무언가를 건져 올리는 모습 때문만은 아니었다. 날이 지날수록 뼈만 앙상해지는 선배의 몸 때문만도 아니었다. 어둠 속, 차에 켜놓은 전조등은 물안개에 젖은 어둠을 비추고 있었다. 어둠 속에서는 소리도 숨을 죽였다. 오로지 선배의 거친 숨소리만 가득했다. 선배는 미처 느끼지 못했지만 기철은 어둠을 뚫고 나오는 선명한 숨소리에 가슴이 아팠다. 그 옛날 자전거 페달을 밟던 노인의 앙상한 종아리에 불룩 솟은 장딴지를 보는 것 같았다. 그 숨소리에 잠시 방심하다가 옆구리를 가격당하듯 손가락을 물렸다. 조심해! 외치는 동시였다. 녀석은, 초식동물의 이빨로 손가락을 잘랐다. 선배가 녀석의 꼬리를 잡아챘을 땐 이미 늦었다. 녀석은 선배의 악력을 물리치고 첨벙 소리를 내며 물속으로 유유히 사라졌다. 손을 치켜들고, 셔츠를 벗어 손가락을 감고 선배가 모는 차를 타고 병원 응급실로 갔다. 붉은 피는 손가락을 감싼 셔츠를 물들였다. 정신없는 중에도 통증이 만만치 않았다. 그런데 수술을 하고 병원에 있는 동안, 이상하게 마음이 편안해졌다. 들끓던 모든 것들이 잠잠해진 느낌이었다. 언제부턴가 남극이나 북극 같은 극지에 자신을 내던지고 싶어서 쇄빙선을 타볼까, 극지연구소에 지원해볼까 기웃거리던 마음들이 사라졌다. 녀석의 이빨에 잘려 나간 건 손가락 끝만이 아니었다.

밤에 녀석들을 포획하러 나갈 때면, 그 녀석들 중에 손가락을 문 녀석이 있는 것은 아닐까 궁금했다. 순식간에 당해 녀석의 얼굴도 제대로 보지 못했지만 몸집은 그 어느 녀석보다 컸다. 그것뿐이었다. 녀석의 얼굴을 봤다고 분간할 수 있는 것도 아니고 몸집이 더 큰 놈도 있을 수 있었다. 그런데도 막연하게 녀석을 찾고 싶었다. 복수를 한다거나 어떻게 해보려는 것이 아니었다. 그냥 궁금했다. 한밤중 녀석들을 잡아 갈고리에 걸어 옮길 때면, 이제는 선배가 아니라 기철이 그때의 그 노인과 닮아 있다는 생각을 했다. 그때, 갈매기의 끼룩대는 울음만큼이나 알 수 없었던 먼 미래가 지금 기철 앞에 있었다.

어제 배를 타고 나가 그물을 던졌던 김씨는 머리통이 물어뜯긴 갈겨니 몇 마리를 가져왔다. 녀석들은 그물에 걸린 갈겨니에게 다가가 그물 밖으로 내민 머리통을 물었다. 열 마리를 잡으면 한두 마리는 꼭 물려 있었다. 주로 눈알을 파먹었다. 갈겨니 머리통을 잘라내고 탕을 끓여 소주를 한잔했다. 김씨는 술을 마시는 내내 한숨만 쉬다가 갔다. 그래도 쓸개를 얻으려고 눈에 불을 켜는 사람들이 많아지면 뉴트리아도 사라지지 않을까 하는 기대마저 버리지는 않았다.

차 안에다가 담배와 휴대전화를 꺼내놓았다. 녀석을 잡다가 넘어지기라도 하면 낭패였다. 차 안에서 앉은 채로 방수바지로 갈아입고 나왔다. 바람이 잔잔했다. 강가로 내려서자 녀석들이 잘라 먹고 버린 줄과 갈댓잎이 떠 있었다. 강을 헤엄치는 녀석은 보이지 않았다. 이 근처에만도 굴이 네 군데 있었다. 녀석들이 깊숙이 파놓은 굴이 장마에 무너지기도 했다. 줄이나 갈대를 헤치고 녀석들이 파놓은 굴을 뒤져야 했다.

뜰채를 가지고 강가로 내려서는데 어둠 속에서 물소리가 들렸다. 소리 나는 곳을 보니 한 녀석이 헤엄쳐 가는 게 보였다. 마음이 바빠졌다. 미끄러지듯 강가로 내려서서 녀석을 쫓았다. 녀석도 빠르게 도망쳤다. 녀석을 가늠하고 뜰채를 던졌다. 아슬아슬하게 비껴갔다. 뜰채로 덮치기만 하면 잡는 일은 어렵지 않았다. 손끝이 저렸다. 헤엄치던 녀석이 재빨리 굴속으로 들어갔다.

부들 사이, 굴속으로 들어간 녀석이 꼼짝하지 않았다. 기철도 움직이지 않고 서 있었다. 여기까지는 바닥이 깊어 잘 들어오지 않던 곳이었다. 부들이 바람에 흔들렸다. 선배는 부들을 소시지풀이라고도 불렀다. 대궁 끝 쪽에 짙은 밤색으로 된, 아이들이 먹는 소시지 모양의 부드러운 부들 열매가 달렸다. 처음부터 그런 열매인 줄 알았는데, 봄부터 보니 위아래에 있는 암수가 점차 합쳐지면서 그렇게 되었다. 지금은 그마저도 털이 되어 다 날아갔다. 부들 대궁은 바람에도 휘어지는 법이 없이 흔들리기만 했다. 선배는 부들이 부들부들 떨어서 붙여진 이름이라고 했는데, 바람이 불 때 부들을 보고 있으면 정말 그럴지도 모른다는 생각이 들었다.

녀석이 굴속에서 이쪽을 바라보고 있는 게 부들 사이로 얼핏 보였다. 이쪽에서 움직이지 않으면 녀석이 움직이게 돼 있었다. 굴이 얼마나 깊은지 모르니 녀석이 조금 더 앞으로 나올 때까지 기다려야 했다. 녀석을 발견하고 갑자기 뛰어드느라 몰랐는데 물이 며칠 전보다 훨씬 찼다. 방수바지 안으로 전해지는 찬 기운이 허리춤까지 올라와 얼얼했다. 이제 겨울이 지나고 날이 풀릴 무렵까지는 포획틀을 이용해서 녀석들을 잡는 수밖에 없을 것 같았다.

지금쯤 미란은 어떻게 하고 있을까. 다 집어치우고 미란의 식당으로 가서 따뜻한 바닥에 엉덩이를 대고 술 한잔하고 싶었다. 미란처럼 매운 닭발을 먹을 수는 없어도 술 한잔 따라줄 수는 있었다. 선배는 마지막에 곡기를 끊고 스스로 죽음 쪽으로 걸어갔다. 어쩔 수 없이 산다는 게 뭔지 묻지 않을 수 없었다. 그 물음에 묶여 미란에게 어쩌지 못하고 있다는 것도 잘 알았다.

드디어 녀석이 움직였다. 제법 큰 녀석 같았다. 낮에 포획틀에 잡힌 녀석들을 볼 때는 그런 생각이 안 드는데, 이렇게 밤에 나와 녀석들과 대면할 때면, 꼭 손가락을 잘랐던 녀석과 마주하는 기분이었다. 그놈이 그놈으로 구분할 수 없으니 이미 그 녀석을 잡았는데도 매번 그런 생각을 하는지도 몰랐다.

녀석이 굴에서 나와 앞발을 움직였다. 지금이었다. 잡고 있던 뜰채로 힘껏 녀석을 덮쳤다. 꾸웅꾸웅. 도망치려던 녀석이 그물을 피하지 못하고 걸려들었다. 녀석이 울음소리를 내며 그물을 벗어나려고 버둥거렸다. 그런데 뜰채를 잡고 한 발을 움직이려는데 발이 빠지질 않았다. 한곳에 오래 있었어도 이런 적은 없었다. 갯벌에라도 빠진 것처럼 꼼짝할 수가 없었다. 왼발도 마찬가지였다. 다시 이리저리 몸을 틀어보고 발을 움직여보려 해도 강력한 자석에 붙은 쇠붙이처럼 아무리 힘을 줘도 몸만 휘청거릴 뿐 발은 꼼짝할 수 없었다. 잡힌 녀석도 마찬가지였다. 몸부림쳐도 뜰채를 벗어날 수 없었다. 녀석과 기철이 꼼짝하지 못한 채 부들을 사이에 두고 있었다. 입이 말랐다. 지금 가장 필요한 담배도, 휴대전화도 모두 차 안에 있었다. 이러다가 동상이라도 걸리면 낭패였다. 누군가 전조등 불빛을 보고 찾아오면 좋겠다는 생각이 들었다. 멀리 개 짖는 소리가 들렸다. 바람이 불고 부들이 흔들렸다. 쓰디쓴 쓸개 한 조각 입에 넣은 것처럼 쓴 물이 올라왔다.

플러싱의 숨 쉬는 돌

1

드디어 그가 나타났다. 10시가 다 되어서였다. 다른 이들이 일찌감치 버스 정류장에 모여 무료 급식으로 한 끼를 해결할 동안에도 그의 모습은 보이지 않았다. 나는 혹시라도 그가 오지 않을까 봐 초조해졌다. 정류장에서 서성이던 사람들이 모두 버스에 올라탈 즈음에야 멀리서 걸어오는 그가 보였다. 버스 기사가 시동을 걸고 있었지만 그는 뛰지 않았다. 걷는 게 어딘가 어색해 보였다. 그가 올라타자마자 기다렸다는 듯이 버스가 움직이기 시작했다. 삼촌이 맞는지 확인할 틈도 없었다. 나도 얼른 뒤따라 올라탔다. 그는 먼저 타고 있던 몇 사람과 한 손을 들어 보이는 것으로 인사를 대신하더니 운전석 바로 뒷자리에 앉았다. 나는 세 칸 뒤 통로를 사이에 두고 건너편에 앉았다. 아침 햇살이 유리창을 투과해 버스 안에 가득 들어차 있었다. 그는 타자마자 팔짱을 끼고 눈을 감았다. 그의 몸은 햇살과 상관없이 피로의 무게를 감당하지 못해 주저앉을 것만 같아 보였다.

버스는 꽤 오랜 시간 달렸다. 그의 머리가 버스의 흔들림에 따라 움직였다. 어느새 잠이 든 모양이었다. 나는 창밖에 눈을 두는 것도, 그렇다고 그를 쳐다보는 것도 아닌 어정쩡한 자세로 앉아 있었다. 샌즈 카지노까지 가는 두 시간 동안 밖의 풍경은 빌딩 숲에서, 먼지 이는 벌판과 도로 건너편의 강물을 보여주었다. 모두 아름다운 길이었다. 그러나 한 발짝 물러난 풍경이기도 했다. 오로지 45달러의 쿠폰을 얻기 위해 가는 길이었다. 이유는 달랐지만 대부분의 사람들이 이 일을 벗어나지 못한다고 했다. 집도 없이 버스로 오가는 일이 전부인 삶. 스스로를 카지노장의 분위기를 띄워주는 엑스트라라고 했다. 풍경에 눈을 두는 것이 사치이기라도 하듯 대부분이 눈을 감고 있었다. 차가 가는 방향에 따라 햇빛이 그의 얼굴에 가득 차기도 했고, 비껴서 한쪽만 비추기도 했다.

나는 그가 다리를 미묘하게 절뚝거리며 나타날 때부터 삼촌이라고 확신했다. 잊고 있었지만 삼촌이 이러저러한 일로 한국을 떠날 때도 한쪽 발을 절뚝였다는 게 떠올랐다. 그러나 나는 쉽사리 다가가지 못했다. 그게 무엇 때문인지 몰랐다. 너무 많은 시간이 흐른 탓이라고 생각했다. 삼촌이 아니면, 아니 정말 삼촌이면 어쩌나 하는 묘한 감정이 교차했다. 우스꽝스럽던 삼촌의 모습은 어디에도 없었다. 나는 마음속 한편에 그가 그 옛날 우리 집을 찾아올 때와 같은 모습을 기대하고 있었다는 걸 알았다. 말이 되지 않았다.

삼촌이 우리 집 대문을 두드리던 날을 잊지 못한다. 내가 막 중학교 1학년에 올라갔을 때였고, 꽃샘추위가 삼한사온과 상관없이 계속되고 있었다. 대문을 열었을 때, 삼촌은 철 지난 크리스마스트리처럼 서 있었다. 진한 밤색 구두에 빨간 양말, 진초록 진바지, 흰 바탕에 커다란 야자수 잎이 프린트된 긴팔 남방셔츠를 입고 있었고, 크리스마스트리의 하이라이트인 나무 꼭대기 금색 별 대신 색이 바랜 페도라 모자를 쓰고 있었다. 코는 빨갛게 얼었고, 햇빛도 없는데 눈이 보이지 않을 만큼 짙은 검은색 선글라스를 쓰고 있었다. 커다란 여행가방을 들고 있는 손은 핏줄이 비칠 정도였다. 허리에는 좀 과장하자면 레슬링 선수가 찰 법한 커다란 벨트까지 하고 있었다. 모든 곳에 눈이 갔고, 어느 한 곳에도 눈을 두기가 어색했다. 입고 있는 옷들이 어울리지 않았는데 그럼에도 묘한 조화를 이루기도 했다.

하이, 재준?

그는 선글라스를 벗지 않은 채 검지와 중지를 세워 브이를 그리며 인사를 대신했다. 이 우스꽝스럽기도 하고, 괴이하기도 한 어른 입에서 내 이름이 튀어나왔다. 그것도 두 옥타브쯤 높은음으로 하이를 붙인 뒤였다. 나도 모르게 맙소사, 하는 심정이 되었다. 나는 대문을 삼분의 일쯤 연 그대로 서 있을 수밖에 없었다. 그는 내 이름뿐만 아니라 아버지와 어머니 이름을 댔고 자신을 나의 삼촌이라고 말했다. 내게 삼촌이 있다는 얘길 들어본 적이 없었기 때문에, 이 괴상한 복장을 한 사람을 집 안으로 들여야 할지 말지 고민이 되었다. 그가 뭐하고 있냐는 듯이 어깨를 으쓱해 보였다. 나는 여전히 망설여졌지만 추위에 떠는 그의 입에서 연신 입김이 나오는 것을 보자 문을 열지 않을 수가 없었다. 나는 문을 반쯤 더 여는 것으로 그가 집 안에 들어오는 것을 허락했다.

그는 커다란 여행 가방을 낑낑대며 들고 계단을 올라와서 자연스럽게 현관에 가방을 두고는 성큼 안으로 들어왔다. 그러고는 선글라스를 벗어서 셔츠 앞자락에 꽂았다. 그러자 야자나무 잎 사이로 검은 열매가 매달린 것처럼 보였다. 그는 냉기를 없애려는지 두 손을 비벼가며 천천히 거실을 둘러보았다.

예전엔 여기에 우리 가족사진이 걸려 있었는데……

그때까지도 삼촌이라는 낯선 이에 대한 경계를 풀지 않고 있던 나는 그 말을 듣는 순간 마음이 놓였다. 그의 말대로 거기엔 대가족 사진이 걸려 있었었다. 할머니 환갑 때 찍은 사진이었다. 엄마는 할머니가 돌아가시고 얼마 지나지 않아 그 사진 때문에 집 안이 촌스러워 보인다고 도배를 새로 한 뒤로는 사진을 걸지 않았다. 그러니까 그는 사진이 걸렸던 흔적도 남아 있지 않은 자리에 사진이 걸려 있었다는 것을 알고 있는 사람이었던 것이다. 그렇다고 해도 이 괴상한 차림의 남자가 도대체 어디에 있다가 이리로 온 것인지 나로서는 짐작도 되지 않았다. 초봄에 뒤늦게 색이 바랜 크리스마스카드가 날아온 느낌이었다.

그는 뭐 먹을 것 좀 없나, 하고는 제집처럼 냉장고를 열어보더니 혀를 츳츳 차고는 사과를 한 알 꺼내 씻지도 않고 껍질째 우걱우걱 씹어 먹었다. 그러다가 새삼스럽게 나를 발견했다는 듯이 눈을 동그랗게 뜨더니 서둘러 여행 가방을 끌고 들어와 열었다. 그러고는 사방 한 뼘 크기 정도 되는 종이 상자를 꺼냈다.

어우, 베이비, 힘들었지? 자, 봐. 드디어 코리아에 왔어.

종이 상자에 대고 말했다.

얠 혼자 두고 올 수가 있어야지.

혼잣말로 중얼거리며 상자를 열었다.

어디 보자, 괜찮은 거 같은데. 멀미할까 봐 걱정했는데 다행이야. 자, 이젠 주특기를 발휘해야지? 제자리 버티기 말이야.

상자 안에 뭐가 들어 있는지 궁금해진 나는 어느새 사내에 대한 경계심을 풀고 바짝 고개를 들이밀고 안을 보았다. 무언가 내 주먹만 한 묵직하고 둥근 어떤 것 하나가 톱밥이 깔린 위에 자리 잡고 있을 뿐이었다. 삼촌은 의기양양한 표정으로 내게 어떠냐 했고, 나는 도대체 이게 뭐냐는 표정으로 그를 바라보았다.

너도 엄청 추운가 보구나. 몸이 아주 얼었네, 얼었어.

그는 대답 대신 조심스럽게 그것을 꺼내 감싸 쥐고는 입김까지 불어넣어주었다. 얼마간 그렇게 몸을 녹여주는가 싶더니, 내게 무얼 키워본 적이 있느냐고 물었다. 나는 경계심을 풀지 않은 채 고개를 저었다.

컴 온. 당분간 네가 키워야 할 테니까.

그는 내 의사 따위는 안중에도 없다는 듯이 말했다. 아무리 살펴봐도 눈으로는 그게 무엇인지 알 수 없었다. 당연했다. 훗날 알게 된 것이지만 그것은 마음으로 보아야 하는 것이기 때문이었다. 그는 조심히 다뤄야 한다며 그것을 병아리 다루듯 살살 내 손에 올려놓았다. 매끄럽고 묵직한 느낌이었다. 겉으로 보기에는 돌 같아 보였지만 돌일 리가 없었다.

얘 이름은 암스트롱 주니어. 알지? 아폴로 11호 몰고 달나라에 갔다 온 우주비행사 암스트롱. 그의 아들이야. 언젠가 애를 데리고 우주선에 오르는 게 내 꿈이지.

내가 암스트롱 주니어라는 이름을 듣고도 그의 얼굴을 빤히 쳐다보자 비밀이라도 알려주듯, 암스트롱 주니어가 들을까 봐 조심하면서 내 귀에 대고 속삭이듯 말했다.

애는, 페트락이야.

혀를 잔뜩 굴려 페트락이라고 발음했는데 처음에는 알아들을 수가 없었다. 나는 천천히 그의 말을 되씹었다. 페트락이라니. 애완을 뜻하는 펫(pet)과 돌을 뜻하는 락(rock)이 합쳐진 말인가. 애완돌? 분명 돌처럼 보였지만 돌로 보기에는 무리가 있었다. 눈앞에서 돌을 보고도 돌일 거라고 상상할 수 없었다. 그러기에는 돌을 대하는 삼촌의 말투가 너무 다정했다. 무생물인 돌에게 할 수 있는 말이나 태도가 아니었다. 아무리 '애완'이라는 말을 붙여도 그랬다. 아니 돌에게 '애완'을 붙인다는 자체가 말이 되지 않았다. 늦췄던 경계심이 바짝 섰다. 정신적으로 문제가 있거나 모자란 어른처럼 보였다. 진즉에 옷차림에서 눈치를 챘어야 했는데 하는 자책이 밀려왔다. 그는 내 태도에 아랑곳없이 돌과 비슷한 어떤 것에 폭 빠져서 말을 이었다.

애는 다른 돌들과 달라. 세상의 어떤 돌과도 다르지. 애는 멕시코만 출신이고, 잡종이 아닌 순수 혈통이야. 도도하고 자존심이 세. 방엔 언제나 향나무 톱밥을 깔아서 신선한 나무 냄새를 맡게 해야 해. 하루에 한 번 샤워를 시켜주고, 샤워 후엔 물기를 꼼꼼히 잘 닦아줘야 기분이 좋아져. 우선은 책상 위 햇볕이 잘 드는 곳에 애 자리를 마련해줘. 애가 돋보일 수 있도록 심플하거나 클래식한 접시를 준비하고 그 위에 내가 가져온 향나무 톱밥을 깔고 애를 쉬게 해주면 돼. 오랜 시간 여행하느라 피곤했을 거야. 다루는 법은 천천히 알려줄 테니까 우선은 지금 말한 것만 지켜줘.

그때까지도 나는 그가 무슨 말을 하는지 알아듣지 못했고, 어쩌라는 건지도 몰랐다. 그는 내게 왜 일어나지 않느냐는 눈빛을 보냈고 나는 어정쩡하게 일어났다. 그는 장식장에서 직접 유백색 접시를 꺼냈고 종이 상자에 있던 톱밥을 꺼내 깐 다음, 내 방에 들어와 창가 바로 아래쪽 책상에 접시를 올려놓았다. 그러고는 내 손에 있던, 아직까지 돌인지 아니면 돌을 닮은 그 무엇인지 모르는 묵직한 그것을 올려놓았다.

여기가 앞쪽이야. 이렇게 앉혀주면 아주 편안해해.

나는 구분되지 않았지만 비스듬히 선이 있는 곳이 앞이라고 했다.

항상 벽이 아니라 누군가를 바라볼 수 있도록 해줘. 외로움을 많이 타는 놈이거든. 태생적으로 바닷바람을 맞으며 자랐는데도 어떨 때는 못 견디겠나 봐.

나는 다시 한 번 속으로 맙소사를 외쳤다. 이 물건이 외로움을 타다니, 그것도 많이. 정말 제정신이란 말인가.

그때, 누군가 현관문을 여는 소리가 들렸다. 그 소리가 드디어 이 어정쩡하고 이상한 상황과, 정체를 알 수 없는 사내로부터 나를 꺼내 다시 일상으로 돌려놓을 것만 같았다. 튀어 나가다시피 현관으로 갔다. 장바구니를 들고 들어오던 엄마는 내 뒤에서 형수님, 하고 부르는 사내를 바라보더니, 어머, 도련님, 하고 신음처럼 내뱉었다. 삼촌이 맞기는 맞는 모양이었다. 엄마 역시 그의 옷 입은 행색을 위아래로 훑었다. 그 차림은 대체…… 엄마는 말끝을 흐렸다. 삼촌은 손을 흔들며 가볍게 엇갈려 꼬며 스텝을 밟더니 어깨를 으쓱해 보이는 것으로 인사를 대신했다. 여전하시네요. 엄마가 어이없다는 듯 웃었다.

우리 형수님은 나이를 거꾸로 먹나 봐요. 어디 가면 아가씨 소리 듣겠는데요.

엄마를 보자마자 괴상한 춤을 춰대던 삼촌은 씨알도 안 먹힐 애교를 날리면서 두 팔을 벌려 엄마를 안았다.

아이, 삼촌도 뭘 좀 아시네요.

엄마는 부끄러운 듯 웃었다. 씨알이 먹히고 있었다. 나나 아버지는 엄마에게 저런 낯간지러운 말도, 엄마 허리춤을 끌어안는 행동도 해보지 않았다. 뭔가 쑥스럽고 낯부끄러운 말과 행동이었는데 삼촌이 하니 아무렇지 않았다. 좀 어이가 없었다.

엄마는 아버지의 셔츠와 바지를 가지고 나와 그 옷부터 갈아입으라고 하면서 삼촌을 위아래로 훑더니 쿡 웃었다. 정말 웃음이 나오는 차림이긴 했다. 삼촌은 왜 웃는지 모르겠다는 듯 엄마를 따라다니며 와이? 했다.

아버지와 삼촌은 삼촌이 사 온 양주를 아껴가며 입 안을 적시고 목구멍으로 흘려 넣었다. 병이 네모나고 긴 조니워커였다. 한 잔을 먹을 때마다 금단의 열매를 먹는 것 같은 표정이었다. 딱 한 잔을 마시고 나면 남은 양을 가늠하며 아쉬운 듯 입맛을 다셨지만 내일을 위해 뚜껑을 다시 열지는 않았다. 나는 사기잔에 담긴 그 양주를 아주 조금씩 마지막 한 방울까지 흘려 넣으며 짓던 아버지의 황홀한 표정을 잊을 수가 없었다. 조니워커를 아껴가며 홀짝이던 며칠은 그런대로 화기애애했다. 화목은 술이 남아 있을 때까지만이었다.

아버지는 삼촌이 온 지 열흘쯤 지나서부터 못마땅한 표정을 짓기 시작했다. 엄마는 조곤조곤 아버지를 말렸는데 그렇다고 삼촌 편을 드는 것도 아니었다. 어쨌든 삼촌은 객식구였다. 게다가 삼촌이 말하는 원대한 포부나 사업은 내가 듣기에도 허황되게 느껴졌다. 무엇보다 중요한 건 갖고 있는 돈도 없었다. 아버지는 혹시라도 당신에게 손을 빌릴까 봐 전전긍

긍하는 듯했다. 아버지는 나중에는 대놓고 허파에 바람만 잔뜩 든 놈이라거나, 하고 다니는 꼬락서니를 보라거나 하면서 투덜거렸다. 지금 생각해보면 아버지는 변변찮은 동생이 객식구로 와 있는 것에 대해 아내에게 미안해서 그랬을 테지만, 그때는 좀 심하다는 생각도 들었다. 양주를 마시며 삼촌이 풀어놓는 미국 여자들 얘기에 클클대며 좋아하던 모습과는 딴판이었다.

무엇보다도 아버지가 삼촌을 못마땅하게 여겼던 건 내 방 한쪽에 가득한 돌 때문이었다. 삼촌은 일주일째 되는 날부터 여행 가방을 끌고 바닷가로 나갔고 돌을 담아 왔다. 삼촌은 우리 집이 바닷가에서 멀리 떨어져 있지 않다는 걸 무엇보다 마음에 들어 했다. 삼촌은 매일 몇 개씩 돌을 주워 왔다. 삼촌이 내게 주었던 페트락과 닮은 돌이었다. 삼촌은 이 돌들이야말로 역사적 현장을 함께한 돌이라고 했다. 황해는 태평양의 북부에 위치한 연해이고 삼국 통일의 발판을 마련할 수 있는 근거가 된 바다이고, 개항의 중심지였으며 국제항구의 기반이 된 바다이기 때문에 그곳의 돌은 멕시코만의 순종과 비교해도 하등 가치가 떨어지지 않는 돌이라고 했다. 순종에 의기까지 갖춘 돌이니 오히려 가치가 더 높다고 했다. 돌을 설명할 때만큼이나 장황하게 큰돈을 벌게 해줄 것이라고 했지만 아무도 그 말을 믿지 않았다. 그때쯤 나는 삼촌과 한방을 쓰면서 삼촌이 역사적 현장에서 가져온 돌에 지극한 애정을 보이는 것을 보며 마음이 흔들리던 차였다. 어느새 나도 암스트롱 주니어를 보며 뜻 없이 몇 마디 던지곤 했다. 갔다 올게 라든가, 심심했지 라든가, 잘 자라 정도의 실없는 인사였다. 그래도 그렇게 던져놓고 나면 암스트롱 주니어가 조금은 달라 보이기도 했다.

중간고사가 끝난 토요일 오후, 삼촌을 따라 바닷가에 간 적이 있었다. 여름이면 친구들과 어깨동무하고 걸어가서 물놀이를 하곤 하던 바닷가였다. 삼촌이 바닷가에서 하루 종일 한 일이라고는 돌을 줍는 것뿐이었다. 그러나 돌을 줍는 태도만큼은 그 어느 때보다 진지했다. 돌을 줍고 이리저리 살펴보고 아니다 싶으면 버리고, 수많은 돌들 사이에서 또 다른 돌을 주워 올리기를 반복했다. 내가 내 방에 있는 암스트롱 주니어를 닮은 돌을 주워서 건네면 삼촌은 이리저리 살펴보다가 미련 없이 버리곤 했다. 어떤 돌을 골라야 하느냐고 물었을 때, 삼촌은 무심하게 말했다. 숨 쉬는 돌. 어떻게 살아 있는 돌인 줄 아냐고 되물었을 때, 삼촌은 당연하다는 듯이 말했다. 마음이 보이잖아. 살아온 삶이 보이고. 나는 입을 다물었다. 어이가 없었지만 삼촌의 표정으로는 거짓말 같지도 않았다. 삼촌처럼 돌들을 유심히 보았다. 하지만 내게는 그 마음이라는 것이 보이지 않았다.

삼촌은 내 방 방바닥에 어디서 났는지 모를 붉은 융단을 깔고 돌을 늘어놓고 쌓기도 했다. 그 돌을 놓을 때도 이리저리 위치를 가늠했고, 돌들에게 모두 이름을 지어주기도 했다. 찰슨 브론슨, 로버트 레드포드, 더스틴 호프만, 아바, 엘튼 존, 오드리 햅번과 같은 낯선 이름도 있었고, 내가 아는 김추자나 문주란 같은 이름도 있었고, 우리 할머니 이름인 이복심도 있었다. 삼촌은 매일 그들의 이름을 다정하게 한 번씩 불러주었다. 나는 다른 건 몰라도 내가 아는 김추자나 문주란, 이복심 같은 이름의 돌은 유심히 보게 되었다. 그렇게 보니 정말 삼촌 말대로 돌이 그들과 닮은 것도 같았다. 딱히 무어라 얘기할 수는 없어도 그때는 정말 그렇게 생각되었다. 이상한 것은 보면 볼수록 더 그렇게 생각된다는 거였다.

화산이 터지고 난 뒤의 돌을 봐. 구멍이 숭숭 뚫려 있고 가볍잖아. 그들은 모두 엄청난 상처를 입었고, 더 이상 상처 입지 않기 위해 스스로를 비운 거야. 여기의 돌들이 수천 년을 파도와 싸워 단단해진 것과 반대의 경우지.

나는 삼촌의 그런 말을 모두 믿었다. 아니, 믿겼다는 표현이 더 어울릴지 모르겠다.

아버지가 '허파에 바람' 들었다고 한 삼촌은 돌로 사업을 벌일 생각이었다. 삼촌은 여기저기 관공서나 사무실 등도 찾아다니고, 돌을 담기 위해 골판지 상자나 향나무 톱밥 등도 마련하려고 분주히 다녔다. 그러나 시간이 지날수록 삼촌의 얼굴은 어두워졌다.

먹고살기도 바빠 죽겠는데 그깟 돌멩이를 쳐다보고 있으면 밥이 나오니 떡이 나오니.

아버지 말이 맞았다. 밥도 떡도 나오지 않았다.

내 방에 돌이 쌓여갔다. 친구들에게 삼촌이 내게 했던 말을 전했다. 나라도 돌을 몇 개 팔아보려고 했지만 어림없었다. 처음 올 때의 활달하던 삼촌 모습은 보이지 않고 몇 달 만에 눈에 띄게 웃음이 사라졌다. 여전한 건 그 행색밖에 없었다. 다행히 날이 따뜻해지면서 덜 추워 보이기는 했지만, 어딜 가도 눈에 띌 수밖에 없는 무늬나 색상은 어쩔 수 없었다. 엄마가 여러 벌의 옷을 사다줬지만 모두 삼촌 취향은 아니었던 모양이었다. 결국 삼촌은 자신의 취향에 맞는, 그러나 우리 모두에게는 쳐다보기 곤란한 옷을 내내 입었다.

연일 폭염과 열대야 속에 잠을 설치던 어느 날, 삼촌은 아무 말도 없이 사라졌다. 처음엔 어디선가 돌을 줍고 있을 거라고 생각했지만, 며칠이 지나도 돌아오지 않자 슬슬 걱정이 되기 시작했다. 삼촌이 넉살 좋게 여기저기 인맥을 만들기는 했어도 딱히 어디 묵을 만한 곳이 있는 건 아니었다. 허풍쟁이라고 욕을 하던 아버지가 바짝 긴장을 하고 삼촌을 찾아 이리저리 수소문했다. 수상한 시절이었다. 삼촌은 두 달 가까이 지나서야 나타났다. 어찌된 일인지 다리를 절뚝였다. 누구의 옷인지도 모를 옷을 입고 있었다. 삼촌이 대문에 들어섰을 때는 쉽게 알아보지 못할 정도였다. 삼촌은 이틀 내내 잠만 잤다. 아버지의 줄담배 연기 속에 신음 소리가 묻혔다. 삼촌은 얼마 뒤 미국으로 돌아갔다.

삼촌은 그렇게 떠나가서 한 번도 돌아오지 않았다. 바닷가 바위 근처에서 암스트롱 주니어를 닮은 돌을 주워 물기가 가시는 모습을 천천히 지켜보던 삼촌, 해가 질 때면 금빛 장식이 노을빛을 받아 더 반짝이던 허리 벨트, 마음에 드는 돌을 찾았을 때 자기도 모르게 연발하던 굿(Good)도 더 이상 없었다. 아버지는 삼촌의 그 괴상망측한 옷차림 때문에 건달로 오인돼 교육대에 끌려갔다 왔을 거라고 했다. 삼촌이 집을 나설 때는 길가의 은행나무 잎이 노랗게 물들기 시작할 때였다. 작은 열매들이 잎에 가려 잘 보이지 않았다. 삼촌은 올 때와는 전혀 다른, 엄마가 삼촌을 위해 새로 사준 양복을 입고 집을 떠났다.

떠나기 전날, 삼촌은 주워 왔던 돌들을 트렁크에 가득 담고 집을 나섰다. 나는 삼촌이 어떤 일을 벌일까 겁이 나 뒤를 쫓았다. 삼촌의 굳은 얼굴을 보았기 때문이다. 사라졌다가 돌아온 삼촌에게서는 예전의 웃음기를 찾아볼 수 없었다. 어쨌든 누군가 삼촌 옆에 있어야 하지 않을까 생각했고, 그게 나여야 한다고 여겼다. 순전히 내 생각이었다. 그래도 삼촌을 가장 잘 이해한 사람이 나였다고 믿었다.

삼촌은 돌을 주워 왔던 갯바위 근처까지 트렁크를 끌고 갔고 물이 들어오는 바다에 차례로 돌을 집어 던졌다. 파도 소리에 묻혀 물속으로 가라앉는 돌의 소리조차 희미했다. 노을이 지고 있었다. 서쪽 끝 지평선은 그 어느 때보다 붉었다. 삼촌은 돌의 이름을 하나하나 불렀다. 그러고는 돌과 눈을 맞춘 뒤 바다로 던졌다. 돌이 바다의 표면과 맞닿았다가 가라앉는 동안, 내 마음에도 무언가 던져지는 기분이었다. 트렁크에서 돌을 꺼내고 이름을 불러주고 바다에 던져 넣는 일체의 행위가, 돌에게 숨결을 불어넣어주었던 삼촌이 스스로 그 숨을 거두는 제의처럼 느껴졌다. 삼촌이 얼마나 돌을 사랑했는지, 얼마나 그 돌을 통해 인생의 정점을 맞고 싶었는지 고스란히 느껴졌다. 그러니까 저 바닷속에 가라앉는 것이 돌이 아니라 진심 같은 것이라 여겨졌다. 삼촌이 마지막 돌의 이름을 부르고 바다에 던져 넣었다. 마지막에 던져 넣은 돌은 이복심이었다.

삼촌은 언제 챙겨 왔는지 가방 안에서 소주를 꺼내 소위 병나발을 불기 시작했다. 한 병을 단숨에 다 비우고 몇 분쯤 거칠게 숨만 내쉬던 삼촌이 이윽고 춤을 추기 시작했다. 음악은 없었다. 삼촌은 제 마음 깊은 곳에서 울리는 노래에 따라 춤을 추고 있었다. 우리 집에 오던 날, 엄마를 봤을 때 추었던 춤과 같은 듯하면서 달랐다. 팔과 다리가 엇갈렸고, 몸을 좌우로 비틀면서 춤을 추었다. 흐느적거리는 것 같았다. 지금으로 말하면 레게풍의 춤과 비슷했다고 할까. 춤을 추는 동안 몸은 점점 아래로 더 구부정하게 숙여졌다. 그래도 몸은 리듬을 타듯, 배배 꼬듯, 엇박자로 스텝을 밟고 있었다. 삼촌은 춤을 추며 울고 있었다. 꼭 다시 데리러 올게, 같은 말도 중얼거렸다. 그때 삼촌한테 필요한 것은 터무니없는 진지함이 아니라 유머였을지도 모른다는 사실은 아주 늦게 떠올랐다. 삼촌에게 그 우스꽝스러운 옷차림만큼만이라도 유머가 있었다면 그렇게 돌을 수장하는 일은 없었을 것이다.

2

바다에 잠긴 돌을 다시 찾으러 간 사람은 삼촌이 아니라 나였다.

삼촌이 떠나고 2년쯤 뒤에 우리는 그 도시를 떠났다. 어떻게든 서울로 진입하려는 아버지의 눈물겨운 노력으로 외곽에 방을 마련할 수 있었다. 아주 가끔 삼촌이 떠나기 전날이 떠오르기도 했다. 그것은 붉게 타들어가던 노을과 소리가 되어 나오지 않는 어떤 음악과 삼촌의 춤이 범벅된 눈물 같은 것이었다.

꽤 오랫동안 암스트롱 주니어는 내 곁에 있었다. 이사할 때도 엄마가 그것을 버릴까 봐 내 가방에 따로 챙기기도 했다. 언제부턴가 암스트롱 주니어를 정말 살아 있는 돌이라고 생각하게 되었다. 남이 들으면 우스울지 모르지만, 지금도 그런 것을 사춘기 철없는 아이의 상상이나 치기로만 생각하지 않는다. 나는 삼촌이 한 말을 그대로 믿었다. 어느 날 암스트롱 주니어를 목욕시킨 뒤, 찬찬히 물기가 말라가는 걸 보면서 언뜻 움직인다고까지 느끼기도 했다. 어느 날은 암스트롱 주니어에게 말을 걸고 있는 나를 발견하기도 했다. 엄마는 코웃음을 쳤다. 삼촌의 말은 모든 말이 진실하게, 진심에서 우러나오는 말처럼 들리게 하는 묘한 설득력이 있다는 것이다. 할머니가 매번 삼촌의 달콤한 꼬임에 넘어가 여러 차례 살림을 거덜냈다는 소리도 했다. 그것도 네 할머니 있을 때나 가능한 일이지 어림없다고, 버스로 십 분만 나가면 바닷가에 저런 돌멩이는 쎄고 쎘다고 했다. 엄마는 아까운 접시는 왜 여기다가, 하고는 암스트롱과 톱밥을 쓸어 쓰레기통에 처박고 빈 접시만 들고 나갔다. 엄마 말은 맞기도 하고 틀리기도 했다. 물론 근처 바닷가에 나가면 비슷한 돌은 많았다. 그러나 모든 돌이 책상 위 가장 좋은 자리를 차지하는 것은 아니었다. 암스트롱 주니어는 그냥 돌이 아니었다. 순수 혈통을 가진 멕시코만에서 온 돌이었다. 암스트롱 주니어는 오직 암스트롱 주니어일 뿐이었다. 암스트롱 주니어가 향나무 톱밥과 함께 쓰레기통에 처박히며 둔탁한 소리를 낼 땐 나도 모르게 그의 고통이 느껴져 소리를 질렀다. 암스트롱 주니어가 다치기라도 한 것처럼.

암스트롱 주니어와의 관계가 언제부터 시들해졌는지 알 수 없었다. 돌보는 일이 시들해진 것이 아니라 집에 제대로 들어가는 일이 드물어지면서 자연히 관계가 소원해졌다. 내 관심사에서 벗어나 있었다는 표현이 더 맞을 것이다. 학교 근처 자취하는 애들 방에 끼어 자기도 했고, 밤을 새워 토론하고 집회를 준비하느라 암스트롱 주니어가 어떻게 됐는지 신경 쓸 틈이 없었다. 제도 교육이 거짓투성이라는 걸 알게 되었고, 부정의하고 썩은 사회를 바꿔보고 싶은 열망이 모든 걸 잊게 했다.

어느 날 모처럼 집에 들어갔을 때, 암스트롱 주니어는 오랫동안 내가 들어오길 기다리고 있기라도 했던 것처럼, 아무 말 없이 내 앞에서 스스로 굴러 책상에서 방바닥으로 떨어졌고 금이 가면서 쩌억 반으로 나뉘었다. 스스로 굴러떨어질 리 없었지만 나는 내내 얌전히 앉아 있던 그가 우리의 관계가 끝났음을 알고 정리한 거라고 생각했다. 고양이였다면 내 얼굴이나 손등을 할퀴었을 것 같았다. 섬에 버려두고 온 강아지의

심정 같았을지도 모를 일이었다. 암스트롱 주니어에게 소원
했던 게 미안했다.

그 바닷가의 삼촌이 떠올랐다. 그것은 삼촌이 내게 나타날
때의 느낌과 겹쳐지기도 했는데 온갖 부조화 속에서도 꿋꿋
하던 페도라 모자나 검은 선글라스, 커다란 버클이 달린 허리
벨트 같은 느낌이었다. 그리고 내게 건넨, 이 세상에 단 하나
밖에 없는 돌, 살아 있는 암스트롱 주니어 같은 것이었다.

내가 살던 도시에서 대규모 집회가 잡혔을 때도 이틀째 집
에 들어가지 못하고 있었다. 집회는 시민회관 앞에서 있을 예
정이었다. 나는 몇 년 만에 이 도시에 발을 들여놓았다. 내가
살던 곳에서 제법 떨어진 곳이긴 했지만, 내가 태어나고 내가
살던, 멀리 부두와 바다를 가진 도시였다. 시민회관 주변에는
사람들로 가득했다. 사람들은 서로 모르는 척 지나쳤다. 말
은 없었지만 무엇을 위해 왔는지는 짐작할 수 있는 사람들이
었다. 누군가는 플래카드를 접어서 배에 두르고 있었고 누군
가는 각목을 숨겼다. 누군가는 전단지를 감추고 있었다. 나는
허리에 철사를 감고 있었고 표시가 나지 않도록 헐렁한 셔츠
를 입고 있었다. 철사는 아주 가늘지도, 굵지도 않은 적당히
휘어지는 것이었다. 대여섯 가닥이 맨살에 둘러져 있었다. 겉
으로는 표시가 나지 않는데 나도 모르게 바짝 긴장하고 있었
다. 철사를 두르고 난 뒤에야 아토피가 걱정되었다. 이미 거

리로 나선 뒤였다. 철사가 닿는 곳이 가렵기 시작했다. 긁을
수는 없었다. 수시로 불심 검문이 있었다. 연행이 두려웠지만
내가 가진 철사가 없으면 연단은 만들 수 없었다. 거리 전체
에 팽팽한 긴장이 흘렀다. 육차선 도로의 지열이 지글지글 끓
는 것 같았다. 하지만 아직, 봄이었다. 그리고 그녀가 거기 있
었다.

그녀는 길 건너편에서 한가롭게 아이스크림을 먹으며 걷고
있었다. 긴 머리는 뒷목쯤에서 단단하게 묶여 있었고, 자잘
한 꽃이 프린트된 플레어스커트를 입고 있었고, 그에 어울리
는 단화를 신고 있었다. 그녀가 오늘 집회에서 중요한 역할을
맡을 거라고 짐작하고 있었는데 뜻밖의 차림이었다. 모임에
서 그녀를 봤다. 그녀는 늦게 왔고, 다른 사람들보다 먼저 자
리를 떴다. 수배 중이었다. 나는 가끔 그녀의 얼굴을 슬쩍 봤
다. 그녀는 단호하고 결의에 차서 이론을 가르치고 논쟁에서
이겨나갔지만 눈이나, 코, 입은 어린아이 것처럼 여려 보였
다. 그 미묘한 부조화가 나를 흔들었다. 뭐라고 설명할 수 없
는 감정들이 내 이념을 덧대고 있었다. 언제부턴가 내가 지금
무엇을 하고 있는지 헷갈렸다. 이 사회를 바꿔보고 싶은 것인
지, 그녀를 만나고 싶은 것인지. 들여다보고도 끝끝내 확인하
고 싶지 않은 감정 때문에 많은 날들이 엉망이었다. 그녀가
오기를 기다렸고, 그녀가 오면 눈을 어디에 둘지 몰라 허둥거

렸다. 어떻게든 내 감정을 드러내지 않으려고 했다.

매번 티셔츠에 바지만 입던 그녀였다. 나는 그녀가 아이스크림을 천천히 빨며 천진한 표정으로 거리를 활보하고 있는 게 믿기지 않아 자꾸 그녀를 힐끔거리게 되었다. 어느새 그녀가 어디에 있는지 수시로 찾고 있었고 그녀를 발견해야 안심할 수 있었다. 그녀의 모습이 이 거리의 긴장을 풀고 있다고 느꼈다. 시민회관에서는 야당의 지부당 결성 대회를 몇 시간 앞두고 정부를 비판하는 선동용 방송을 밖으로 내보내고 있었다. 나는 속으로 중얼거렸다. 우리에겐 우리의 시간이 있다.

누군가 휘슬을 불었다. 그것은 우리의 시간이 시작되었음을 알리는 신호탄이었다. 아우성 속에서 재빨리 허리에 감고 있던 철사를 풀었다. 언뜻 허리의 붉은 줄이 눈에 들어왔지만 그것을 쳐다보고 만져볼 여유가 없었다. 리어카 위를 합판으로 덮고 연단을 세웠다. 철사로 연단이 무너지지 않게 지지대와 연결해서 고정시켜야 했다. 누군가는 각목을, 누군가는 합판을 들고, 일사분란하게 움직여, 순식간에 연단이 만들어졌다. 공연장 무대를 방불케 하는 요즘 연단 차량과는 비교 자체가 안 되는 작고 보잘것없는 선동 차량이었다. 그때 우리의 힘은 리어카 연단처럼 보잘것없었다. 적어도 외형적으로는 그랬다.

연단이 만들어지고 연단 위로 누군가 올라섰다. 단화가 눈에 띄었다. 그녀였다. 아이스크림도 없었고 플레어스커트도 입고 있지 않았다. 수십 종의 유인물이 거리에 뿌려지고 앙다문 주먹들이 하늘로 솟구쳤다. 무자비한 연행이 이어졌다. 최루탄이 터지고 흩어지는 과정에서 누군가 내 옆의 여자의 머리채를 잡았다. 여자는 새된 비명을 지르고 머리를 세차게 저어 뿌리치고 도망쳤다. 나는 그 뒤를 막았고, 나중에는 여자의 손목을 잡고 뛰었다. 전철역 방향으로 뛰었고, 개찰구를 뛰어넘고 플랫폼으로 들어오는 전철을 무조건 탔다. 전철을 타자마자 바로 옆 사람이 재채기를 했다. 곧바로 그 옆 사람도 재채기를 했다. 우리 옷에 허옇게 묻은 최루가스 때문이었다. 그때까지 붙들고 있던 여자 손을 놓았다. 내 손에 피가 묻어 있었다. 놀라서 그녀의 손목을 보았다. 도망칠 때 시멘트 벽에 긁힌 모양이었다. 제법 피가 나오고 있었다. 그녀는 가방에서 손수건을 꺼내 묶어달라고 했다. 손수건을 접어 단단하게 묶었다. 우리는 사람들 눈을 피해 각자 열차의 다른 칸으로 옮겼다. 짓밟힌 단화가 보였다. 붙들 수는 없었다.

몇 분 지나지 않아 전철을 잘못 탔다는 것을 알았다. 전철은 이 도시의 서쪽 끝을 향하고 있었다. 몸은 지칠 대로 지쳐 피곤했다. 어딘가에 드러누웠으면 딱 좋겠다는 생각뿐이었다. 몇 개 역을 지났나 싶었는데 종착역이었다. 승객은 한 분도 빠짐없이 내려달라는 안내방송이 재차 나올 때에야 겨우 엉덩이를 들어 일어났다.

역사 내 텔레비전에서 오늘 시위에 대해 보도하고 있었다. 깨진 보도블록, 불타는 전투경찰차, 난무하는 유인물, 화염병을 든 시위대, 최루탄 가스로 자욱한 거리, 휘날리는 색색의 깃발들. 저기 사각 화면에서 비껴선 어디엔가 내가 있었다. 철사를 둘렀던 자리가 맹렬하게 가려워왔다. 참을 수가 없었다. 잠깐 아득해졌다. 그녀를 붙들어야 했다. 따라갔어야 했다. 뒤늦은 후회가 몰렸다. 아득함이 어디서 오는지도 모른채 멍하니 서 있었다. 그때 감각을 깨우듯 바람이 불어왔다. 비린, 짠내가 섞인 바람이었다. 바다! 갑자기 기운이 나는 것 같았다. 바다라고 작게 외친 그 순간부터 갑자기 해야 할 일을 찾은 것처럼 정신이 번쩍 났다. 나는 처음부터 바다를 찾아 이 역에 온 것처럼 서둘렀다. 바람은 역 뒤쪽에서 앞쪽으로 불고 있었다. 역 뒤로 가보면 분명 바다가 보일 것 같았다. 조바심이 일었다. 지나가는 사람을 붙들고 이 근처에 바다를 볼 수 있는 데가 있냐고 물었다. 고개를 저었다. 바다를 보려면 버스를 타고 좀더 가야 한다고 했다. 다른 사람한테 물어도 같은 대답이었다. 그때 다시 비린 바람이 불어왔다. 그럼 이 바람이 그렇게 먼 곳에서 불어오는 바람이냐고 물었다.

아하, 포구를 찾는 게구만. 저어기, 저 공장을 지나가면 볼수 있을 거요. 바다라고 하기도 뭣하긴 하지만, 바다는 바다지.

일러주는 대로 역 뒤쪽 공장 건물을 따라갔다. 바다 냄새가 짙어지고 있었다. 파도 소리도 들리는 듯했다. 그러나 바다인지 포구인지 어떤 것도 눈앞에 나타나지 않았다. 공장 주변을 밝힌 가로등이 있다고는 하지만 지나가는 사람도 없었다. 공장과 그 건너편에 도열한 수십 대의 트럭은 모두 어둠에 잠기듯 잠들어 있었다. 어디에도 바다는 있을 것 같지 않았다. 분명 냄새는 지척에서 나는데 바다는 보이지 않았다. 더 멀리까지 가봤지만 마찬가지였다. 무엇보다 주변의 공장들과 트럭들이 이곳에 바다가 없음을 말해주고 있었다. 냄새가 거짓이라고 생각할 수밖에 없었다. 혹시나 하는 미련이 있었지만 끝내 바다는 찾을 수 없었다. 역으로 돌아가는 수밖에 없었다. 어디서든 주저앉아 쉬고 싶었다. 너무 오래 걸었다는 생각이 들었다. 겨우 역으로 돌아와 주저앉듯 벤치에 몸을 부렸다. 허기가 몰려왔다. 역 안에 있는 매점에 들어가 빵과 우유를 사서는 허겁지겁 먹었다. 탈탈 털어먹고 나니 정신이 드는 것 같았다.

다시 그 바람 냄새가 났다. 역무원에게 이 근처를 아무리 뒤져도 바다는 보이지 않더라고 했다. 역무원이 알 만하다는 표정으로 웃었다.

그 포구가 말이야, 새색시처럼 꼭꼭 숨어 있거든. 아무나 찾아간다고 만날 수 있는 곳이 아니란 말이지. 냄새만 살살

풍기고 정작 몸을 보여주지는 않아. 공장을 지나고 더 쭉 가다 보면 딱 한 곳, 아주 작은 골목이 나타나. 처음 포구를 찾아가는 사람은 양쪽으로 담이 높고 좁은 골목길이 포구로 향하는 입구라고는 생각 못하지. 그 골목을 잘 찾아 들어가야 한다고. 그래야 포구를 만날 수 있고, 바다도 보고, 배가 들어오는 것도 볼 수 있어.

골목, 골목이란 말이죠.

나는 한숨처럼 중얼거렸다. 지나가다 본 것도 같고 아닌 것도 같았다.

이 밤에 거긴 가긴 너무 어두워. 가봤자 물때가 아니니 벨것도 없고. 거긴 물때 맞춰 가야 생새우라도 보지 암껏도 없어.

별것도 없다는 역무원의 말이 자꾸 걸렸다. 지친 몸을 끌고 보고자 했던 것은 정말 바다였을까. 다시 전철에 몸을 싣기 위해 개찰구로 들어갔다. 아주 긴 하루였다. 무엇보다 허리둘레 전체가 가려워 참기 어려웠다. 아토피 피부에 철사가 닿았으니 괜찮을 리 없었다. 내일 11시쯤에 와봐. 그러면 포구가 열릴 테니. 일러주는 역무원의 말에 그러겠다고 했다. 승강장으로 걸어갈 때는 다리에 모래주머니라도 매단 듯 무거워 더 이상 발을 옮길 수가 없었다. 나는 쓰러지듯 벤치에 몸을 부렸다. 그냥 아무데서고 한숨 자고 일어나면 기운이 날 것 같았다.

역으로 들어오는 열차 소리를 들었나 했는데 아니었다. 고개를 돌려보니 벤치 한쪽에 누군가가 세운 무릎에 얼굴을 파묻고 울고 있었다. 그것도 꽤 서럽게 울고 있었다. 내가 누워 있는지도 모르는 모양이었다. 움직일 수가 없었다. 울음소리는 내게도 전염된 듯 가슴이 먹먹했다. 같이 울고 싶어졌다. 그러나 바로 그때 참을 수 없이 재채기가 터졌다. 울던 여자가 놀라 돌아보았다. 그녀였다! 중간쯤에서 다시 서울로 올라갔을 줄 알았는데 어찌된 영문인지 그녀가 이 도시의 끝 종착역에서 혼자 울고 있었다. 묶었던 머리가 풀려 있었고, 어느새 스커트를 입고 있었다. 손목에 묶었던 손수건은 붉은 피가 배어 있었다. 밟힌 단화만이 그대로였다. 그녀가 서둘러 눈물을 훔쳤다. 바다 냄새가 나네. 최루가스 때문인지 눈물이 묻은 그녀의 얼굴이 빨갛게 변해 있었다. 얼굴이 쓰라려. 눈물자국이 그대로 남아 있는 그녀의 목소리에는 울음이 섞여 있었다.

우리는 전철을 타는 대신 역사 밖으로 나가 길을 건넜고 골목 술집으로 들어갔다. 각자 전철비만 남기고 주머니를 털어 술을 마셨다. 막차 시간 전까지만 마시자고 시작한 술이었다. 그러나 막차 시간이 되기도 전에 취했다. 술이 한 잔 들어가는 순간 급격한 피로가 몰려왔고, 소주 두 병을 비우기도 전해 취해 비틀거리며 다시 역사로 돌아왔다. 그녀의 눈은 술 때문인지 처음 볼 때보다 더 빨갛게 충혈되어 있었다. 취해서 그런지 그녀는 처음보다 더 우울해 보였다. 입을 꾹 다물고 있었지만, 금방이라도 벤치에 주저앉아 울음을 터트릴 것 같았다. 그녀를 다독이고 위로해주고 싶었다. 그러나 어떻게 해야 할지 알 수 없었다. 그때 역사 밖 어디선가 노랫소리가 희미하게 들렸다. 내내 노랫소리가 들리고 있었는데 이제야 감지를 한 것인지도 몰랐다. 노래라고는 해도 무슨 노래인지도 알 수 없을 만큼 작았다.

나는 그녀가 앉아 있는 벤치 앞에 서서 춤을 추기 시작했다. 삼촌이 가르쳐준 춤이었다. 바다 냄새가 그 춤을 생각나게 했는지도 몰랐다. 삼촌이 거실 라디오에서 흘러나오는 노래에 맞춰 몸을 흔들다가 쭈뼛대는 내게 가르쳐준 춤이었다. 발바닥을 잘 비벼야지. 신발 밑창을 몇 개쯤은 해치워야 진정한 고수가 될 수 있어. 엉덩이를 뒤로 더 빼고, 옳지. 리듬을 타야지. 춤은 배우는 게 아냐, 느끼는 거지. 스텝과 손동작만 기본으로 하고 나머지는 맘대로 춰도 돼. 배배 꽈도 돼. 일단 흔들어봐, 어서 흔들어보라고. 그렇지. 생각보다 잘하는데? 완전 샌님인 줄 알았더니 나중에 여자깨나 후리겠는걸! 삼촌이 내게 가르쳐주면서 했던 말들이 떠올랐다. 나는 무작정 흔들었다. 엉덩이를 더 뒤로 뺐고, 승강장 바닥에 불이 나도록 발바닥을 비볐다. 손은 허공을 찌를 듯했다. 사실 나 역시 엄청 취해 있었기 때문에 어떻게 추고 있는지도 모를 지경이었다. 그녀가 내 발이 이리저리 움직이는 것을 보고 고개를 들어 나를 봤다. 그녀가 바라보자 더 신이 났다. 삼촌이 가르쳐주던 트위스트는 온데간데없었고 그야말로 막춤의 세계로 접어들고 있었다. 그녀가 웃었다. 눈물이 그렁한 얼굴로 웃었다. 그러고는 일어서서 내 춤을 따라 하기 시작했다. 우리는 열차가 들어와 한 떼의 승객들을 부려놓을 때까지 춤을 멈추지 않았고, 나중에는 배꼽을 잡고 웃었다. 고마워. 그녀가 너무 웃어서 흘린 눈물이 분명한 젖은 눈으로 말했다. 내일 11시에 여기서 만나자. 바다를 보러 가자. 내일 11시에 이곳으로 오면 바다를 볼 수 있다는 역무원의 말을 전했다. 바다를 찾지 못한 나와 한 번도 바다를 본 적이 없는 그녀와의 약속이었다. 바다를 본다면 무언가 답이 있을 것 같았다. 바다에서 꼭 무언가 찾을 게 있을 것도 같았다.

우리는 몇 분쯤 뒤에 냉담한 얼굴로 각자 다른 칸의 전철을 탔다. 그녀가 그렇게 하자고 한 것 같았다. 내 몰골이 시위자임을 온몸으로 드러내고 있었다. 종착역에서 몇 분을 지체한 전철은 천천히 움직이기 시작했다. 문이 닫히기 직전 바다 냄새가 났다. 몇 정거장 지나다가 불현듯 우리가 이렇게 헤어지면 다시는 못 만날 것 같다는 생각이 들었다. 전철은 우리가 몇 시간 전 도망치듯 전철을 탔던 그 역으로 진입하고 있었다. 다시, 그녀를 보고 싶었다. 꼭 할 말이 있을 것 같았다. 이미 허리 전체에 독이 올랐는지 붉게 부어올라 참을 수 없이 가려웠지만 더 참을 수 없는 것은 그녀를 다시 보고 싶은 열망이었다. 나는 서둘러 그녀가 탔던 칸으로 건너갔다. 웬일인지 그녀는 없었다. 다른 칸들도 뒤져보았지만 그녀는 끝내 보이지 않았다. 다음날 그녀를 만나기 위해 약속 장소로 나갔지만 그녀는 나타나지 않았다.

3

다시 돌이었다. 그것은 분명 '다시'였다. 기사를 본 순간 나는 수장되어 있던 돌에 대한 아득한 기억을 떠올렸고, 잠깐 전율했다. 흥분에 가까운 떨림이었는데, 좀처럼 맞닥뜨리기 어려운 감정이기도 했다. 삼촌의 돌이었다. 기사는 돌에 관한 것이었다. 일반 돌이 아니라 애완용 돌을 일컫는 페트락(pet-rock)이었다. 괴상한 복장을 하고 나타난 삼촌이 내게 혀를 굴려가며 발음했던 그 페트락이었다. 오랫동안 내 곁에 있었던 암스트롱 주니어였다.

기사는 그 돌에 대해 자세하게 소개했다. 엄밀히 말하면 기사의 초점은 돌이 아니라 페트락을 만들어낸 게리 달(Gary

Dahl)의 성공 신화에 맞춰져 있었다. 층층이 불을 밝힌 건너편 아파트가 마주보이는 책상에 앉아 맥주 캔을 따다가 기사를 발견했다. 나는 꼭꼭 싸인 소중한 물건의 포장지를 한 겹 한 겹 조심스럽게 벗기듯 기사를 읽어 내려갔다.

게리 달의 운명은 술자리 가벼운 농담 한마디가 갈라놓았다. 술자리에서는 애완동물 돌보는 문제로 한창 화제가 이어졌다. 다들 사랑스러운 동물이 끼치는 온갖 수고와 말썽, 사료값과 병원비 따위에 애정이 담긴 불평을 쏟아낼 때였다. 잠자코 있던 달이 한마디 했다. 나는 돌을 키워(I have a pet-rock).

어리둥절한 친구들에게 달은 '애완돌'에 대해 자랑을 늘어놓기 시작했다.

밥 줄 필요 없고, 똥 치울 일도 없고, 말썽도 안 피우고, 씻기기도 쉽고, 안 씻겨도 그만이고, 산책시켜달라고 조르지도 않고, 나보다 오래 살고, 또……

친구들은 반쯤은 조롱하듯, 반쯤은 유쾌한 농담 삼아 맞장구를 치며 덩달아 애완돌의 장점을 늘어놓기 시작했다. 결코 진지한 자리는 아니었다. 그 누구도, 심지어 달 자신조차도 그날 그 술자리의 농담이, 미국 전역에 페트락 열풍을 몰고 오리라고는 생각하지 못했다.

그런데, 그렇게 됐다. 달의 돌은 '순종 페트락(Pure Blood

Pet-Rock)'이라는 이름표를 달고 그해 8월부터 이듬해 2월까지 약 6개월 동안 개당 3.95달러에 약 150만 개가 팔렸고, 실업자나 다름없던 38세의 달은 순식간에 벼락부자가 되었다. 1975년 여름 미국 캘리포니아 로스 가토스(Los Gatos)의 한 허름한 술집에서 시작된 일이었다.

술자리가 끝나고, 프리랜서 광고업자 달은 책상 앞에 앉아 페트락에 대한 몽상을 이어갔다. 페트락 돌보는 법, 재능과 특기, 길들이는 법, 훈련시키는 법 등, 보름여의 작업 끝에 그는 30여 쪽의 팸플릿 「페트락 훈련교본(Pet-Rock Training Manual)」을 완성했다. 돌 한 개 값은 단돈 1센트였다. 애완동물 운반용 케이지를 모방한 골판지 박스를 숨구멍까지 뚫어 주문 제작했고, 거기 대팻밥을 깔아 돌을 얹었다. 박스에는 회심의 역작인 매뉴얼 팸플릿을 첨부했다. 페트락 인기는 폭발적이었다. 크리스마스 직전에는 하루에만 10만 개가 팔려나갈 정도였다. 달의 분석에 의하면, 베트남 전쟁이 끝난 뒤의 집단적 공허와 허탈감, 워터게이트 사건과 닉슨 대통령의 하야 등 우울한 뉴스에 지친 소비자들에게 자신의 유쾌한 장난이 먹혔을 뿐이라고 했다. 달은 TV에 출연해서도 "우리는 엄격한 복종 성향 테스트 등을 거쳐 우수한 페트락만을 선별해 배송한다"는 식으로 능청을 떨었다.

매뉴얼 책자에는 이런 내용이 있었다.

박스에서 나오면 처음에는 긴장할지 모른다. 그러면 신문지 위에 가만히 올려놓아만 줘라. 페트락은 신문지가 왜 필요한지 스스로 알 테니 따로 가르칠 필요가 없다.

(혈통에 대해) 당신의 페트락은 이집트 피라미드와 유럽 고대 도시의 자갈길, 중국의 만리장성 속 선조들, 아니 시간이 시작된 그 순간 너머까지 혈통이 이어져 있다.

(기본 훈련에 대해) 당신의 페트락은 누가 주인인지 이미 알고 있다. 하지만 훈련은 필요하다. 페트락은 채찍이나 초크 체인이 필요 없는 애완동물이다. '이리 와' 같은 명령은 부드럽지만 단호해야 한다. 처음에 아무 반응이 없으면 정상이다. (……) 자기 페트락이 너무 멍청하다고 불평하는 고객들도 있지만, 모든 훈련에는 극도의 인내심이 요구된다. (……) 하지만 '멈춰'나 '앉아' 같은 명령에는 기가 막히게 잘 따를 것이다.

(심화 훈련에 대해) '굴러' 같은 기술을 익히게 하려면 경사진 곳에서 훈련시키는 게 좋다. 일단 구르기 시작하면 지칠 때까지 구를 것이다. '죽은 척하기(Play Dead)'는 페트락의 주특기다.

그다음 내용은 페트락의 열풍에 대한 분석과 게리 달의 이력, 열정으로 이어졌다. 책자의 매뉴얼은 지금 읽어봐도 흥미로웠다. 한번쯤 돌을 키우고 친구들끼리 장난삼아 돌을 가지고 놀 만했다.

　그 기사를 읽고 나서 나는 천천히 맥주를 들이켰다. 그리고 창가로 다가가 아파트 불빛들을 바라보았다. 불빛을 바라보는 몇 분 동안 어느 집의 불은 꺼지고 어느 집의 불은 켜졌다. 거대한 콘크리트 아파트는 아무런 움직임조차 없는 듯했지만 자세히 보면 무수한 움직임이 있었다. 그러니까 그 페트락이 숨구멍이 뚫린 골판지 상자에 담겨 내게 왔을 때는 이미 인기가 시들해진 몇 년 뒤였다. 오랜 뒤에야 삼촌의 행적이 이해되었다. 달이 그랬듯이 삼촌도 한국에 페트락 열풍을 일으켜 보고 싶었던 것이다. 삼촌도 그 비슷한 얘기를 했지만 그때는 모두 삼촌이 지어낸 얘기인 줄 알았다. 밖으로 나가면 발에 차이는 돌을 사고팔다니, 이해할 수 없었다. 시대적으로도 가능하지 않았다.

　가장 큰 문제는 삼촌이 페트락을 근본적으로 잘못 이해했다는 데 있었다. 삼촌의 돌에는 몽상가 게리 달이 말한 '유머'가 없었다. 소위 유머를 가능하게 할 매뉴얼 책자가 없었던 것이다. 게리 달의 페트락은 살아 있는 돌이 아니라 무의미에 가까운 돌이었다. 다만 약속과 유머가 존재했을 뿐이다. 게리 달의 페트락을 산 사람들은 그 돌을 살아 있는 돌로 여기는 게 아니라 살아 있다는 가정 하에 페트락을 키우는 것이다. 그 가정에는 유머가 존재할 수 있지만, 돌이 살아 있다고 믿는 순간 그것은 유머가 아니라 삶이 되는 것이었다. 그러니 삼촌이 내게 페트락을 주며 살아 있는 돌이라고 말했던 건 허풍이 아니었다. 그 돌. 달은 그 돌이야말로 '유머'라고 했지만 우리나라에선 정치적으로나 사회적으로 유머가 될 수 없는 돌이었다. 삼촌의 떠나기 전날 모습이 떠올라 맥주가 썼다.

돌이켜보면 그때 나는 막 사춘기에 접어들었고, 학교와 집을 오가던 지극히 내성적이고 평범한 학생이었다. 어제와 오늘이 다르지 않은 날들이었다. 그러나 삼촌이 온 뒤로 내일이 달라졌다. 삼촌이 와 있던 동안은 제 궤도의 일상이 아니었다. 삼촌은 등장부터 가는 날까지 일탈 그 자체였다. 삼촌은 그렇게 떠나갔지만 나는 가끔 돌이 떠올랐다. 돌이 떠올랐다기보다 나도 모르게 돌을 가까이하고 있었다는 표현이 더 맞을 것이다. 바닷가에 놀러 가면 다른 사람들이 모래사장이나 바닷가에서 놀 때, 꼭 한 번은 바위 근처 돌이 모여 있는 곳을 어슬렁거리며 돌에게 눈길을 주고는 했다. 그러다가 마음이 가는 돌이 있으면 주워 물기가 말라가는 과정을 무연히 바라보곤 했다. 그건 수석을 수집하는 행위와는 다른 것이었다. 그냥, 돌에게 눈길이 가는 마음이라고 해야 했다.

오래전 직장 상사가 이사를 하는데 수족관 옮기는 일을 도운 적이 있었다. 나와 직원 한 사람이 그 일을 도왔다. 한두 시간이면 끝날 줄 알았는데 거의 하루 종일 걸렸다. 열대어들과 산호초, 돌이 들어 있는 수족관을 옮기는 일은 생각처럼 만만치 않았다. 상사가 굳이 이삿짐센터 직원을 두고도 우리에게 도움을 요청한 데는 그만한 이유가 있었다. 수족관을 옮기는 일이 그렇게 번거롭고, 조심스럽고, 오래 걸리는 일인 줄 몰랐다. 문제는 산소였다. 옮기고 설치하는 동안 산소를 공급해주어야 했다. 그때 그 상사는 돌들도 산소를 공급해주지 않으면 데드락이 되어 하얗게 변한다고 했다. 내가 깜짝 놀라, 데드락이요? 그럼 라이브락도 있다는 건가요, 하고 물었을 때 상사는 뭘 당연한 걸 묻냐는 얼굴이었다. 라이브락이라니. 정말 살아 있는 돌이 있다는 말씀인가요? 상사는 수족관 인테리어까지 모두 끝낸 뒤에야 라이브락을 가리켰다.

보게. 저게 라이브락이야. 저 돌에는 수많은 미생물이 살아 움직이지. 죽은 돌은 그렇지 않아. 미생물이 번식하지 못하고 돌도 허옇게 변해.

나는 살아 숨 쉰다는 돌을 한참 들여다보았다. 그렇다면 바닷가에 이끼니 고동이니 하는 것들이 붙어 있는 바위나 돌도 라이브락이라고 불러야 하나 하는 생각이 들었다. 나는 반쯤 고개를 끄덕였다. 딱히 못 붙일 것도 없다는 생각이 들긴 했다. 그러나 그러한 인정에는 '딱히'라는 어쩔 수 없음이 함께했다. 적어도 내가 보기엔, 수족관 밑의 비비 꼬인 형형색색의 전선들이 돌보다 더 살아 있는 생물처럼 보였다. 열대어들이 돌에다 입술을 댔다. 삼촌 말이 맞는지 모른다는 생각이 들었다. 돌은 살아 있는 것이었다. 다만 그 움직임이나 변화가 너무 느려 우리가 눈치채지 못하고 있을 뿐인지도 몰랐다.

실제 데스벨리에는 아직까지도 미스터리로 남아 있는 움직이는 돌도 있다지 않은가. 세계 미스터리를 소개한 책에서 그 움직이는 돌에 대한 내용을 읽었을 때 제일 먼저 든 생각은, 그때 삼촌이 내게 주었던 암스트롱 주니어도 어쩌면 정말 살아 있는 생명체였을지 모른다는 사실이었다.

명백한 사실은 삼촌은 수십 개의 또 다른 암스트롱 주니어를 만들어내기도 했지만, 수십 개의 돌이 암스트롱 주니어가 아니듯 삼촌도 달이 아니었다. 게리 달과 같은 꿈을 꾸었던 삼촌이 어떻게 살고 있는지 궁금했다.

엄마에게 전화를 걸었다. 막 잠에서 깬 목소리였다. 아직 저녁 9시도 안 된 시간이었다. 요즘은 왜 이렇게 초저녁잠이 쏟아지는지 드라마도 제대로 볼 수 없지 뭐냐. 잠이 달라붙으면 어떻게 해볼 재간이 없다고 했다. 괜히 잠을 깨운 것 같아 미안했다. 에둘러 삼촌 얘기를 꺼냈다. 엄마는 네가 어떻게 그 삼촌을 기억하냐고 물었다.

왜 몰라. 내 방에서 몇 달을 살았는데. 삼촌이 돌 장사나 하려고 한다고 허풍쟁이라고 놀리곤 했잖아.

내가 그랬나? 그래도 그 삼촌 멋쟁이였다. 낭만이라곤 눈곱만큼도 없는 네 아빠완 달랐지. 노래도 잘하고, 춤도 잘 추고, 실없이 웃긴 얘기도 잘하고. 형수라고 나한테도 잘했고.

삼촌은 지금 어디 계셔요?

내가 알 수가 있나. 그때 그렇게 떠나서는 다신 안 왔지. 들리는 말로는 아직도 미국에서 살고 있다고는 하지만 모르지. 나도 가끔 삼촌이 생각나더라고. 한번쯤 찾아보고 싶은 생각도 들고. 뜬금없이 삼촌은 왜?

문득 삼촌이 생각나서 그랬다고 말했다. 엄마는 잠이 달아났으니 드라마나 봐야겠다고 전화를 끊었다.

그때 삼촌이 바닷물에 던진 돌이 어딘가에 살아 있을 것만 같았다. 삼촌이 돌을 던졌던 그 자리 어느 바위틈에 있을지도 몰랐다. 나는 몰랐지만 삼촌이 돌에 삼촌만의 표시를 남겼을 수도 있었다. 그 돌들처럼 삼촌은 어딘가에서 여전히 진지하게 '돌'이 아닌 '돌'을 찾고 있을 것만 같았다.

삼촌이 어떻게 살고 있는지 궁금하긴 했지만 그렇다고 해도 인터넷 검색창에 삼촌 이름을 넣어본 것은 순전히 장난에 가까웠다. 얼추 나이를 계산해봐도 예순이 넘었고, 미국에 살고 있을 삼촌을 찾는다는 것은 말이 되지 않았다. 아무리 정보로 넘쳐나는 인터넷이라고 해도. 그러나 놀랍게도 있었다. 물론 인물 정보에서 찾은 것은 아니었다. '물론'이라니. 삼촌이 검색 정보에 이름이 오를 만큼 유명인이 되어 있지 않을 거라고 생각한 근거는 없었다. 돌을 버리고 집을 떠날 때의 모습 때문에 그렇게 생각한 것 같았다. 같은 이름의 정치인, 교수, 배우 등을 거치고 블로그나 카페 등 삼촌의 이름으로 검색되어 나온 것은 다 뒤졌다. 장난처럼 시작했지만 뭔가 삼촌을 찾을 실마리가 보일 것도 같았다. 아니, 꼭 찾아야 할 것만 같았다.

삼촌의 이름과 얼굴을 발견한 것은 뉴스펀딩에서였다.

버스꾼. 그러니까 펜실베이니아주 베들레헴시의 샌즈 카지노는 뉴욕 고객들을 유치하기 위해 중국계 버스 회사와 계약을 맺고, 아시안 밀집 지역인 맨해튼 차이나타운, 플러싱, 브루클린 선셋파크 등 세 곳에 30분에 1대씩 왕복 버스노선을 운행한다고 했다. 이때 소위 버스꾼들이 버스에 탄다고 했다. 2시간 걸려 카지노에 도착하면 카지노 직원이 하차하는 모든 고객들에게 45달러 상당의 슬롯머신 게임머니가 든 쿠폰을 주는데 그 쿠폰을 받기 위해 일부러 버스를 타는 사람을 버스꾼이라고 했다. 버스꾼들은 상당수의 아시안 겜블러들에게 현금 38~40달러를 받고 쿠폰을 판다. 버스비 15달러를 빼면 한 번의 왕복 버스 여정으로 25달러를 벌 수 있는 것이다.

이 기사에 따르면 버스꾼들은 하루 15시간 이상을 카지노와 버스에서 지내는 생계형 무직자들이라고 했다. 버스꾼들은 쿠폰을 현금으로 교환해서 얻은 돈을 모으기 위해 카지노에서 게임을 하지 않는다. 카지노에서 왔던 곳으로 돌아가는 버스에 오르기 위해서는 다섯 시간이 남는데 버스꾼들은 그 시간 동안 주위를 배회하거나 카지노 대기실에서 잠을 청한 다고 했다. 도박의 유혹에 빠져 돈을 잃고 다시 버스를 타는 악순환에 빠지는 사람도 많다고 했다.

카지노에서는 아시안 고객들을 끌어모으기 위해, 카지노로 가는 사람들이 많은 것처럼 보이기 위해, 소위 버스꾼들을 이 용하고 이들이 파는 쿠폰을 묵인한다는 것이다. 아시안이 카 지노에 많을수록 지갑이 두둑한 소수의 아시안 겜블러들이 모이기 때문이라는 것이다. 그런데 대부분의 버스꾼들도 버 스를 타고 받은 돈이 이삼백 달러가 되면 바카라에 앉아 게임 을 했다. 따는 경우는 거의 없다. 그러나 한때 얼마간 땄던 기 억이 그들을 평생 붙잡는다. 병들어 움직일 수 없어야 버스꾼 생활을 그만둔다고 했다.

이 기사와 함께 실린 사진 속에 삼촌이 있었다. 사진 속 삼 촌은 대기실로 보이는 곳의 의자에 앉아 고개를 비스듬히 젖 히고 잠들어 있는 모습이었다. 반쯤 벌어진 입속으로 왼쪽 아 래 어금니 근처 이가 한 개 빠져 휑한 모습도 그대로 드러나 있었다. 흑백사진이고 어두웠지만 나는 어쩐지 그가 삼촌이 라는 확신이 들었다. 그는 인터뷰에서 이렇게 말했다.

그 안에는 욕심낼 만한 것들이 가득 들어 있습니다. 돈, 여자, 술 등을 마음껏 누릴 수 있어요. 그런데 그 어떤 것도 가지고 나올 수는 없어요. 떠날 때 다 두고 나와야 합니다. 돌멩이 하나도 들고 나올 수 없죠.

나는 벌어진 입속의 이가 빠진 자리를 한참 동안 들여다보았다. 삼촌이 어떻게 살고 있을까 상상할 수 없었지만 이런 모습은 아니라는 생각이 들었다.

4

부산시립미술관의 '이우환 공간'에서 「관계항—길모퉁이」를 보았다. 「관계항—길모퉁이」는 야외 뜰에 놓여 있었다. 커다랗고 흰 돌과, 그 돌을 감싸 안는 것이 아니라 등을 돌리고 있는 듯한 기역자 철판이 놓여 있었다. 돌은 ㄱ의 모서리가 아니라 한쪽 면 뒤쪽에 배치되어 있었다. 돌은 철판 모퉁이에 몰래 숨어 있는 듯도 했고, 반대편으로 꺾기 위해 숨을 고르고 있는 것 같기도 했다. 그 반대편에 뭐가 있는지 전혀 모른 채. 나는 그녀와 나의 '관계항'이 길모퉁이 같은 것은 아닐까 생각했다. 마주치지 않는 길모퉁이에서 서성일 뿐인 관계. 그러나 그 존재를 잊은 적은 없는.

갤러리 팸플릿을 펼쳐 들었을 때, 다음과 같은 내용을 읽을 수 있었다.

"비슷한 돌과 철판인데도 어떤 때는 묵언의 대담을 나누는 듯 경건해 보이기도, 어떤 때는 사랑의 속삭임을 나누는 듯 전시 장소마다 그 느낌을 달리한다. 솔직히 돌과 철판이 이처럼 의인화되는 느낌이 들 때마다, 로캉탱의 구토가 되살아온다(사르트르의 『구토』에서, 앙투안 로캉탱은 자갈을 집었을 때, 자갈이 살아 있다는 느낌 때문에 구토를 느낀다). '꽃을 꺾으면 아파요'라고 믿었던 어린 시절의 유치한 감성을 버린 지 오래되었다. 그러나 이우환의 조각은 이러한 감성을 돌연 불러일으키며, 이성을 혼동시키고, 자아가 생략된 관계성 속으로 들어가게 한다."

미술평론가 심은록의 글이었다. 그 글을 읽으면서 나도 모르게 짧은 신음을 삼켰다. 내가 왜 이 자리에 서 있는지 알 것도 같았다. 삼촌에게서 암스트롱 주니어를 받은 뒤로, 지금까지도 간간이 돌을 떠올릴 수밖에 없는 나로서는 설명할 수 없는 이유가 거기 있었다.

그녀에게 전화를 걸기 위해 휴대전화를 몇 번이고 열었다가는 닫았다.

가끔 그녀와 나는 어떤 관계일까 생각했다. 온라인에서 친구 찾기 열풍이 불 때, 제일 먼저 그녀의 이름이 떠올랐다. 나는 그녀가 아닌 많은 같은 이름들의 집을 찾아가 그녀의 흔적을 찾고 있는 나를 발견하곤 했다. 문을 두드릴 때마다, 매번 가슴이 설렜다. 그녀와 사귄 적도 없으면서 내 속에서는 한없이 그녀를 키웠다. 그것은 이루지 못한 첫사랑 같은 것이기도 했고, 저 수장된 돌에 대한 아픈 기억 같은 것이기도 했다. 많은 집을 헤맨 끝에 그녀를 찾았다. 그녀는 아직도 그녀가 굳게 믿는 신념의 언저리에 있었다.

나는 오래전 아침 바다를 보러 가자고 약속했던 그날 이후로 그녀를 한 번도 본 적이 없었다. 그 얼마 뒤에 도망치듯 군 입대를 했고, 제대를 했고 복학을 했다. 오로지 공부만 했다. 철없는 내가 끼어들 운동도 혁명도 아니었다. 군 복무를 하고 나오니 많은 것이 변해 있기도 했다. 나는 무심한 척 그녀의 소재를 파악하기 위해 애썼지만 어디서도 그녀의 소식을 들을 수가 없었다. 오랫동안 그랬다. 그랬던 그녀를 온라인에서는 쉽게 찾을 수 있었다. 몇 년 사이 인터넷이 급속하게 발달했고, 그 덕분에 그녀를 찾을 수 있었다.

그녀가 광장으로 올 것이라는 걸 알고 그 근처에서 서성였다. 한 번은 봐야 할 것 같았다. 그녀와의 대면이 어떤 변화를 줄지 알 수 없어서 혼란스러웠지만 그래도 보고 싶었다.

그해 여름 광장은 들끓고 있었다. 미친 소가 일으킨 파동은 상상을 초월했다. 텔레비전에서는 연일 소가 거품을 물고 쓰러지는 장면이 반복되고 있었고, 거리는 촛불을 든 사람들로

채워졌다. 촛불이 광장을 점령하고 있을 때, 나는 한 발짝 물러서서 촛불이 물결처럼 흔들리는 것을 보고만 있었다.

그녀는 예상대로 나타났다. 나는 한눈에 그녀를 알아보았다. 많은 시간이 흘렀는데 그녀는 크게 변하지 않은 듯했다. 나는 그녀가 먼저 나를 알아보도록 근처를 배회했다. 이 만남을 그녀가 어떻게 생각할지 몰랐기 때문이었다. 아니, 그 옛날의 나를 기억이나 할지 걱정이 되기도 했다. 나 혼자만 키워온 감정이었다.

그녀가 저, 하고 말을 걸어왔을 때, 나는 그제야 그녀를 발견한 것처럼 눈을 크게 뜨고 놀라는 시늉을 했다. 맞구나! 그녀가 환하게 웃었다. 그녀는 들고 있던 초가 든 상자를 동료에게 맡기고 내 손을 끌었다. 더운데 맥주 한잔하자. 우리는 바로 근처 2층 비어호프집으로 들어갔다. 전면이 유리창이라 밖이 다 보였다.

그녀는 아름답고 건강해 보였다. 긴 머리는 단발에 가까웠고 눈가의 주름과 관자놀이 근처의 기미가 눈에 띄긴 했지만 그런 것으로 가릴 수 없는 어떤 것이 있었다. 그녀가 불쑥 손을 들어 내 얼굴 앞에 내밀었다. 보이지?

나는 무엇이 보인다는 것인지 알아듣지 못했다. 그녀의 손가락에는 반지도 없었고, 손목에는 시계도 없었다. 코앞으로 내밀어진 그녀의 손을 보고 다시 멀뚱히 그녀를 보았다. 손목.

그녀는 시계를 두르는 듯한 시늉을 해 보였다. 그래도 나는 무얼 말하려 하는지 알아듣지 못했다.

그 옛날 너랑 도망칠 때 시멘트 벽에 긁혀서 난 흉터야. 그땐 정신없어서 몰랐는데 제때 처치를 못했더니 결국 흉터로 남았어. 그 말을 듣고 보니 손목 뼈 부근의 살색이 좀 달랐다. 손목에 희미하게 띠가 둘러진 듯 보이기도 했다.

20년도 더 된 얘기네. 나도 그 생각을 하고 있었다. 시간이 짐작되지 않았다. 이상한 일이었지만 때로 어떤 일들은 시간이 멈춘 채 밀폐된 기억의 저장고에 밀봉되어 있기도 해서, 저장고에서 꺼냈을 때는 넣었던 그대로 부패하지도 않은 채 녹기를 기다리고 있기도 했다. 다시금 그날이 떠올랐다. 역에서 울고 있던 그녀. 왜 울고 있었는지 물을 수 없었다. 부패하지 않았다고 해도 유효 기간이 지난 얘기일 터였다. 조금 전부터 앰프 소리가 들리더니 간간이 함성 소리가 이어졌다.

"대단하지 않니? 여기 있다가 집에 가면 집에서도 함성 소리가 들려. 예전에 우리는 뭐든 조직하려 했고, 이끌려 했고, 선동하려 했는데 참 많이 변했어. 제일 많이 변한 건 마이크를 잡는 사람들이지. 저 아줌마 봐. 유모차를 끌고 나온 아줌마야. 그들이 거창하게 얘기를 하는 것도 아니고 조리 있게 말하는 것도 아니고 그저 제 생각을 한두 마디 하는 것뿐인데 그 말들이 더 가슴을 파고들어. 엄마, 미친 소고기 안 먹을래요. 이런 구호가 얼마나 소박하면서 진실되냐는 거지. 이런 정치 상황이 개그 소재가 되고 패러디가 되고 또 구호 대신 노래 가사가 돼. 요즘엔 그야말로 집회가 아니라 문화제라는 말이 맞다는 생각이 들더라고. 기발한 아이디어들이 얼마나 많은지. 세상 참 많이 변했어. 역사가 승자의 기록이라는 것은 맞는데, 펜으로 쓴 기록만 기록인 건 아니지. 아주 조금씩 물살이 바뀌면서 도도하게 흐르는 물이 있는 거잖아."

나는 그녀의 말투가 조금 바뀌어 있다는 것을 느꼈다. 말투가 왠지 조곤조곤해진 것 같았다. 힘이 있으면서도 부드러웠다. 그녀는 약간 상기된 듯 보였다.

"내 꿈이 뭔 줄 알아? 이 광장에 나와서 사람들한테 싸고 맛있는 잔치국수를 파는 거야. 다시마랑 양파랑 멸치 잔뜩 넣고 끓인 육수에 차진 국수 가락이랑 김치도 몇 점 들어간 잔치국수 말이야. 배고파서 먹든, 맛으로 먹든 한 그릇씩 사서 서서 후루룩 면발과 국물을 들이켠 다음 광장으로 가는 거야. 촛불을 들든, 깃발을 들든, 노래를 하든 다 같이 모여 춤추는 곳으로. 그러면 나도 앞치마를 풀고 같이 춤추는 거지."

나는 매일 광장 근처 빌딩으로 출퇴근했지만 한 번도 광장에 나서본 적은 없었다. 주로 그녀가 얘기했고 나는 들었다. 표면적으로는 오랜만에 만난 친구끼리의 맥주 한잔으로 보일 수 있지만 내 속에는 얼마나 많은 파도가 몰려왔다가 흩어지곤 했는지 모른다. 이런 감정을 들킬까 봐 조심했고, 조심하는 내가 어색해서 얼굴이 굳었다. 자주 맥주를 홀짝였다. 우리는 맥주 500cc를 마셨고 30분쯤 얘기하다 헤어졌다. 그녀가 인파에 묻혀 찾을 수 없을 때까지 서 있었다. 잠깐의 만남이었지만 그녀를 잊지 못하고 있는 것을 확인하는 자리였다.

그녀 말대로 집회라기보다는 문화축제 같은 분위기였다. 김밥이나 떡, 음료수를 파는 상인도 많았다. 어린이용 야광볼 같은 장난감을 파는 장사꾼도 있었다. 이 시간에 광장에 있어본적이 없었는데 뭔가 열기가 느껴졌다. 새벽에 담 너머로 던진유인물이 마당으로 떨어지며 시멘트 바닥에 맞닿을 때 나던그 서늘한 소리. 골목길을 내달리던 발소리, 긴장되고 급박한발걸음보다 더 경직되었던 유인물. 주먹 쥔 손을 들어올려 구호를 외치던 내 목소리를 기억한다. 당찬 목소리와는 달리 달달 떨리던 발끝. 모든 것은 긴장으로 시작해 긴장으로 끝났다. 노래는 비장했고, 유인물은 살벌했다. 집회는 비밀리에 불시에 진행되었고 구속을 각오해야 했다. 화염병과 최루탄이 날아다니고 날조와 고문이 있었다. 그때에는 지금과 같은 모습은 상상할 수 없었다. 세월이 흐른 것을 실감할 수 있었다. 지하도로 내려서다가 주머니에 휴대전화가 없는 것을 알았다. 생각해보니 호프집에 두고 나온 것 같았다. 다시 갔다 오는 수밖에 없었다.

다행히 휴대전화는 계산대에서 보관하고 있었다. 나는 나가려다 말고 마른안주와 병맥주 두 병을 시켰다. 두 병의 맥주를 마시는 동안 광장을 내려다보았다. 그녀가 어디에 있는지 찾아보려 했지만 점점 늘어나는 사람들 틈에서 그녀를 찾기란 불가능해 보였다. 어둠이 내려앉기 시작하고 촛불이 더 밝아졌다.

전철을 타러 가는 동안에도 혹시나 그녀를 볼 수 있을까 하고 서성였다. 수많은 촛불들이 광장을 밝히고 있었다. 그때 컨테이너 쪽에서 웅성거림이 들렸다. 그건 집회 시위자의 청와대 쪽 진출을 막기 위해 대형 컨테이너를 2층으로 쌓아 만든 일종의 바리케이드였다. 컨테이너 안은 모래로 가득 채웠고, 콘크리트 바닥을 뚫고 고정을 시켰고, 위아래 컨테이너는 분리되지 않게 용접으로 붙였다고 했다. 거기다가 컨테이너 위로 올라서거나 넘어오지 못하게 전면에는 그리스라는 공업용 기름이 잔뜩 발려 있었다. 올라가려 한다면 누구든 미끄러지지 않을 수 없게 만든 것이었다.

그 컨테이너에 몇 사람이 올라가려고 애쓰고 있었다. 그러나 쉽게 올라설 수 없었다. 미끄러지다 떨어지기를 반복했다. 나는 내 눈을 의심했다. 그들 몇 명 중에 그녀가 있었다. 나는 사람들 틈을 헤집고 서둘러 컨테이너 쪽으로 향했다. 그녀는 어떻게든 컨테이너 위로 올라가려고 안간힘을 썼다. 그러나 잔뜩 발린 그리스 때문에 도저히 어떻게 해볼 수가 없었다. 저길 올라서야만 하는가. 올라서면 그다음엔 어떻게 할 것인가. 넘어가서 청와대로 진출할 것인가. 나는 몇 번이고 미끄러지는 그녀가 바위를 굴려 산꼭대기까지 올라가야 하는 시지프스처럼 느껴졌다. 무모했다. 아니, 이성적으로는 무모하다고 생각했지만 얼른 다가가 그녀가 저 절벽을 올라설 수 있게 발판이라도 되어주고 싶었다. 어디선가 몇 사람이 스티로폼 박스를 들고 왔다. 그리고 그 스티로폼 박스를 밟고 몇 사람이 컨테이너 박스 위로 올라섰다. 누군가 그녀의 손을 잡아주었고 그녀도 컨테이너 위로 올라섰다. 함성이 이어졌다. 컨테이너에 막혀 주저앉은 것이 아님을 보여주기 위해 일부가 컨테이너 위로 올라간 듯했다. 대형 플래카드가 펼쳐졌다. 올라간 사람들이 대형 태극기를 흔들었다. 나는 그녀가 흔드는 깃발을 바라보았다. 깃발을 흔들기에는 버거운 몸이었다. 깃발이 몸보다 컸다. 가슴이 아팠다. 그녀는 내내 간절한 무언가를 가슴에 품고 있었던 것인가. 그 간절함이 제 몸보다 커서 어떻게든 광장에 있기 위해 잔치국수라도 팔아보겠다고 말했던 것인가. 광장 어디에도 잔치국수를 파는 곳은 없었다.

헤어지기 전, 나는 손을 내밀었고 그녀가 맞잡았다. 악수하는 내 손바닥의 뜨거움이 느껴질까 봐 긴장했다. 다시 보자. 그녀가 말했고, 나는, 그래, 꼭 다시 보자 서훈, 하고 답했다.

처음으로 그녀의 이름을 내뱉었다는 걸 알았다. 마음속에서 수백 번 되뇌었던 이름이었다. 그녀의 손목에 난 희미한 상처를 보았다. 그녀는 쑥스러운 듯 손목을 문지르더니 생각난 듯 그 돌은 찾았느냐고 물었다.

그 돌이라니?

미처 알아듣지 못했을 때, 그녀가 말했다.

그때 술 취해 돌을 찾으러 바닷가에 가야 한다고 했잖아. 꼭 그 돌을 찾아야 한다고. 괴상한 춤까지 추면서 말이야. 그 춤이 가끔 생각나기도 했어. 궁금했거든. 그 돌이 무슨 돌인지. 그 돌은 찾았는지 말이야.

5

그녀의 부고는 뜻밖이었다. 사적인 단어 한마디 없는 간결한 부고 문자였다. 어디서 어떻게 무엇 때문에 죽음을 맞았는지 알 수 없었다. 부고 문자를 받고 가볍게 떨었다. 며칠 동안 자잘한 실수가 이어졌다. 치약 대신 클린징폼을 칫솔에 짜거나, 엘리베이터에 타서는 층수를 누르지 않은 채 서 있기도 하고, 문득 휴대전화 패턴을 잊어버려 열지 못하기도 했다. 아무렇지 않다고 생각했는데 많이 흔들렸다. 결국 나는 주체할 수 없을 만큼 취해 밤바다를 찾았다. 삼촌이 페트락을 버린 바다였고, 스물몇 살, 오월의 밤에 그녀와 내가 다음날 아침 찾아가기로 했던 바다이기도 했다. 나는 철썩이는 파도에 울음을 묻었다. 그러고는 기어코 휴대전화 주소록에서 그녀 이름을 찾아내 눌렀다. 신호가 가고, 내가 전화기에 대고 그녀의 이름을 소리쳐 부르는 것과 동시에 신호음이 끊기고 누군가 전화를 받았다. 술이 확 깨는 것 같았다.

여보세요.

중저음의 남자 목소리였다. 억양의 고저가 없었다. 새벽이 가까운 시간이었는데 잠자던 기색이 전혀 없는 목소리였다.

왜요. 왜 죽었나요?

나는 따지듯 물었다. 어쨌든 그녀의 전화를 받은 이는 그녀와 가장 가까운 사람일 것이다. 그녀의 남편이거나 장성한 아들이거나. 그러면 안 되는 것인 줄 알면서도 술기운으로 인해 이성이 나를 제어하지 못했다. 잠깐 저쪽에서 아무런 소리도 들리지 않았다.

이봐요, 이재준 씨.

그쪽에서 내 이름을 불렀다. 한 자 한 자 꾹꾹 누르는 듯했다.

아내는 암 투병 중이었고, 끝내 극복하지 못했습니다.

나는 다시 끄윽, 울음을 삼켰다. 그 울음이 전화를 끈 뒤였는지 아니었는지는 기억나지 않았다. 언제 바다에서 돌아왔는지도 기억에 없었다. 다음날 나는 오후 늦게까지 일어나지 못했다.

무거운 눈꺼풀을 밀어 올려 휴대전화로 시간을 확인하려다 배터리가 나간 것을 알았다. 느낌만으로도 아침이 한참 지났다는 것을 알 수 있었다. 몸을 일으키려는데 무언가 서걱거렸다. 온통 모래였다. 침대에도, 머리칼도, 얼굴도, 옷도, 양말도. 도대체 모래가 왜 여기 있는지 알 수 없었다. 기어가듯 욕조에 앉아 샤워기를 틀었다. 물줄기를 타고 모래가 떨어졌다.

우선 청소기를 돌렸다. 현관에서부터 거실과 침실까지 온통 모랫길이 나 있었다. 양말과 옷을 털었다. 양복은 세탁소에 맡겨야 했다. 모래를 털려고 옷을 흔들었을 때, 묵직한 무게가 느껴졌다. 바지 주머니에 돌이 하나 들어 있었다. 이 돌이 어떻게 내 주머니에 들어와 있는지 알 수 없었다. 씻는 동안 충전된 휴대전화에는 몇 통의 부재중 전화와 문자가 들어와 있었다.

고인을 더 이상 욕되게 하지 않았으면 좋겠습니다.

그 문자를 보는 순간 모든 것이 확연하게 떠올랐다. 여보세요, 라고 전화를 받고, 내 이름을 한 자 한 자 눌러 부르던 목소리. 밤바다의 파도와 울음과 막무가내의 전화. 나는 거실 소파에 털썩 주저앉았다. 후회가 밤바다의 파도 소리만큼 밀려들었다. 무어라 사과를 해야 할지 알 수 없었다. 몇 번이고 전화를 걸려다가 망설였고 문자를 쓰다 지우길 반복했다. 전화는 새벽 2시 7분에 건 거였고, 34초의 통화였다. 그 새벽까지 잠을 이루지 못하고 있던 그녀의 남편이 전화를 받고 얼마나 고통스러웠을지 생각하자 고개를 들 수 없었다. 있을 수 없는 행위였다. 입 안에 모래가 한 주먹 들어 있는 느낌이었다. 전화를 다시 하는 것이 그에게 더 고통스러운 일이라는 생각도 들었다. 전화를 걸었을 때 그쪽에서 누구냐고 묻는다면 더더욱 난감한 일이었다. 결국, 어젯밤에는 고인과 가족에게 크나큰 결례를 범했다고 정말 죄송하다고 문자를 보냈다. 답장은 없었다.

무심코 식탁에 올려놓았던 돌을 바라보았다. 삼촌은 돌을 주웠을 때, 그 돌을 바라보거나 만져보면 무언가 느껴지는 게 있다고 했다. 그런 돌이 좋은 돌이라고도 했다. 돌은 거칠었지만 따뜻했다. 해가 지는지 창밖이 붉었다. 흐릿한 돌의 그림자가 보였다. 며칠째 식탁의 돌은 그대로였다.

뉴욕 출장길에 삼촌을 찾아보리라고 마음먹은 것은 식탁 위의 돌 때문이었다.

페트락을 소개했던 기사의 한 부분에는 다음과 같은 내용이 있었다.

'페트락은 이제 전설이 됐고 그 현상은 미스터리로 남았지

만, 페트락은 지금도 틀림없이 어딘가에서 살아가고 있다.'

그때 삼촌이 바닷물에 던진 돌도 어딘가에 살아 있을 것만 같았다. 그러나 이제는 알 것 같았다. 삼촌이 찾고자 했던 것이 돌이 아니라 '유머'였음을. 나는 조바심이 났다.

나는 비행기를 타기 전 기사를 올린 곳에 메일을 보내 사진 속 주인공이 플러싱에서 늘 10시에 샌즈 카지노로 가는 버스를 탄다는 것을 알았다. 비즈니스를 끝내자마자 플러싱으로 향했다. 3일 뒤에 JFK공항에서 출발할 수 있도록 비행기 티켓팅을 해놓았다. 플러싱에서 며칠 머무르면서 삼촌을 찾아볼 생각이었다.

한인 타운에 들어선 나는 발걸음을 쉬이 움직이지 못했다. 플러싱의 한인 타운은 삼촌이 내게 오던 그 시절을 재현해놓은 것만 같았다. 거리와 골목과 건물과 간판이 그랬다. 지금 내가 사는 곳의 음식점 체인이 이곳까지 진출해 있었지만 고풍스럽다는 생각이 들 정도로 낡은 느낌이 들었다. 나는 문득 'Flushing function within a few seconds'라는 글귀를 떠올렸다. 업무를 보고 나오는 길에 용변이 급해 찾아간 대형 빌딩의 화장실에서였을 것이다. 대형 빌딩답게 영어와 중국어, 일본어 다음에 '몇 초 후 자동 물 내림'이라는 한국어가 적혀 있었다. 내가 알고 있는 'flushing'은 '수세식 세정', '물을 내리다'라는 의미가 있는 말이었다. 이곳 뉴욕의 플러싱도 같은 영문자를 쓰고 있었다. 내가 모르는 또 다른 뜻이 있는지 알 수 없었다. 도시 이름으로는 이상하다는 생각이 들었다.

호텔에 짐을 풀고 거리로 나왔다. 어쩐지 한국 사람들은 눈에 띄지 않았다. 오히려 중국인들이 많았다. 상점의 점원들 역시 대부분 중국인이었다. 버거킹에서 간단하게 햄버거를 먹고 맥주 캔 몇 개를 사 들고 숙소에 들었다. 나는 여행 가방 한쪽 구석에 담아온 돌과 적지 않은 액수의 달러를 사이드 테이블에 올려놓았다.

괜찮은 거지?

맥주 캔을 따면서 돌에게 말을 걸었다.

뉴욕으로 출장을 떠나기 며칠 전, 그 바다로 갔다. 바닷물은 멀리 밀려나 있었다. 나는 그 밤의 끔찍했던 주정이 떠올라 몸서리쳤다. 그리고 아주 잠깐 그녀를 떠올렸다. 그녀의 남편이 전화를 받아 '여보세요' 하던 목소리를 떠올렸다. 건조하던 그 목소리에 잠겨 있던 슬픔이 전해지는 듯했다. '여보세요'가 전화기 이쪽 편에 존재하는 이를 드러내기 위한 인사가 아니라 슬픔을 나눌 누군가를 찾는 목소리였다는 생각도 뒤늦게 들었다. 나는 향을 피우는 심정으로 돌을 찾았다. 삼촌이 하던 대로 바위 주변을 기웃거렸고, 신중하게 돌을 살폈고, 돌을 찾아냈다. 이 돌이 그때 삼촌이 팔려 했던 페트락과 같은 돌이길 빌면서.

밤새 뒤척이다 일어났다. 창밖으로 서서히 날이 밝아오는 걸 지켜보았다. 9시 조금 넘은 시간에 버스 정류장으로 나갔다. 그 기사 속 버스꾼이 정말 삼촌인지, 오늘 이 버스를 타러 나올지 그 어떤 것도 알 수 없었다. 나는 주머니 속 돌을 만지작거렸다.

그녀의 번호로 다시 전화가 온 것은 뉴욕으로 출장을 떠나기 전날이었다. 잠결에 전화벨 소리를 들었다. 새벽 3시가 가까워오고 있었다. 액정에 뜬 그녀의 이름을 보자 잠이 확 달아났다. 순간, 그녀가 어딘가에 살아 있을 것만 같았다. 그러나 그럴 리가 없었다. 그게 아니라면 그녀의 남편인가. 모욕을 되갚아주기 위해, 아니면 내가 그녀와 어떤 관계인지를 끝내 알고 싶어 이 새벽 전화를 건 것일까. 망설여졌다. 그러나 어떠한 경우든 받아들일 수밖에 없다고 생각했다. 그래도 액정 위 통화 표시를 터치하는 손끝이 떨리는 건 어쩔 수 없었다. 나는 몇 초간 저쪽의 기색을 살피듯 아무 말 없이 있었다. 저쪽도 마찬가지였다. 어쩔 수 없이 내가 먼저 입을 떼었다. 여보세요의 '여'를 뱉는 순간, 귓속으로 울음이 쏟아져 들어왔다. 사내의 울음이었다. 큰 짐승의 울음이었다. 그 울음이 파도처럼 밀려들었다. 나는 먹먹해져 전화기를 귀에서 떼어 가만히 내려놓았다. 얼마쯤 뒤에 전화가 끊겼다. 나는 불도 켜지 않은 채 창밖에서 비치는 희미한 빛만을 의지해 냉장고에서 맥주 캔을 꺼냈다. 차가운 알루미늄 캔의 감촉이 서늘했다. 맥주 캔을 천천히 비우고 팔짱을 낀 채 거실 밖 풍경을 바라보았다. 어둠이 서서히 옅어지고 음식물 수거 차량이 아파트 단지를 돌고, 분주한 움직임들이 아파트에 활기를 불어넣어줄 때까지 그대로 있었다. 눈이 뻑뻑했다. 아직도 전화기 속 울음이 멈추지 않았을 것 같아 전화기를 들기가 겁이 났다. 그녀의 죽음 이후 슬픔을 눌러 담았을 사내를 떠올렸다. 나와 같은 슬픔이라는 생각이었다. 그 전화가 뉴욕에서 삼촌을 찾아보리라 마음먹게 하는 계기가 되었다. 광장을 지날 때마다 그녀가 떠올랐다. 그리고 한쪽 가슴이 아팠다. 그 광장에서 만난 이후, '이우환 공간'에 섰을 때, 그녀에게 전화를 걸었어야 했다는 후회가 밀려왔다. 그때 한 번 더 얼굴을 봤더라면, 그랬다면 이 광장을 지나치는 일이 덜 아플 거였다. 퇴근이 늦어져 광장 주변이 어둑해지면 더 그랬다. 그 시간 안에 오롯이 그녀가 있었다. 내게 돌을 찾았느냐고 묻던 그녀가 있었고, 상흔처럼 남아 있던 그녀의 손목과 컨테이너를 오르던 그녀, 태극기를 흔들던 야윈 몸이 떠올랐다. 끝 모를 외로움에 시달릴 때면 차를 몰아 서쪽 끝 그 바닷가로 갔다가 돌아오곤 했다. 그때, 나는 삼촌의 돌이 아니라 내 돌을 찾고 있었다. 아니, 그녀의 돌이었는지 모른다.

공항으로 가는 공항철도를 타기 위해 서울역으로 갈 때, 광장이 끝나는 지점에서 택시가 멈춰 움직이지 않았다. 서울역 쪽에서 오는 것으로 짐작되는 시위 행렬이 차도를 가로지르고 있었다. 꽤 긴 행렬이었다. 10분 이상을 멈춰 서 있는 듯했다. 츳츳. 택시 기사가 혀를 찼다. 나는 시위대를 바라보았다. 저 무리들 중 그녀가 있을 것만 같았다. 나는 갑자기 눈시울이 뜨거워졌다. 그녀가 죽었다는 게 정말 믿기지 않았다.

버스 안 사람들이 슬슬 기지개를 켜기도 하고, 두런두런 말을 하기도 했다. 대부분 중국어였다. 한국말도 들리기는 했지만 억양이 조금 달랐다. 10분쯤 더 달리자 카지노장 버스 센터였다. 주섬주섬 사람들을 따라 내렸다. 버스 문 앞에서 카지노 직원이 쿠폰을 나눠주었다. 45달러 상당의 슬롯머신 게임머니가 든 쿠폰이었다. 나는 버스에 탔던 무리들을 따라, 아니 그의 뒤를 따라갔다. 그는 얼마쯤 가다가 두리번거리더니 어떤 이와 손짓으로 무엇인가 주고받았다. 쿠폰을 현금으로 바꾸는 듯했다. 겜블러인 듯한 이가 다가와 10달러짜리 네 장을 슬쩍 보였다. 내가 버스에서 내리는 것을 본 듯했다. 어느새 버스꾼이 되어 있었다. 나도 슬쩍 쿠폰과 달러를 교환했다. 40달러를 받아들자 기분이 묘했다. 달러를 주머니에 쑤셔 넣고 그를 찾았다. 그에게 다가가 말을 걸었다.

저, 혹시.

그가 고개를 돌려 나를 바라보았다. 순간 긴장하는 눈빛이었으나 금세 표정이 바뀌었다.

그는 나를 보며 중국말로 거칠게 뭐라고 말했다. 그가 중국말을 쓰리라곤 전혀 생각 못했다. 나를 알아보지는 못해도 최소한 내가 한국 사람이라는 걸 직감적으로 알 텐데 이해할 수 없었다. 나는 나도 모르게 죄송하다고 말하고 고개를 숙였다. 내가 분명 한국말로 사과를 했음에도 그는 빤히 나를 쳐다보더니 아무런 말도 하지 않은 채 몸을 돌렸다. 삼촌이 아닌 것인가. 헷갈렸다. 나는 거리를 두고 그의 뒤를 따랐다. 그는 카지노장이 아닌 버스 대합실 쪽으로 가서는 한쪽 구석 의자에 쭈그리고 앉아 주머니에서 볶음밥이 든 팩을 꺼내 밥을 먹기 시작했다. 나는 그가 밥을 먹고 물을 마시고 달게 담배를 한 대 피울 때까지 기다렸다.

저, 제 대신 바카라를……

나는 우리말로 말했다. 그의 눈이 번뜩였다. 이제까지 지치고 후줄근하던 모습은 어디에도 없었다. 정말이냐는 눈빛을 보냈고, 나는 고개를 끄덕이는 것으로 대답을 대신했다. 그가 앞장서서 카지노장으로 걸어갔다. 구부정하던 걸음이 어느새 달라져 있었다.

카지노장에 들어서기 전에 뒤를 돌아보았다.

왜, 나요?

한국어였다. 나는 당신이 한 번은 크게 딸 것 같아서라고

간단하게 대답했다. 우리는 서로를 알아본 것도 같고 아닌 것
도 같은 이상한 모양새를 하고 있었다. 나는 잠깐 동안이라도
그를 엑스트라가 아니라 이곳의 당당한 손님으로 만들어주고
싶었다. 불필요한 객기였다. 차라리 그에게 현금을 주는 편이
나을지 몰랐다.

카지노장은 역시나 휘황찬란했다. 요란하다는 말이 더 어
울릴 법했다. 나는 그가 말한 액수만큼 코인으로 바꿨다. 그
는 코인을 받아들었다. 아주 잠깐 코인을 바라보는 그의 눈이
맵게 떨렸다. 그러고는 내 얼굴을 다시 한 번 바라보았다. 이
돈을 잃으면 깨끗이 털고 여길 떠나라고 했다. 바카라 앞에
앉았다. 그는 시시하게 기계와 하는 비디오 게임은 하지 않겠
다는 태도였다. 바카라를 하는 동안에는 버스 센터 대합실을
어슬렁거리지 않아도 되고, 푸드 코트에서 쫓겨나는 일도 없
을 것이었다. 나는 그의 뒤에 섰다. 객장을 기웃거리던 버스
꾼 몇이 내 옆에 섰다. 베팅이 시작되었다. 치열한 수읽기와
눈치 싸움이 시작되었다. 그는 조금도 흔들리지 않았다. 그러
나 모든 코인을 잃는 데는 10분도 걸리지 않았다. 두 차례 따
는가 싶었지만 그걸로 끝이었다. 뒤에 있던 버스꾼이 다시 흩
어졌다. 어딘가에서 다시 출발할 버스를 타기 위해 몇 시간을
버텨야 했다.

미안하게 됐소.

나는 그에게 담배를 건넸다.

한국으로 돌아가고 싶지 않나요?

아니요. 나는 한국을 떠나온 지 아주 오래되었고, 다시는 그곳으로 돌아가지 않을 거요. 평생 버스를 타고 카지노장이나 어슬렁거리게 될지라도 한국에는 가지 않을 겁니다. 여기서는 누구도 나를 건드리지 않아요. 들러리니, 엑스트라니 하는 말들에 신경 쓰지 않아요. 나는 누가 나를 어떻게 보든 상관없어요. 다른 사람의 평가는 중요하지 않아요. 나는 내 생을 삽니다.

그는 돈을 잃은 것이 미안해서 그랬는지 꽤 긴 말을, 그러나 단호하게 했다. 나는 나를 밝힐 때가 되었다고 생각했다. 한 번 더 그를 설득해보고 싶었다.

그가 돌아서기 전 주머니에서 돌을 꺼냈다. 그가 바카라를 하는 동안 내내 주머니 속의 돌을 만지작거리고 있어서 돌이 내 체온과 비슷하게 따뜻한 느낌이었다. 그는 내가 건넨 돌을 바라보았다. 그의 눈가가 미세하게 떨리는 걸 놓치지 않았다.

저, 재준입니다.

그는 아무 말도 하지 않았다. 표정이 굳어가고 있었다. 물끄러미 돌만 바라보았다.

좋은 돌이요. 내게 주는 거요?

나는 고개를 끄덕였다. 그에게 건넨 돌이 그 옛날을 떠올려주길 바랐다. 조카인 나를 기억하고 나와 같이 한국으로 돌아가 다시 생활할 수 있기를 바랐다. 그러나 그는 우리 관계를 허용하지 않았다.

돌이 참 좋소. 좋은 선물을 받으니 기분이 좋습니다. 잘 가시오.

그는 돌아섰다. 자신이 끝내 누구임을 밝히지 않았다. 이 돌이 무엇을 의미하는지도 묻지 않았다. 스스로 떠돌이 버스꾼의 삶을 택했다. 더 이상 어쩔 수 없었다.

내가 막 돌아서려는 순간이었다. 그가 몸을 흔들었다.

한쪽 발로 담배를 비벼 끄듯 마구 비벼주고, 수건이 있다고 생각하고 양쪽 끝을 붙잡아 엉덩이를 닦는 듯한 자세를 취해봐. 마구 비틀어주는 거지. 트위스트가 괜히 트위스트가 아니야. 마구 비벼준다는 뜻이거든. 마구마구 말이야. 흥이 저절로 몸에 차오를 때까지 흔들어봐.

삼촌이 트위스트를 췄다. 음악도 없이, 무성영화나 흑백 필름을 보는 것같이. 뒷모습이었고 엉덩이를 뒤로 쑥 빼고 있어서 오리궁둥이처럼 보이는 엉덩이를 흔들며. 그 옛날 내게 트위스트 춤을 가르쳐주던 그 모습 그대로였다. 삼촌은 그렇게 춤을 추면서 대합실로 걸어 들어갔다. 그 모습은 삼촌이 우리 집 대문을 두드리던 날을 떠올리게 했다. 내가 삼촌을 보고 크리스마스트리라고 느낀 건 어쩌면 그 복장 때문이 아니라는 생각이 들었다. 평생을 뿌리 없이 살아가야 하는 삼촌의 생을 봐버렸기 때문은 아니었을까.

나는 삼촌의 우스꽝스런 춤을 보면서 웃었다. 그러나 이내 얼굴이 일그러졌다. 나는 우는 것도 아닌, 그렇다고 웃는 것도 아닌 어정쩡한 자세로 삼촌이 보이지 않을 때까지 서 있었다. 잘 가, 서흔. 어디선가 돌들이 파도에 부딪치는 소리가 들려오는 듯했다.

베이비오일

여름 해가 지고 있어요. 저렇게 붉은 해가 지평선에 떨어지면 다음날엔 비가 온다고 하던가요? 짙은 노을이 날씨와 관계가 있었던 것 같긴 한데 그게 뭔지 잘 모르겠네요. 요즘은 자주 이래요. 뭔가 정황은 있는데 명확하지 않은 거요. 그건 길을 지나가다 보면 마주 오는 사람이 분명 아는 사람인데 누군지, 언제 어디서 봤는지 전혀 기억나지 않는 것과 같아요. 그렇지만, 아시죠? 그렇게 누구더라, 하면서 지나치지만 몇 분 지나지 않아 곧 그 존재를 잊어버리는 거요.

내 속에 불이 붙는 것도 그렇게 맥락이 없어요. 지금도 떨어지는 해 아래로 깔리는 노을이 불덩이보다 더 붉게 망막을 거쳐 가슴을 타고 명치 어디쯤 자리를 잡는 게 희미하게 느껴져요. 그럴 때 나는 생각해요. 내 속에서 또 불이 붙고 있구나 하고요. 아니, 차곡차곡 쌓이는구나 하고요. 언제 타오를지 모를 불이요. 그러나 아무리 눌러놓아도 종국에는 터지고야 마는 불이란 걸 알죠. 많은 날을 불씨가 자리 잡고, 불이 붙고, 타오르고, 다시 꺼지는 걸 느끼며 살아왔으니까요. 그러니까 지금부터 하려는 얘기는 불 이야기예요. 불이 전부인 이야기요.

기술학원으로 들어가던 나를 기억해요. 겨우 열여섯 살이었죠. 고등학교에 들어가야 했지만 소위 비뚤어지고 있었죠. 선희와 어울려 다니는 게 좋았어요. 선희는 패싸움을 할 때 면도날을 씹어 뱉어 상대편 여자아이 얼굴을 피범벅으로 만들었다는 전설로 아무도 함부로 하지 못했어요. 게다가 선희는 예뻤죠. 중3으로 보이지 않을 만큼 늘씬했고, 부드러웠죠. 여드름 하나 없이 매끈거리는 피부와 찰랑대는 머릿결은 멀리서도 선희를 알아볼 수 있게 했어요. 별 특징 없는 얼굴에 아토피가 심해 수시로 긁어대어 각질이 일어나는 내 건조한 피부와는 여러모로 달랐죠. 선희가 면도날을 씹는 모습은 상상이 되지 않았지만 혼자 담배를 피우고 있을 때의 서늘한 모습은 어쩌면, 이라는 생각을 갖게 해요. 그렇지만 선희는 우리 중 제일 착했어요. 우리는 담배 한 대를 나눠 피우거나, 껌을 짝짝거리며 씹거나, 바람을 맞으며 배달용 오토바이 뒤에 타서는 앞에 앉은 아이에게서 끼쳐오는 땀냄새를 맡거나, 몰려다니며 키득거리다 자는 게 전부였어요. 겨우 그 정도였는데 그게 그렇게 좋은 거예요. 아이들이 나를 불량하게 보고, 그래서 은근히 나를 피하는 걸 느끼는 것도 좋았죠. 찌질하게 공부만 파는 아이들과는 다른 세계를 살고 있다는 생각이 들었어요. 애들보다 좀더 어른이 된 기분이랄까요. 어차피 공부를 잘해서 대학을 갈 것도 아니고, 중하위권 아이들은 고등학교에 가서도 다른 아이들 들러리밖에 안 된다는 걸 진즉에 알고 있었으니까요. 물론 선희와 어울린다고 해서 내가 중심이 되는 건 아니었지만 선희만 곁에 있다면 무엇이든 좋았어요. 이래저래 들러리를 설 바에야 마음이 끌리는 데 가서 얼쩡거리는 게 낫지 않겠어요? 잘 아시잖아요? 버둥거려봐야 별수 없다는 걸요.

그런데 그렇게 어울리는 것도 몇 개월 지나니 지루해지더라고요. 슬슬 불안해지기도 하고요. 결정적으로 오토바이를 타다 구른 뒤로는 이렇게 살고 싶지 않다는 생각이 들었어요. 그날은 슬리퍼를 끌고 라면을 사러 나왔는데 햇살이 너무 좋은 거예요. 발등에 닿는 온기가 느껴질 만큼 따뜻했는데, 간질거리는 것 같기도 하고, 따끔거리는 것 같기도 하고, 엄마 치마폭 같기도 한 게 사람 마음을 묘하게 흔들더라고요. 별거 아닌데, 겨우 햇볕이었을 뿐이었는데 그때 그 볕이 지금도 가끔 생각나요. 라면을 사러 가다 말고 버스 정류장 벤치에 앉아 햇살을 맞고 있었죠. 그러다가 배달하고 돌아가던 정식을 만난 거예요. 정식이 오토바이 뒷자리를 눈짓으로 가리키며 타라고 했지만 사실 타고 싶지 않았어요. 뒤에 배달통도 있었고, 뭐랄까, 봄날 내 발등에 닿는 햇볕에게 쪽팔린다는 생각도 들었는데, 그런 내 마음을 알까 봐 거절하지 못하겠더라고요. 정식이 일하는 중국집까지 먼 거리도 아니고 그냥 타고 갔다 오자 싶었죠. 좁은 뒷자리에 끼어 타고 출발한 지 얼마 지나지 않아 사고가 났어요. 왠지 찜찜한 게 불안했는데 출발하자마자 승용차랑 부딪친 거죠. 다행히 골목에서 나오는 차라 정식이도 나도 크게 다치지는 않았어요. 종아리가 쓸려 피가 맺히고 몇 군데 멍이 드는 정도였죠. 겨우 그 정도였어요. 오토바이 사고치고는 사고라고 부를 수도 없을 정도인. 다만 뒤에 있던 배달통이 엎어지면서 그릇 안에 남아 있던 음식물이 쏟아졌고 흘러나왔죠. 짬뽕 국물과 탕수육 소스였어요. 그것들이 흘러나와 쓰러진 내 가슴팍에 스며들었죠. 끈적끈적하고 붉은 국물이 내 티셔츠에 스며들었고, 사람들이 모여들기 시작했죠. 나는 벌떡 일어나 가슴팍을 가리고 절뚝거리며 내달렸어요. 정식이 뒤에서 불렀지만 뒤돌아보지 않았어요. 아직 햇볕이 내리쬐고 있었고, 땀이 후드득 떨어지고, 그 와중에도 콧속으로 스며드는 탕수육 소스의 달달하고 새콤한 냄새와 짬뽕의 매운 냄새가 나를 더럽게 미치게 했어요. 현관에서 신발을 벗으려 할 때에야 슬리퍼도 없이 맨발로 집까지 왔다는 것을 알았어요. 방 옆에 딸린 화장실에 쭈그려 앉아 옷을 벗고 비누칠을 하고 몸을 씻었어요. 가슴에 붙은 짬뽕 기름 때문에 비누칠을 몇 번이나 하고 가슴팍이 벌게지도록 박박 문질러야 했죠. 화가 나더라고요. 다 부숴버리고 싶을 만큼 화가 나는데 텔레비전에서는 삐삐밴드가 노래하고 있는 거예요.

식사하셨어요? 별일 없으시죠? 괜찮으세요? 수고가 많아요. 우리 강아지는 멍멍멍. 옆집 강아지도 멍멍멍. 안녕하세요? 오오 잘 가세요. 오오 좋은 꿈 꾸셔요. 좋은 아침이죠. 내일 또 봅시다. 동방예의지국. 지금 사람들은 1995년. 옛날 사람들은 1945년. 안녕하세요? 오오 잘 가세요. 오오 좋은 꿈 꾸었니? 좋은 아침이야. 내일 또 보자. 니가 보고 싶어. 나는 누군가가 정말 필요해. 내일 우리 같이 여행을 떠나볼까? 안녕하세요? 오오 잘 가세요. 오오 안녕.

「안녕하세요」였죠. 수건을 감고 있었지만 머리카락에서 물이 뚝뚝 떨어지고 있었어요. 다른 때 같았으면 삐삐밴드의 펑크록 연주에 맞춰 같이 방방 뛰었을 텐데 그냥 선 채로 그 노래를 듣고 있었어요. 정말 멍멍멍거리며 울고 싶었죠. 괜찮지 않았거든요. 한순간 모든 게 다 안녕하지 않았어요. 짬뽕 국물로 얼룩진 티셔츠를 쓰레기통에 처박아버리고 선희에게 집에 들어간다는 메모만 남기고 나왔어요. 집에 들어가봤자 별수없다는 건 알고 있었어요. 별수가 있었다면 더 일찍 집에 들어갔겠죠. 하루를 꼬박 자고 일어나니 이제 뭘 해야 되나 싶었어요.

선희가 삐삐를 했어요. 100. 돌아오라는 뜻이었어요. 삐삐, 아시죠? 무선호출기요. 전화를 해달라고 상대방 무선호출기에 전화번호를 남기는 거죠. 그런데 번호 말고도 약속된 숫자로 짧은 메시지를 전달할 수도 있었어요. 지금도 쓰고 있는 8282, 1004가 다 그때 생겨난 거예요. 이 정도는 무슨 뜻인지 알고 있겠죠? 0124는 무슨 뜻인 줄 아세요? 숫자 0은 '영', 1은 영어로 '원', 2는 '이', 4는 '사', 그래서 0124는 '영원히 사랑해'라는 뜻이 되었어요. 삐삐를 쓰는 사람들끼리 약속 숫자를 만든 거죠. 선희가 보낸 100은 영어의 back하고 발음이 같아서 돌아오라는 뜻이 되었죠. 나는 982를 보냈어요. 굿바이.

이미 학교는 정학 처리가 된 뒤였어요. 계란으로 멍든 허벅지를 문지르고 있는데 아버지가 방으로 들어와 어정쩡하게 선 채로 내게 기술을 배우면 어떻겠느냐고 했어요. 기숙학원에서 지내면서 미용이나 요리 같은 걸 배울 수 있다는 거예요. 나라에서 다 지원해주는 거라 돈도 들지 않는다고 했죠. 기술을 배우면 취직도 금방 할 수 있다고 했고요. 아버지는 처음엔 부드럽게 말했지만 내가 심드렁하게 대꾸하자 나중엔 뺨을 때렸어요. 입 안에 뭉근하게 고인 피를 뱉으며 생각했죠. 차라리 거기서 일 년만 죽었다고 생각하고 미용 기술을 배우자. 아버지랑 있는 것보다 나을 것 같았어요. 알았어. 그 대신 탕수육 시켜줘. 퉁퉁 부은 볼을 하고, 마지막으로 탕수육 한 접시를 다 먹은 다음 집을 나왔죠. 선희가 어떻게 번호를 알았는지 집으로 전화를 걸어왔길래 같이 기숙학원에 들어가자고 했죠. 선희랑 같이 있으면 좋을 것 같았거든요. 다행히 선희도 조금 망설이는 것 같더니 모든 게 지겨웠는데 차라리 잘됐다고 했어요. 사귀던 남자 친구가 선희를 스토커처럼 괴롭혔거든요. 숨을 데가 필요했던 거예요. 우린 미용 기술을 잘 배워 같이 미용실을 차릴 꿈을 꾸었죠. 그때까지 머리도 자르지 않기로 했어요. 풍성하고 긴 머리카락에 굵은 웨이브를 넣은 첫 파마를 서로에게 해준 뒤 여행도 가기로 했죠. 동해로 일출을 보러 가기로요.

기숙사에 들어간 지 며칠 지나지 않아 잘못 들어왔다는 걸 알았어요. 매일 쓸데없는 이론을 배우고, 머리카락을 잘라보는 게 전부였어요. 미용 기술을 배우기는 했는데 매일 점호와 구타도 이어졌어요. 외출도 할 수 없었고 편지조차 검사를 받아야 했어요. 텔레비전도 제대로 볼 수 없었죠. 8시 저녁 '점호'를 한 뒤에는 기숙사 1층과 2층에 사감 한 명씩을 배치하고 자동문을 잠갔어요. 우린 철문을 쇠사슬로 연결한 자물쇠로 잠그는 소리를 매일 들어야 했죠. 이렇게 잠긴 문은 기숙사 건너편 본관 건물에 있는 숙직실 직원만이 밖에서 열 수 있도록 돼 있었어요. 우린 무시당했고 거칠게 다뤄졌죠.

삐삐밴드가 노래했어요.

설탕에 찍어 딸기를 먹었어. 딸기밭에서 하루 종일 놀았어. 한참을 놀다 보니 하루가 다 갔어. 하루는 왜 스물네 시간일까. 수박 아줌마는 얼룩무늬 치마. 참외 할머니는 귀머거리 할머니. 사과 외숙모는 친절한가 봐. 딸기 내 친구는 사랑스러워. 딸기를 사달라고 졸랐어. 딸기를 먹지 않고 웃기만 했어. 나는 왜 이렇게 너를 좋아하는 걸까. 나는 왜 니가 좋은지 몰라. 그건 정말 몰라 나도 몰라. 새빨간 딸기는 너무 아름다워. 포도 아저씨는 꿈꾸는 사람. 좋아 좋아 좋아 딸기가 좋아, 좋아 좋아 좋아 딸기가 좋아. 딸기가 제일 좋아 맛있어.

나는 삐삐밴드처럼 딸기가 좋다고, 딸기가 먹고 싶다고, 달콤한 딸기 좋아 좋아 외쳤지만 딸기를 먹을 수는 없었죠. 난 안녕하지 못했어요.

그래도 선희랑 같이 있는 게 얼마나 다행인지 몰랐어요. 선희가 곁에 없었다면 미쳐버렸을지도 몰라요. 나와 선희는 전화도 삐삐도 칠 수 없게 되자 노트에 글을 썼어요. 0부터 9까지 숫자로만 된 글이었죠. 선희는 여기서 나가면 매일 삐삐만 치겠다고 했어요. 그러려면 잊지 말아야 한다고 했죠. 지금도 기억할 수 있어요. 선희가 숫자를 쓰면 내가 읽었죠. 그 애가 0124라고 쓰면 나는 영원히 사랑해, 라고 말했죠. 그 애가 0000을 쓰면 나는 보고 싶어, 했죠. 선희도 나도 우울해졌어요. 우린 겨우 열여섯이었거든요. 선희의 노트는 암호 같은 숫자로 가득했어요. 1010235, 8253, 0000, 0179, 041004, 11, 1041, 1717177, 224100005, 11555, 337, 3575, 522, 5233, 8080, 9797. 이거 말고도 많았죠. 우리는 숫자의 조합이 만들어낸 언어로 글을 썼어요.

열렬히 사모해, 빨리 와, 보고 싶어, 영원한 친구야, 영원히 사랑해 나만의 천사, 너와 나란히 있고 싶다, 일생 동안 영원히 사랑해, 사랑해, 둘이서 만나요, 이리로 와요, 힘내요, 사무치게 그리워, 보고 싶어, 미안해, 바보, 다 구질구질해, 이런 식이었죠. 어느 날은 04041004만 쓰고 또 쓰는 날도 있었어요. 빵 먹고 죽어, 빵 먹고 죽어, 빵 100개 먹고 영원히 죽어, 라는 뜻이었죠. 어떤 날은 빵을 잔뜩 쌓아놓고 질릴 때까지, 아니, 정말 죽어도 좋을 때까지 먹고 싶을 때도 있었거든요.

갇혀 살아야 하는 기숙학원처럼 우리가 숫자로 만들어낼 수 있는 말들은 금방 벽에 부딪혔어요. 처음엔 숫자로 의미나 문장을 만드는 재미가 있었는데 더 이상 만들 말도 없었고 만들기도 싫어졌죠. 그렇게 만들어서 비밀 암호 일기처럼 쓰다가도 이걸 밖에 나가서 써먹을 수나 있을까 생각하면 맥이 빠지기도 했고, 당장 재수 없는 사감 욕을 하고 싶었는데 숫자로 변환하고 나면 욕 맛이랄까, 욕이 좀 거칠고 차진 맛이 있어야 하는데 숫자로 된 욕은 그런 맛이 안 나더라고요. 욕이 갑자기 표준어로 바뀐 느낌이랄까요. 아주 얌전하고 모범적인 자세로 욕을 하는 기분이랄까요. 할 게 없으니 매일 몇 자 적긴 했는데 흥미가 없어지더라고요.

나는 내가 불에 타 죽을 거라는 걸 알아요. 내 몸의 꼭꼭 응축된 불씨가 그렇게 말하고 있어요. 내가 그 불씨 때문에 가슴이 아프다고 하면 사람들은 폐가 안 좋아 그런 걸 거라고 얘기해요. 그럴 땐 할 수 없이 고개를 끄덕여요. 폐가 안 좋은 건 맞아요. 쨍하게 추운 겨울이나 황사가 심한 봄에는 마스크를 쓰고 단단히 무장을 해도 가슴이 막히고 아픈 건 어쩔 수가 없어요. 지금도 아침에 일어나면 제일 먼저 날씨를 확인해요. 춥거나, 바람이 불거나 황사가 심한 날은 아예 밖에 나갈 엄두도 내지 않으니까요. 고개를 끄덕여도 그건 더 이상 이 얘길 하지 말아야겠다는 거지, 그 사람 말에 동의하는 건 아녜요. 포기 같은 거예요. 이제까지 누구도 제 말을 진심으로 믿는 사람은 없었어요. 그러나 저는 알아요. 제 몸의 불씨가 저를 한순간 잿더미로 만들어버릴 거라는 걸요.

몸이 불타올라 순식간에 재로 변하는 인체 자연발화 현상은 아직 미스터리라죠. 정확한 원인이 밝혀지지 않았으니 미스터리인 건 맞지만, 원인이 밝혀지지 않았다고 해서 그런 일이 일어나지 않은 건 아니죠. 80킬로그램의 몸이 순식간에 타버려 4킬로그램의 재로 변했는데 주변은 말짱하다면 그걸 무엇으로 설명할 수 있을까요? 몸이 불타버렸는데, 그렇게 불타려면 엄청난 열이 필요했을 텐데 몸 말고는 주변이 타지 않았다는 건 어떻게 설명할 수 있을까요. 그건 몸에서 불이, 그것도 상상할 수 없을 정도의 높은 열이 발생해서 스스로를 태웠다고밖에는 설명이 안 돼요. 인간의 몸이 그렇게 재로 남으려면 최소한 2000℃의 열이 필요하다고 해요. 그 사람들 몸 어디에 그런 열을 낼 징조가 숨어 있었을까요? 그들은 자신의 몸이 그렇게 불타오르리라고 짐작은 하고 있었을까요? 저는 그게 궁금해요. 제 몸의 불씨가 그 징조 같거든요.

그 일이 있기 전까지 저는 불에 대해 특별히 생각해본 적도 없었어요. 열여섯, 그해 여름에 일어났던 불 말이에요. 우린 기술학원 기숙사에서 살았지만 저녁 8시 점호를 하고 나면 밖에서 잠긴 문 안에 쇠창살로 가로막힌 창문을 가진, 그야말로 교도소와 다를 바 없는 곳에서 살았어요. 명색이 국가에서 운영하고 기술을 가르쳐주는 학원인데, 우리는 가출했거나 윤락 행위를 했거나 불량하다는 이유를 들어 감옥과도 같은 기숙사에서 생활을 해야 했죠. 교화가 필요하다고 했어요. 이 사회에 나가 바르고 착하게, 성실하게 살 인간으로 만들어야 한다고요. 그게 기술을 배우는 만큼 중요하다고요.

우린 누가 텔레비전에서 선전하는 크라운산도를 보고 먹고 싶어, 하면 다들 나도 나도 했죠. 우린 어렸고 잠시 방황을 했을 뿐이었고, 기술을 배워 제대로 살아볼까 생각한 여자아이들이었어요. 달콤한 딸기든, 크림이 든 산도든 뭐든 먹고 싶었어요. 지금도 어떻게 그런 곳에서 생활할 수 있었을까 생각하면 몸서리쳐져요. 그러니까 그 일은 터질 수밖에 없었던 거예요. 내 여기 명치에 불씨가 당겨지기 시작한 날도 그날부터였죠. 그건 몇 달 전 텔레비전에서 보았던 백화점 붕괴 사고보다 더 끔찍했어요. 텔레비전으로 보는 사고가 아니라 내 눈앞에서 일어난 사고였으니까요.

그날은 뭔가 분위기가 이상했죠. 며칠 전에도 7호 방 언니들 몇 명이 도망치다 담장 위 전자감응 장치가 된 철조망을 건드는 바람에 경비한테 걸려 죽도록 맞기도 했어요. 전자제품 상점에 선풍기가 없어서 못 팔 정도라는 뉴스가 나올 만큼 더워서 살만 닿아도 짜증이 솟았죠. 무엇보다 우리를 감금하고 있는 쇠창살을 참을 수가 없었어요. 그것 때문에 더 더운 것 같았으니까요. 2층의 언니들이 탈출을 모의했죠.

사감 체포조와 신호조와 방화조 등 역할을 분담했어요. 불은 1층 4, 8, 9호에, 2층은 12, 14, 19, 20호에 지르기로 했어요. 휴지, 이불 등을 쌓아 놓고 불을 지른 뒤 밖에서 출입문을 여는 혼란한 틈을 타서 탈출을 시도하기로 했죠. '신호에 따라 일제히 방 안에 불을 지른 뒤 출입문 옆 화장실에 숨어 있다가 문이 열리면 밖으로 빠져나간다.' 그게 우리 계획의 전부였어요.

그래요, 계획대로 전화선을 끊었고, 사감을 감금했고, 불을 붙였죠. 다만 불이 그렇게 순식간에 번지리라고 생각하지 못했고, 불이 났는데 밖에서 문을 그렇게 늦게 열 줄 몰랐죠. 무엇보다 우린 불을 몰랐어요. 불은 맹렬하게 타올랐고, 독한 연기를 뿜었어요. 불을 잘 붙게 하려고 뿌린 베이비오일이 유독가스를 뿜었고 금방 싸구려 베니어판으로 된 사물함에 옮겨 붙어 불길을 치솟게 했죠. 불이 순식간에 번지고 검은 불꽃과 연기가 날름거리며 사물함을 집어삼키고 깨진 창문으로 솟구쳤어요. 우린 아우성치며 화장실로 도망갔죠. 문이 금방 열릴 줄 알았어요. 창문 깨지는 소리가 났고, 창문 여기저기서 불꽃이 치솟고 있으니 당직이 금방 문을 열 거라고 생각했어요. 우린 입을 틀어막고, 목을 움켜쥐고 화장실에서 얼른 문이 열리기만을, 담장 너머의 사람들이 몰려오기만을, 신선한 공기가 불과 연기를 몰아내고 우릴 구해주기만을 간절하게 바랐죠. 조금 전까지 우리를 억압했던 모든 것들로부터 해방되었다는 흥분과 설렘, 결기는 한순간 사라진 지 오래였어요. 우린 무서웠고, 모두 불을 피해 화장실에 몰렸지만 출입문도 창문도 2중, 3중의 잠금장치와 쇠창살로 막혀 있었어요. 어떻게든 창문 유리창을 깨고 쇠창살을 뜯으려 했어요. 사방이 막힌 벽에서 창문만이 유일하게 밖을 보여주고 있었으니까요. 유독가스가 퍼지면서 모두들 목을 움켜잡았고 숨 쉬기 괴로워했고, 비틀거렸고 쓰러졌어요. 겨우 몇 번의 숨이 우리 목숨을 앗아갔어요. 유언 따위는 남길 수도 없었죠. 소방관이 출동했지만 잠긴 문을 열고 창문을 뜯느라 구조가 지연되는 동안 우린 모두 죽음의 문턱을 서성거리고 있었던 거예요. 그다음은 다 아시는 내용대로예요. 150명 중에서 37명이 질식해서 사망했고 16명이 중경상을 입었죠. 이 모든 일이 15분 만에 벌어진 거예요. 단 15분 만에요.

우리 학원은 윤락행위방지법에 따라 적발된 소위 윤락 여성이 10여 명 있었을 뿐, 나머지는 나처럼 가출 청소년 등이었어요. 도의 지원을 받아 기독교 자선사업재단에서 운영하던 재활교육기관이었죠. 우리는 이른바 '요보호 여성'들이었어요. 우리가 사회에서 환영받지 못하는 사람들이라고 해서 1년간 교도소처럼 사회와 차단된 생활을 강요하는 것은 명백한 인권 유린이었지만 사고가 일어나기 전까지는 그저 무료로 기술을 가르쳐주는 학원이었을 뿐이었어요.

그날 나는 살아남았죠. 유독성 연기를 들이마신 기관지와 폐를 치료하느라 병원에서 두 달 동안 살았고, 아버지는 보상비로 겨우 병원비만 정산하고 사라져버렸죠. 퇴원을 하고 제일 먼저 한 일은 가까운 도서관 정기간행물실에 가서 지난 신문을 펼쳐보는 거였어요. 중학교 1학년 때 도서관 청소 당번을 맡아 한 학기를 보냈기 때문에 도서관이라는 데가 그리 낯선 공간은 아니었거든요. 나는 도서관에서 그 일을 보도한 신문들을 다 찾아 읽었죠. 병원에 있는 내내 궁금했거든요. 그날의 화재가 어떤 것이었는지, 왜 우리는 빨리 구조되지 못했는지, 불길은 왜 그렇게 세차게 타올랐는지. 넓은 책상 위에 신문을 펼쳐 사회면을 찾아 기사를 읽었죠. 그렇게 끔찍한 일이 일어났는데 기사는 얼마 지나지 않아 1심 재판이 열린다는 데서 끝나 있었어요. 허망했죠. 37명의 어린 여자들이 한꺼번에 화장실에서 불에 타 죽었는데 겨우 며칠 기사에 나오는가 싶더니 사라져버렸더라고요. 그건 그 기숙학원을 폐쇄하겠다는 통보와 같은 거였어요. 정확한 원인이나 대책이 아니라 폐쇄처럼 그냥 막아버리고 덮어버리는 거죠. 그렇게 잊히겠죠. 사람들의 머릿속에서도요. 우린 이 사회에서 별 볼 일 없는 애들이었으니까요.

도서관 밖으로 나와 벤치에 앉았어요. 가끔씩 바람이 불어왔죠. 어느새 가을이 깊어져 있었어요. 추석도 지난 뒤였고요. 화단에 꽃사과가 잔뜩 매달려 가지가 늘어질 정도였어요. 짧은 가을볕이 제 왼쪽 뺨에 닿았어요. 손바닥을 가만히 얼굴에 대어보았죠. 따뜻한 뺨이었어요. 그냥, 뺨이 따뜻하다, 라고 생각하고 있었는데 왈칵 눈물이 쏟아졌어요. 잊히겠죠. 많은 일들이 어느 순간 시선에서 비껴갔고 잊혔으니까요. 저도 그렇게 잊어왔으니까요. 잊히겠죠. 그런데 이렇게 잊힐 거라고 생각하니 가슴에 뜨거운 파스라도 붙인 것처럼 화끈거리고 싸하네요.

이제 내 곁엔 선희가 없어요. 같이 파마를 하고 일출을 보고 미용실을 차리기로 했던 선희가 없어요. 많지 않은 말을 숫자로만 적어야 했던 선희가 없어요. 그런데 뺨이 따뜻하다니. 기사 속에 등장하던 철없는 원생이란 말이 가슴을 찔렀어요. 그날 불이 잘 안 붙을까 봐 이불과 휴지에 베이비오일을 뿌린 건 나였어요. 그때나 지금이나 내 피부는 건조했고, 여름에도 베이비오일을 발라야 했었거든요. 피부 자극 없는 순한 베이비오일에서 치명적인 유독가스가 나왔다니 믿을 수가 없었어요. 제가 이불에 그 베이비오일을 뿌리지 않았다면 선희는, 친구들은 죽지 않았을까요?

선희가 쓰러지는 걸 봤어요. 창틀에 매달려 있다가 떨어져 쓰러진 선희는 미친듯이 목을 움켜잡고 긁었죠. 목에 수십 개의 긴 손톱자국을 남기고, 긴 머리카락을 사방으로 헤집은 채 쓰러졌어요. 그렇게 아름다웠던 선희가 쓰러진 거예요. 여름 이었고, 입과 코를 틀어막을 적당한 것도, 천도 없었고, 그럴 여유도 없었어요. 우르르 몰리던 와중에 넘어졌던 나는, 화장 실 마포걸레에 얼굴이 처박혔죠. 변기를 닦고, 바닥을 닦던 더러운 걸레에 처박혀 숨을 쉬었어요. 곰팡이와 썩은 오물 냄 새가 역겨웠는데 젖은 걸레에서 차마 입을 뗄 수가 없었어요. 숨은 쉴 수가 있었으니까요. 쓰러진 선희를 끌어당기려 했는 데, 끝까지 선희 손을 놓지 않았는데 눈을 떠보니 병원이더라 고요. 그때 죽었더라면 어땠을까 하는 생각을 해요. 불씨가 타오를 때마다요.

그날 도서관 앞 벤치에 앉아 빨갛게 익은 꽃사과를 바라보 고 있는데 명치끝이 아프더라고요. 체했다거나 답답하다는 것과는 달랐죠. 명치끝이 아픈데 숨이 잘 쉬어지지 않았어요. 숨을 쉴 때마다 가슴이 오르내리는 게 보일 정도로 숨이 거칠 었죠. 숨이 막힐 것만 같았어요. 발바닥에서는 열이 나고 간 지러웠어요. 얼굴까지 달아올라 머릿속까지 땀이 솟았죠. 신 발과 양말을 벗고, 천천히 숨을 쉬어보려고 해도 소용이 없었 어요. 무엇보다 가슴이 타는 것처럼 뜨거워 어떻게 할 수가 없었어요. 가슴을 때려도 보고 눌러봐도 가라앉질 않았어요.

그때였어요. 바람이 불어왔고, 무언가 타는 듯한, 메케하면서도 고소한 냄새가 났어요. 미친 사람처럼 코를 킁킁거리며 냄새를 쫓아갔죠. 도서관 옆 공원 화장실 한쪽에서 드럼통에 낙엽을 모아 태우고 있었어요. 주머니에서 재빨리 마스크를 꺼내 쓰고, 목도리로 입을 가린 다음 드럼통을 들여다봤어요. 환경미화 조끼를 입은 아저씨가 나를 흘깃거리더니 불씨를 뒤적였죠. 불이었어요! 낙엽을 태우는 불이었죠. 연기가 많이 나지 않았어요. 그나마 뒤적일 때마다 나는 연기도 흰색에 가까웠죠. 잘 마른, 습기 없는 낙엽들은 연기도 없이, 치솟는 불길도 없이 제 몸을 태우며 숨죽여 불을 품고 있었어요. 냄새도 좋았어요. 부드럽고 고소하다고 생각되었어요.

그 불이 사그라질 때까지 보고 있었죠. 아저씨가 낙엽 태우는 거 처음 보냐고, 뭐 볼 게 있다고 그걸 그렇게 뚫어지게 보냐고 했던 거 같은데 뭐라고 대답했는지는 기억에 없네요. 낙엽이 다 타버린 뒤 돌아서려다 말고 손에 쥐고 있는 양말을 보았어요. 그때에야 조금 전 타는 것같이, 찌르는 것같이 아팠던 통증이 어느 사이엔가 사라졌다는 걸 알았어요. 왜 그랬는지 그때는 알 수 없었죠. 그것보다 그렇게 끔찍한 불구덩이에서 살아남았는데, 불만 봐도 겁이 날 것 같은데 불을 따뜻하고 포근하다고 느끼는 게 놀라웠어요. 아뇨, 끔찍했죠. 선희를, 친구를, 언니들을 앗아간 그 불을 어떻게 따뜻하다고 느낄 수 있는지, 제가 무서웠어요. 그런 일은 반복되었죠. 불을 보는 동안은 놀랍도록 평온했고, 따뜻했고, 나중에는 희열까지 느꼈죠. 그리고 정신을 차리고 나서는 그런 내게 치를 떨었고요.

열여섯 이후로 지금까지 오랫동안 떠돌기도 했고, 죽도록 일도 했고, 사랑도 했죠. 그런데도 그런 일들이 내겐 도통 기억나지 않아요. 내가 기억하는 건 모두 불이었죠. 떠돌 때도, 일에 지쳐 잠들었을 때도, 사랑을 나눌 때도 불씨가 불쑥불쑥 들어왔죠. 처음엔 샤워기를 틀어놓은 채 온몸으로 물을 맞으며 열이 식기를 기다리기도 했고, 동네를 몇 바퀴 뛰어다녀보기도 했고, 냉장고 속에 얼굴을 들이밀기도 했고, 기도를 해보기도 했어요. 어떤 것을 해봐도 소용없었어요.

그래요. 불을 보기 위해 불을 질러야만 했어요. 타오르는 불꽃을 보아야 가슴속 불씨가 잦아들었어요. 처음엔 주로 시골을 떠돌았죠. 잔가지나 낙엽을 모아 태울 수도 있었고, 버려진 집에 들어가 나무토막 등을 태울 수도 있었죠. 나는 한 번도 본 적이 없었지만 선희가 입에 물고 자근자근 잘라 상대방에게 뱉었다는 면도날이 자꾸 떠올랐어요. 면도날을 물고 있는 입이요. 입 안이 베일 각오를 하고 물어야 했을 면도날이요. 처음엔 종이 몇 장을 태우기도 했고 길거리 쓰레기를 모아 태우기도 했어요. 담배를 피워 불꽃을 보기도 했죠. 그러다 참기 어려우면 큰 불을 내기도 했어요. 논두렁을 태운다든지, 야산에 불을 놓는다든지 그랬죠. 다행히 인명 피해는 없었지만 조마조마했죠.

라이터의 부싯돌이 부딪치고 불이 붙으면 두려움 속에서도 알 수 없는 기대가 솟았죠. 불이 번지지 않게 조심하려고 하면서도 걷잡을 수 없게 번지기를 바라기도 했어요. 매번 아슬아슬한 줄타기를 했죠. 불이 번지는 걸 막으려고 불길을 모으거나, 흙을 뿌리거나, 신발로 잔 불씨를 눌러 밟으면서도 어딘가에서 불씨가 살아 번져주기를 바랐어요. 그렇게 불을 지르면서 선희를 잊어보려 했어요. 목이 피범벅이 되도록 긁어대던 선희를 잊어보려 했어요.

삐삐 숫자 3575가 있어요. 사무치다라는 뜻이에요. 삼오칠오는 사모치오와 비슷해서 사무치오가 되고 다시 사무치다는 뜻이 된 걸 거예요. 선희와 나는 3575, 그러니까 사무치다는 말은 한 번도 안 써봤어요. 사무치다니요. 우린 겨우 열여섯인데 뭘 그렇게 사무칠 일이 있겠어요. 사무친다는 말을 쓰기에는 좀 낯간지럽기도 하고, 우리가 너무 늙어버린 것 같아서 안 썼죠. 그런데 떠도는 내내 그 많은 말 중에 3575가 맴도는 거예요. 국도를 따라 걷는 내내, 해가 떠서 지는 것을 볼 때도, 바람이 달라져 점점 추워질 때도, 문득문득 걷다가 멈춰 서서는 다른 말도 아닌 사무친다는 말을 떠올렸어요. 선희의 아름다운 모습이 아니라 손톱자국 선명한 가늘고 긴 목이 떠오르는 것처럼요. 그래요. 사무쳤어요. 어디랄 것도 누구랄 것도 없는데 제 속은 온통 사무친다, 라는 생각뿐이었어요. 겨우 열여섯 살 계집애가 정처 없이 걸으면서 사무친다고 생각하다니요.

꿈에 나타난 선희는 무표정한 얼굴로 나를 보다가 무슨 말을 할 것처럼 입을 벌리더니, 혹, 하고 면도날 조각을 내뱉었어요. 미처 가리기도 전에 면도날 조각이 얼굴에 박히고 피범벅이 되는데 아픈 줄도 모르고 선희야, 선희야 부르는 거예요. 그러면서 꿈에서도 선희야, 넌 죽었잖아, 하고 생각해요. 꿈이구나 하면서도 다시 꿈을 꾸는, 몇 겹의 꿈을 꾸다 깨어나길 반복해요. 그때도 나는 3575를 떠올려요. 사무친다는 게 뭔지 모르는데, 너무나 사무치는 거예요.

악건성인 내 피부는 불을 지르고 열기를 맞으면서 더욱더 메마르고 갈라지고 피가 나기도 했어요. 그래도 베이비오일만은 차마 살 수가 없더라고요. 베이비오일은 제 피부에 보습을 주는 순한 오일이 더 이상 아니니까요. 명치끝을 조이는 통증에서 벗어나기 위해 불을 지르고, 그 지른 불에서 오르가슴을 느낄 때, 나는 선희가 나와 같은 기분으로 입에 면도날을 물었겠구나 생각했어요. 그즈음엔 꿈에 나타나 면도날을 뱉는 이가, 선희인지 나인지도 분간이 안 됐죠.

아무에게도 말 안 했지만 칼 만드는 공장에서 일한 적도 있어요. 걷다가 지칠 대로 지쳐 찾아 들어간 곳이었죠. 철판과 쇳조각이 쌓여 있어 위험한 곳인데 이상하게 불 냄새가 맡아지는 거예요. 싸한, 에이는 듯한 불 냄새는 그동안의 불 냄새와 달랐어요. 날카로웠죠. 무시무시했어요. 가능하다면 도망치고 싶었죠. 마음은 그런데 몸은 어느새 공장 안을 기웃거리고, 불 냄새가 나는 곳으로 끌리듯 들어가 불 앞에 앉는 거예요. 뭐라고 설명할 수 없는 복잡한 감정이었어요. 불 앞이라고 했지만 2미터 이상의 거리가 있었는데도 불꽃이 맹렬한 정도를 넘어서 엄청난 힘과 열기로 쇠를 단련시키고 있었던 거예요. 나중에야 알았지만 그 열은 칼 모양에 맞게 프레스로 재단한 스테인리스 강판을 단련하는 과정이었어요. 레일을 타고 들어간 칼이 가마 안에서 4시간 동안 1010℃ 화염을 견디는 거예요. 1010℃의 열기가 어느 정도 뜨거운 것인지 짐작할 수 있으세요? 1010℃ 6미터 길이의 화염을 견디고 나면 4미터 구간 동안 다시 급랭을 하는 거예요. 그렇게 가마를 통과하고 나면 칼은 세 배는 단단해졌죠. 그게 끝이 아니었어요. 칼이 휘어지거나 변형이 없는지 살피고 곱게 펴준 칼을 잘 모아서 다시 액체질소를 부어 영하 196℃로 30분 동안 완전 급랭을 시키는 거죠. 그런 다음 롤러에 천연접착제를 바르고 그 위에 금강석 가루를 묻혀 두 시간 정도 말린 다음 칼을 매끈하고 날렵하게 가는 거예요. 그런 과정을 거쳐야 시중에서 볼 수 있는 칼이 되었죠.

여기에 있는 동안, 뜨겁다거나 차다, 라는 말이 얼마나 깊은지 알았어요. 칼을 칼이게 하는 온도는 먼 우주의 별과 같은 것이라 생각했어요. 아주 뜨겁거나 차다는 건 만질 수도 짐작할 수도 없을 정도로 멀었으니까요. 아무도 다가갈 수 없는 온도를 오르내려야 칼처럼 단단해질 수 있다는 것도 알았죠. 그래서 불에 매혹되었는지도 몰라요. 불이 저를 끊임없이 부르는 건 아마도 그래서일 거라고 불 앞에서, 아직 칼이 되지 않은, 칼 모양의 쇠를 바라보며 중얼거렸죠.

공장 사람들은 불 앞에 앉아 있는 나를 몇 번 내보내기도 하고 쫓아내기도 했지만 돌아서면 다시 불 앞에 와 앉으니, 나중에는 포기하고 잡일을 시키더라고요. 처음엔 허드렛일을 했는데 나중에는 레일 앞에서 재단한 칼을 가지런히 통에 담는 일을 할 수 있었죠. 레일을 타고 뜨거운 가마로 들어가는 칼을 보는 동안은 나도 모르게 몸이 빨려 들어갈 뻔한 적도 여러 번 있었어요. 사장은 내게 불에 타 죽어야 속이 시원할 년이라고 했죠. 끔찍한 욕이었는데, 무서운 기세로 뿜어내는 불꽃을 보고 있으면 사장 말대로 언젠가 저 불에 타 죽을 것만 같았어요. 저런 불이라면 썩거나 부패하지 않고, 지독한 냄새도 없이 완전히 연소해 몇 줌의 재로 남을 것 같았거든요. 매일 불에 타 죽는 상상을 했고, 꿈을 꾸었기 때문에 그 어떤 것도 무섭지 않았어요. 나를 보는 다른 사람들이 나를 무서워했을 뿐이죠. 불에 미친년이라고 쑤군댔지만 그때가 제일 행복했던 때 같아요. 지금도 가끔 그 공장 앞에서 서성여요. 칼을 연마할 때 나는 쇳가루는 아무리 마스크를 써도 나같이 폐가 안 좋은 사람에겐 버티기 어려웠어요. 피를 토하는 것을 본 사장이 송장 치울 수 없다고 쫓아내다시피 했죠. 사실은 폐도 폐지만 눈이 점점 나빠져 쫓겨날 즈음엔 안경을 써도 잘 안 보일 지경이 됐어요. 매일 그 센 불을 빨려 들어갈 듯 보고 있었으니 그럴 만도 했어요. 그래도 다른 사람처럼 보안경을 쓰고 볼 수는 없었어요. 다른 것도 아닌 불이었으니까요.

거기에서 나온 뒤로는 엉망이었어요. 다시 가슴에 불씨가 당겨졌거든요. 불씨는 팽팽한 활시위를 당기고 있었어요. 언제든 시위를 떠나 어딘가에 단단하게 박힐 준비를 하고 있었죠. 가슴에서 피잉, 날 선 소리가 날 정도였어요. 좋은 사람을 만나 연애도 하고 결혼도 했는데 늘 불안했어요. 어느 날은 가스레인지 위의 불꽃에 빠져들어 내 손을 태울 뻔하기도 했어요. 다행히 머리카락을 조금 태운 선에서 끝났죠. 그게 무서워 비싼 돈을 들여 전기레인지로 바꿔야 했죠.

이젠 누구도 삐삐를 갖고 있지 않죠. 삐삐밴드도 사라진 지 오래고요. 지금은 숫자로 글을 적는 사람은 없을 거예요. 젊은 애들은 ㅇㅈ이니, ㅇㄱㄹㅇ식의 약자를 쓴다죠? 삐삐는 고대 유물처럼 느껴지는데 그날 그 불 속에서 쓰러지던 아이들은 지독히도 안 잊혀요. 내가 베이비오일만 안 뿌렸어도 불이 커지지 않았을까요? 그랬으면 이 답답한 가슴도, 불도 모른 채 살아갈 수 있었을까요?

현대미술관에서 전시회를 본 적이 있어요. 빌 비올라의 영상이었죠. 영상을 보는 순간 얼어붙었어요. 상영실 앞은 암막이 쳐져 있었고 실내도 암흑 그대로였어요. 안내를 따라 실내로 들어서면서부터 두려움과 묘한 기대감이 증폭되었어요. 어둠 속에서 불이 들끓고 있었죠. 한 벽을 가득 차지한 화면에는 그야말로 화염만이 있었어요. '불의 여인'은 영상 시작부터 여인의 검은 실루엣 뒤로 온통 불이 활활 타오르는 장면이었어요.

불이 타오르고 있었죠. 오로지 화염 소리만 가득했어요. 무엇을 태우는 소리도 아닌, 불꽃이 맹렬히 서로 부딪치고 타오르는 소리였어요. '불의 여인'이라는 제목을 보지 않았다면 전면에 등장해 있는 사람을 여인이라고 보긴 어려웠어요. 내 눈에는 여인이라기보다 중세의 사제처럼 보였거든요. 외출을 나갈 때 입는 모자 달린 검은 망토 같은 것을 입은 사제.

검은 실루엣의 여인은 영상이 시작되고 한동안 꼼짝하지

않고 있었어요. 움직이는 것은 현란하게 타오르는 화염뿐이었어요. 소리로, 움직이는 불로, 꼼짝도 하지 않는 여인으로 온통 신경을 집중시켰죠. 모든 감각이 터질 것만 같았어요. 여인이 미세하게 움직이고 있다는 것을 안 것은 늘어뜨린 팔과 허리 사이의 틈으로 불꽃이 언뜻 보일 때였어요. 그렇게 내내 움직임 없이 서 있던 여인이 한순간 두 팔을 양옆으로 벌리는가 싶더니 그대로 앞으로 쓰러졌어요. 세워놓은 물건이 중심을 못 잡고 쓰러지듯 그렇게 꽈당. 그런데 바닥에서 불꽃이 아니라 물이 튀었어요. 물! 여인의 몸을 받은 것은 불이 아니라 물이었어요.

여인은 그렇게 쓰러지듯 물속으로 떨어졌죠. 그때까지 여인 앞에 물이 있다는 것을 전혀 몰랐어요. 영상은 내내 화면 가득 화염과 그 앞에 서 있는 검은 실루엣 여인을 비출 뿐이었거든요. 튀어 오른 물은 배경의 불 때문에 붉었어요. 여인을 삼킨 수면이 잔잔히 흔들렸어요. 그때에야 카메라 앵글은 천천히 아래로 내려와 물을 비추기 시작했죠. 불을 비추는 물 역시 온통 붉었어요. 제멋대로 타오르던 불꽃은 수평으로 흔들리는 물결을 따라 불의 결을 이뤘죠. 불을 비추는 물. 누군가 그 장면만 떼어놓고 봤다면 물이 아니라 불이라고 했을 거예요. 불이면서 물인, 물이면서 불인. 화면 가득 불이면서 물인 잔영만 남았죠.

'불의 여인'과 짝을 이루는 영상은 '트리스탄의 승천'이었어요. 물이었죠. 흑백 영상 속, 사내는 젖어 있었어요. 사내가 누워 있는 석판도, 사내의 몸도 물에 흠뻑 젖어 있었죠. 석판 주변의 물은 부글부글 끓어오르는 것처럼 보이지만 얼음처럼 차가운 푸른빛이었어요. 물소리가 요란했죠. 그런데 그 소리가 불이 타오르는 소리와 같았어요.

석판 위에 누워 있는 사내의 머리와 배꼽쯤에서 물방울이 솟아오르기 시작했어요. 솟은 물방울은 하늘로 올라갔죠. 점점 많은 물이 하늘로 솟았고, 온몸이 젖은 사내가 천천히 움직였죠. 고개를 들고 어깨를 일으켜 세우려다 다시 눕고, 돌아누우려다 다시 눕고, 한쪽 무릎을 세워보고, 고통스러워 보였죠. 결국 사내는 무언가에 들리듯 상체부터 천천히 일으켰어요. 사내 자신이 일으켰다기보다는 어떤 끌어당김이 사내를 일으켜 세운 것 같았어요. 사내 몸은 물의 힘으로 공중 부양하듯 들어올려지고 천천히 위로 상승하다가 화면에서 사라지죠. 솟아오르던 물세례도 차차 사그라지고 물방울로 잦아들면서 마지막에는 젖은 바닥 위의 빈 석판만이 남아요.

떠밀리듯 밖으로 나와서도 맹렬히 타오르는 불길이 귓가를 떠나지 않았어요. 불의 소리였어요. 아니 그것은 물의 소리인지도 몰라요. 멀미가 일듯 울렁거려 주저앉고 말았어요. 일렁인다. 나는 앞뒤도 없이 떠오른 그 말을 붙들었죠. 물론 눈이 점점 더 나빠져 그렇게 보였을 수도 있어요. 그러나 그것만은 아닐 거예요. 영상을 보는 동안 마 소재의 원피스를 얼마나 꼭 쥐어 잡고 있었는지 허벅지 부근만 잔뜩 주름지고 구겨져 있었죠. 원피스를 손바닥으로 문지르며 구김을 펴보려 했지만 소용없었죠.

불의 여인이 망설임도 없이 넘어지던 모습, 물과 불이 하나가 되어 붉게 흔들리던 광경이 잊히지 않았어요. 나는 알고 있었어요. 나도 저 여인처럼 죽으리라는 것을요. 쫘당! 한순간 그렇게 넘어져 죽으리라는 것을요. 영상 속의 불과 물은, 그 옛날 칼 만드는 공장을 다시 떠올리게 했어요. 여인과 사내는 1010℃ 화염을 견디고, −196℃의 급랭 구간을 견디던 칼과 같았어요. 뜨거운 불과 급랭 구간을 거쳐 균열 온도가 되어야 비로소 단단한 칼이 돼요. 그 균열 온도가 제겐 재로 변하는 순간이 될 거예요. 두려웠어요. 허청거리면서 걸었어요. 그렇게 끝까지 걸어야 할 것 같았어요. 어둠이 오고, 발바닥에 물집이 잡히고, 터지고, 그래도 걸었어요. 넘어질 때마다 소스라쳤죠. 이제야 알았던 거예요. 불을 찾아들고, 도망쳐보고 다시 불을 찾아들고, 불에 빠지고, 이 모든 과정이 살기 위한 몸부림이라고 생각했는데 실은 죽기 위한 거였어요. 가차없이 쫘당! 그러게 넘어져서는 순식간에 타버리는 거요. 내 몸이 스스로 불에 타올라 재로 변해버리는 거요. 걸음을 멈출 수가 없었어요.

감식반이 가장 중요하게 찾는 게 발화 지점이라죠? 어디서 불이 시작됐는지 찾아내는 거요. 내가 당신에게 메일을 보낸 이유이기도 해요. 당신의 블로그를 찾게 된 건 우연이 아니에요. 내가 찾아올 수 있도록 당신이 많은 장치를 해놨다고 생각하는 건 단지 착오일까요? 이 세계의 미스터리를 찾아 글을 올리는 당신 블로그는 찾는 사람들이 많았죠. 뭔가 이 세계에서 밝혀지지 않은 것들이 많다는 것에서 불안과 위안을 찾는 사람들이었어요. 다른 사람들은 몰라도 난 눈치챌 수 있었어요. 당신이 그 많은 미스터리 중에서 인체 자연발화에 가장 많은 관심을 가지고 있다는 것을요. 몇 번의 댓글만으로도 충분했어요. 당신은 당신과 같은 사람을 찾고 있었던 거예요. 아닌가요? 내가 불을 찾아 돌아다녔다면 당신은 불을 불러오는 사람이라고 해야 할까요. 당신 블로그를 처음 방문한 날 알았죠. 당신도 나처럼 불에 미쳐 있는 사람이라는 것을요. 나도 이제껏 나와 같은 사람을 만나지 못했으니 당신도 그랬을 테죠? 우리가 영원히 못 만났다고 해서 내가 존재하지 않는 것은 아니듯이, 당신도 그렇게 존재했을 거예요. 어딘가의 누군가는 그렇게 살아 있는 거죠. 이 사회에 그런 일들은 널려 있으니까요. 당신 얘기가 궁금하면서도 실은 궁금하지 않은 이유이기도 해요.

이젠 보조 스틱이 없이는 걷는 것도 힘들어요. 시력이 완전히 사라지는 순간, 눈앞의 모든 것이 깜깜해지는 순간이 제 마지막이 될 거예요. 가장 밝게 타오를 테죠. 명치끝이 아프네요. 발바닥은 타버릴 것처럼 화끈거려요. 2000℃의 열이란 과연 어느 정도 뜨거운 것일까요. 순식간에 타버린다니, 고통도 느끼지 못할 테죠. 제게도 균열 온도가 있을까요? 777 행운을 빌어주세요.

검은 설탕의 시간

다시, 부두로 돌아왔다. 어떻게든 부두와 멀어지려고 기를 쓰고 살아왔는데 결국 부두로 돌아오고야 말았다. 형의 떠미는 손을 빌미 삼아 한 발짝이라도 더 도심 한가운데로 나아가려 했던 내 발은, 부두 앞에서 비린 냄새처럼 서성였다.

거대한 창고 안에서 잿빛 물체들이 움직였다. 그것들이 비둘기라는 것을 알아채기도 전에 열린 문밖으로 푸드득 날아올랐다. 비둘기들은 창틀에, 지붕 위에 삼삼오오 앉아 있었다. 웬일인지 몇몇이 떼 지어 앉아 있는 모습은 한낮인데도 기괴한 느낌을 주었다. 히치콕의 공포영화가 떠올랐다. 창고 안에 곡물이 산처럼 쌓여 있었는데도 그 느낌은 지울 수 없었다. 부두라니.

부두라고 발음하는 순간, 맞닿았던 입술이 떨리듯 벌어질 때, 그것은 부두가 아니라 뱃고동 소리처럼 들린다. 그러나 나는 안다. 부두를 발음하고 뱃고동 소리를 떠올리는 나는 아직 부두를 모른다. 형에게 부두를 말해보라고 하면 무엇을 떠올릴까. 형은 컨테이너와 기름 냄새를 먼저 떠올릴지도 모른다. 아니면 크레인과 곡물, 원목 따위를 떠올릴지도.

버스는 천천히 부두를 돌고 있었다. 조금 전 내항으로 들어갈 때 기사는 이렇게 부두를 돌 수 있는 것도 시티투어버스라 가능한 일이라고 자랑삼아 얘기했다. 부두나 항만 시설은 밀수나 밀항 등의 위험이 있어 일반인의 출입이 엄격히 제한되는데, 시와 항만청의 협약 아래 시티투어버스는 부두 안으로 들어갈 수 있도록 허락이 되었다고 했다. 형이 이 버스를 타보았을 거라는 증거는 없었다. 아니, 형이 이 버스를 탔다고 해서 나도 탈 이유는 없었다. 형은 몇 달 만에 전화를 걸어와 취한 목소리로, 그 옛날 검은 설탕을 기억하냐고 물었다. 검은 설탕? 형은 딱히 내 대답을 기다린 것은 아닌 듯 힘없이 자라, 하고는 전화를 끊었다. 나는 형이 있을 만한 곳을 찾아다녔으면서도 정작 지금 어디에 있느냐고 묻지 못했다.

우리가 태어나고 살던 이 도시의 마지막 역에 내렸을 때도 형이 이곳에 있을 거라는 확신은 없었다. 나는 그 옛날 우리가 보았던 역사에서 크게 변하지 않은 오래된 역사를 빠져나와 어찌할까 두리번거렸다. 그러다 왼편의 관광안내소를 보게 되었고 지도나 한 장 얻을 생각으로 들어갔다가 시티투어 버스 노선도를 보게 되었다. 무심코 인천항 갑문 코스를 본 나는 표를 샀고 버스에 올라탔다. 인천항 갑문에서는 부두의 하역 작업과 배가 들어오고 나가는 장면을 볼 수 있다는 설명서 내용 때문이었다. 형이 술에 취해 말했던 검은 설탕을 기억하냐는 물음이 겹쳐졌다.

출입이 허락되긴 했어도 우리는 버스에서 내리지는 못한 채 천천히 내항과 부두를 돌아봐야 했다. 갑문에 도착했을 때는 목재를 가득 실은 대형 선박이 갑문 안에서 내항과의 물 높이를 맞추기 위해 대기하고 있는 모습을 보기도 했다. 떠 있는 배의 수면이 내항의 바다 높이와 같아져야 내항으로 들어가는 문이 열렸다. 조수 간만의 차, 동양 최대 갑문식 독(dock). 학교 다닐 때 빈번히 시험문제로 출제되던 그 갑문식 독이었다.

어떤 사람들이 이 버스에 탈까 궁금하지는 않았지만 버스에 탄 사람들 중 누구도 내 상상력의 범주에 들지 못했다. 투어버스라 외국인 관광객을 위한 버스라고 생각했는데 외국인은 한 사람도 없었다. 일본어 공부를 한다는 팀이 그 범주에 든다고 하면 그나마 가능할까. 아침부터 술을 마신 것으로 보이는, 바지를 정강이까지 걷어 올리고 슬리퍼를 끌고 떠들며 올라탄 세 사람과 대학생으로 보이는 남녀야말로 내 오차 범위에서 한참은 벗어난 탑승객이었다. 만 원이나 주고 표를 구해 버스에 탈 것으로는 보이지 않는 사람들이었다. 하긴 나역시 이 버스에 어울리는 인간은 아니었다.

일본어를 공부한다는 일행은 뒷자리에 몰려 앉았고, 앞쪽자리는 학생 둘과 나, 카메라를 둘러멘 사십대로 보이는 사내, 그리고 슬리퍼를 끌고 다니는 세 사람이었다. 셋은 내 뒷좌석 양옆을 차지하고 앉았는데, 차가 출발하자마자 주위는 아랑곳없이 떠들기 시작했다. 투어버스에 어울리는 사람이따로 있는 것은 아니지만 왜 투어버스를 탔는지 물어보고 싶을 정도였다. 일행 중 한 사람은 입만 벌렸다 하면 욕부터 시작해 욕으로 끝났다. 씨발이니 새끼니 하는 욕은 차라리 귀여운 축에 들었다. 게다가 술을 한잔 걸치면 흔히 나타나는 한두 음 높게 말하는 어투 때문에 듣고 있기가 곤혹스러웠다. 정도의 차이가 있을 뿐 다른 두 사람이라고 별다르진 않았다. 이제 겨우 11시를 넘긴 시간인데 버스 안은 술냄새까지 났다. 절로 머리가 흔들어졌다.

"씨발 옛날에는 말이야, 저기서 일하던 항만노조 새끼들 오줌 마려우면 옥수수 퍼 담다 말고 거기다 그냥 오줌 싸고 그랬어. 드런 자식들."

"설마 그랬을라고?"

"새끼, 좆만 한 게 속고만 살았나. 옥수수나 콩이면 다행이 게. 설탕이나 밀가루 작업하다가도 그 지랄 했다니까. 씨발 그것도 모르고 맛있다고 멋모르고들 먹어대니 먹는 놈들이 빙신이지."

뒷좌석에서 떠드는 말이 고스란히 내 귀로 들려왔다. 상식적으로 말이 되지 않았다. 설탕이나 밀가루에 오줌을 싼다면 그 설탕이나 밀가루가 온전했겠는가. 얼굴도 제대로 보지 못한 뒷좌석 사내에게 불쾌감이 솟았다. 욕 때문만은 아니었다.

한 달에 두어 번 무작정 형을 찾아 나선 지도 몇 달이 흘렀다. 어디서 잘살고 있겠지 싶다가도 불현듯 불길한 생각이 떠올랐다. 형이 전화를 걸어올 때마다 다른 지역번호가 찍혔다. 마지막 전화번호가 찍힌 곳이 여기였다. 형은 미적거리며 아무래도 이번 아버지 제사에는 가기 어려울 것 같다고 알려왔다. 제사는 이틀 뒤였다. 제사 때면 다른 음식을 다 준비하고도 물에 담가놓은 밤은 그대로 두었다. 형의 몫이었다. 밤은 누가 치고? 형에게 따지듯 물었다. 제사상에 놓을 밤을 다듬을 때 형은 치고 나는 깎았다. 나는 장남의 자리를 생각했다. 형은 객지를 떠돌다가도 아버지 제사에는 꼭 찾아왔다. 일 년마다 형의 안부를 확인하는 셈이었다.

사내의 입에서 설탕 얘기가 나온 때문인지, 형 때문인지, 그도 아니면 부두의 검은 비둘기 떼 때문인지 알 수 없었지만 나는 단 한 번도 떠올린 적 없는, 가슴 저 밑바닥 어디에 미동도 없이 고여 있던 비릿한 기억이 비둘기 날갯짓처럼 푸득이고 있음을 감지했다. 어떻게 그 일을 잊고 있었을까. 아버지 작업바지에서 꾸물꾸물 떨어지던 검은 설탕에 대한 기억을. 그 기억과 맞닿은 곳에 집이 있었다. 최초의 우리 집. 지금도 집이 등장하는 꿈은 어김없이 그 집이었다. 아내와 결혼하고 15년 만에 마련한 내 집이 있었지만 꿈속의 내 집은 언제나 그 집이었다. 기억은 때로 질겼다.

아버지는 부두에서 하역 작업을 하는 부두노동자였다. 70년대 초반에 항운노조에서 지은 주택을 분양받아 처음으로 집을 갖게 되었다. 물론 20년 넘게 집값을 갚아나가야 했지만 어쨌든 집이 생긴 것이다. 34호. 우리 집과 똑같은 기와집이 서른네 채 있었다. 우리 집은 야트막한 언덕을 개간해서 지은 조합주택의 맨 위쪽 집이었다. 집 앞으로 조금만 걸어가면 야산으로 들어가는 초입이 나왔다. 시장이나 버스 정류장에서 제일 멀었다. 겨울에는 빙판이 된 언덕길을 내려가는 일이 만만치 않았다. 한번은 미끄러져 다리를 삐는 바람에 방학 내내 방 안에만 틀어박혀 있어야 했던 적도 있었다. 나는 아래로 내려가 시장에 가고, 버스를 타고 멀리 나가는 일보다 집 앞 언덕으로 난 길을 좋아했다. 학교도 돌아서 가야 하는 큰길을 대신해 지름길인 야산을 넘어 다녔다.

집을 지을 때, 아버지는 딱 한 번 우리를 데려간 적이 있었다. 형과 나를 사로잡은 것은 짓고 있는 집이 아니라 모래였다. 처음으로 모래라는 것을 보았다. 형과 나는 쌓여 있는 모래에 지치도록 올라갔다 미끄러져 내려오기를 반복했다. 그러다 아랫도리가 묵직해져오면서 똥이 마려웠다. 나는 인부들 사이에 있는 아버지를 찾았다. 화장실은 아직 만들어지지 않았다.

"니 맘에 드는 방에 가서 싸고 나온나."

아버지는 집을 가리켰다. 나는 투덜거렸지만 어쩔 수 없이 인부들이 안 보이는 작은방 창문 아래에서 똥을 쌌다. 아랫배에 힘을 주면서 보니 내가 쭈그려 앉은 대각선 방향에 커다랗게 똬리를 튼 갈색 똥 덩어리가 있었다. 웬일인지 그 똥을 보는 순간 맥이 풀리는 느낌이었다. 조급하던 마음도 사라지고, 모래 산을 오르내리느라 솟았던 땀도 식었다. 꽉 막혔던 똥이 숨을 길게 멈추며 아랫배에 힘껏 힘을 주자 묵직하게 빠져나왔다. 아랫배가 허전할 만큼 시원했다. 막 내 몸에서 빠져나온 그것은 개가 영역 표시를 하는 의미를 알게 했다. 내 집인 것이다. 똥 냄새조차 싫지 않았다.

우리 집은 서른네 채의 다른 집과 구조가 같았지만 다르기도 했다. 다른 집들은 앞뒤 간격 때문에 가질 수 없는 마당을 우리는 끝 집이라 가질 수 있었다. 마당 한쪽에는 창고를 만

들어 연탄을 쌓았고, 그 위는 장독대로 썼다. 옆으로는 화단
이 있었다. 화단에는 해바라기, 백일홍, 과꽃, 박하, 채송화
등이 자랐다. 엄마는 갈치조림 등 비린 음식을 할 때 마당의
박하잎을 몇 장 따 넣었다. 아버지가 박하잎을 좋아했다. 박
하잎을 따서 코를 대보면 박하사탕 냄새가 났다. 박하사탕을
좋아하지는 않았지만 박하사탕에서 나는 입 안이 화해지는
박하향이 박하잎에서도 난다는, 어떻게 보면 지극히 당연한
일이 신기했다. 어느 해는 아버지가 도라지를 몇 뿌리 구해
와서 심은 적이 있었는데 꽃이 피기도 전에 창고 옆에 매여
있던 개가 유독 도라지를 심어놓은 곳만 파헤치곤 해서 아버
지에게 발길질을 당하기도 했다. 도라지 뿌리를 파헤쳐놓던
개의 이름은 떠오르지 않았다. 어쩌면 개는 이름도 없이 그냥
개였는지 모르겠다. 도라지꽃 봉오리를 눌러 터뜨리던 기억
만이 남아 있다. 꽃봉오리를 누를 때, 도라지꽃은 꼭 참고 있
던 숨을 내쉬듯, 뽁 소리를 내며 터지곤 했다.

　우리 집에서 빼놓을 수 없는 곳이 있었다. 목욕탕이었다.
다른 집들은 연탄을 쌓아놓는 창고 자리였지만 아버지는 모
래보다 시멘트를 훨씬 많이 섞어 곱게 발라 목욕탕으로 만들
었다. 샤워부스 두 개를 합친 정도의 공간이었다. 목욕탕이
있어도 자주 목욕하는 건 아니었다. 목욕탕이라고는 했지만
사실 그야말로 네모난 공간일 뿐이었다. 수도조차 없었던 걸

로 기억되었다. 재래식 화장실을 쓰던 시절이었으니 수도를 끌어오고 연결하는 일이 쉽지는 않았을 것이다. 목욕탕이 크니 형과 같이 목욕할 수는 있었지만 물을 데우는 일도, 떠다 채우는 일도 만만치 않았다. 겨울에는 춥기까지 했다. 목욕탕에서 나던 싸한 시멘트와 곰팡이 냄새만이 기억에 남았다. 그래도 우리는 그 공간을 목욕탕이라 불렀다. 애초의 용도가 목욕탕이었기 때문이다.

어린 나는 아버지가 정확히 무슨 일을 하는지 알지 못했다. 항만청이니, 부두니, 항운노조니 하는 말들을 지나가듯 들었다. 아랫집 아저씨도, 옆집 아저씨도 부두로 일을 나갔다. 친척들 몇도 그곳에서 일을 했다. 모두 비슷한 옷차림이었다. 출근하는 시간은 같지 않았다.

아버지는 늦가을부터 그리 춥지 않은 날에도 내복바지를 입고 그 위에 작업바지를 입고 고무링으로 밑단을 조인 뒤, 군화처럼 생긴 작업화를 신었다. 출근 시간은 일정치 않았다. 집에서 쉬는 날도 많았다. 아마도 화물선이 들어오고 나가는 시간에 맞춰 일을 나갔으리라 짐작할 뿐이었다. 아버지는 작은 수첩에 일을 나간 날과 나가지 않은 날을 표시했다. 아버지가 그려 넣은 달력에 동그라미 표시가 많을수록 월급이 많았다. 바쁠 때는 늦게 퇴근해 들어왔다가 몇 시간 눈을 붙인 뒤 바로 새벽에 일을 나가는 날도 있었다. 반대로 이삼 일씩

쉬는 날도 많았다. 월급이 들쑥날쑥했고, 다락에 사다놓은 라면을 과자처럼 부셔서 마음대로 먹을 수 있느냐 없느냐가 갈리기도 했다.

형과 나는 그곳에서 12년을 살았다. 형제가 있는 집안이 그렇듯이 서로 의리를 과시하며 구슬치기나 딱지치기로 어울려 다녔다. 한겨울에는 창고와 화단 있는 쪽을 제외한, 시멘트가 발린 마당에 물을 뿌려 얼린 뒤 썰매를 타고 싶다는 엉뚱한 생각을 하곤 했다. 하지만 한 번도 그렇게 하지는 않았다. 대신 형이 중학교에 들어가면서 겨울방학에는 하루가 멀다 하고 만화책을 빌려다 봤다. 이상무의 독고탁, 허영만의 각시탈, 고행석의 구영탄이 등장하는 만화들이 주를 이루었다. 그러다 훨씬 뒤에 이현세의 만화 외인구단을 만났을 때는 그야말로 새로운 만화의 경지를 보는 듯했다. 거의 한 달 간격으로 다음 편이 나왔는데, 그즈음이 되면 하루가 멀다 하고 만화가게를 들락거렸다. 이현세의 힘찬 필치와 강인한 남자들의 세계와 순정을 다룬 스토리는 그동안 봐왔던 모든 만화의 세계를 압도하고도 남았다. 개성 있는 인물들, 인물들이 그려내는 완벽에 가까운 표정, 열정을 향해 나가는 극한의 훈련, 순수하게 한 여자만을 사랑하는 주인공, 기타 등등. 내가 받은 최초의 문화적 충격이라고 할 수 있었다. 더부룩하게 까치머리를 한 혜성이 엄지에게 네가 곧 나에겐 신이었고, 그 편지가 성전이었다, 라든가, 난 네가 기뻐하는 일이라면 무엇이든 한다, 라고 고백을 할 때에는 내 가슴도 뭉클해졌다.

아버지는 고행석 만화의 주인공 구영탄을 닮았다. 고행석 만화를 볼 때마다 왜 주인공 눈을 보기에도 답답한 반쯤 뜨다 만 눈으로 그릴까 의문스러웠다. 물론 어리바리한 인물이 주인공이니 그렇게 그릴 만도 했지만 나는 늘 구영탄의 눈꺼풀을 확 올려서 제대로 된 얼굴을 보고 싶었다. 형은 아니라고 했지만 내 눈에 아버지는 늘 눈꺼풀이 눈을 절반쯤 가려 졸린 사람 같았다. 만화 속 불청객 구영탄이 졸린 눈을 해가지고 좌우충돌할 때면 혼자 키득대다가도 드르륵 문을 열고 들어오는 구영탄 닮은 아버지의 발소리가 나면 널려 있던 만화책을 잽싸게 이불 속으로 밀어 넣어야 했다.

퇴근하고 돌아올 때 아버지 눈은 더 구영탄과 닮아 있었다. 금방이라도 눈꺼풀이 아버지 눈을 덮어버릴 것만 같았다. 제대로 씻지 못하고 잠드는 날도 있었다. 그럴 때면 엄마는 뜨거운 물수건을 아버지에게 건넸고, 아버지는 물수건으로 대충 얼굴과 손과 발을 닦고 던져놓았다. 그런 밤에는 밤새 희미하게 기름 냄새가 떠다녔다. 아버지의 코 고는 소리와 기름 냄새로 머리가 아팠다. 아버지가 불청객인지, 내가 불청객인지, 이 상황이 불청객인지 몰랐다.

아버지의 유일한 친구는 라디오였다. 내가 눈을 뜨는 건 언제나 손오공의 주문 소리였다. 우랑바리나바롱나르비 못다라까따라마까부라나. 아침 7시쯤이면 손오공이 빠르게 주문을 외우는 소리가 들렸다. 손오공은 늘 삼장법사에게 쫑알쫑알 투덜거렸지만 무슨 내용인지는 몰랐다. 다만 주문 소리가 알람처럼 귓속을 파고들 때면 눈을 뜨고 학교 갈 준비를 해야 했다. 아버지는 아침에 일을 나가는 날이 아니더라도 라디오를 틀어놓고 이불 속에서 듣곤 했다. 손오공의 주문이 싫지 않았다. 우랑바리나바롱나르비 못다라까따라마까부라나. 손오공은 제멋대로 하고 싶었지만 이마에 둘러진 금고아 때문에 꼼짝할 수 없었다. 삼장법사가 주문을 외우기만 하면 금고아가 이마를 조여와 손오공을 꼼짝 못하게 했다. 라디오는 소리만으로 온갖 상상력을 자극하기 충분했다. 가끔 아버지의 지친 얼굴을 볼 때면 아버지 이마에도 보이지 않는 금고아가 둘러진 것은 아닐까 하는 엉뚱한 생각을 하기도 했다.

버스는 부두를 따라 한참을 돌았다. 부두마다 싣고 내리는 물건들이 다른 모양이었다. 창고에 산적해 있는 곡물, 거대한 컨테이너 박스들, 선적을 기다리느라 야적장을 가득 채운 번호판을 달지 않은 자동차들, 건축물에 들어갈 H빔 등의 철강 제품, 지축을 울리는 짐승처럼 도열해 있는 붉은색의 포클레인 등은 어디에서도 볼 수 없는 광경일 것 같았다. 스바라시이! 대단하네! 자동차나 포클레인이 도열해 있는 광경을 본 사람들의 감탄이 쏟아져 나왔다.

창고마다 무언가 그득 쌓여 있었다. 기사는 사료나 곡물이라고 했다. 나는 검은 설탕도 있냐고 물으려다 입을 다물었다. 지금도 창고에서 포대에 검은 설탕을 퍼 담는 아버지가 있을 것만 같았다. 그러나 그것은 과거의 아버지였다. 그 옛날 아버지 바지에서 흘러나오던 그 검은 설탕처럼 꾸물꾸물 기억이 기어 나왔다.

이제 검은 설탕에 대해 얘기를 할 때이다. 나는 외인구단 만화 페이지를 아껴 넘기듯 에둘러 왔다. 그 에두름이 무엇 때문인지 모르겠다. 난데없이 떠오른 기억이었지만 추억으로만 치부될 것도 아니었다. 검은 설탕에는 잘 정제된, 부수수 흘러내리는 황설탕이나 백설탕이 가질 수 없는 그 무엇이 있었다. 캐러멜 냄새였다. 검은 물기를 잔뜩 머금고 진한 단내를 풍겼던 설탕. 에두름 속에는 두려움도 있었다. 이제 와 그때를 떠올리는 일이 부메랑처럼 내게 되돌아올까 봐 겁을 내는지도 몰랐다.

어느 때부터 아버지가 퇴근을 하고 작업화를 벗고 양말을 벗기 전, 엄마는 마룻바닥에 보자기를 깔았다. 그러면 아버지는 보자기에 발을 올려놓고 바지 밑단을 조였던 고무링을 빼냈다. 고무링을 빼기 무섭게 내복바지와 작업복 바지 사이, 종아리까지 차 있던 검은 설탕이 꾸역꾸역 밀려 나왔다. 내복

바지를 입었기에 설탕이 아버지의 북실한 종아리 털에 달라 붙지는 않았다. 설탕 냄새는 진했다.

엄마는 검은 설탕을 모아서 항아리에 담고, 일부는 대접에 담아 찬물을 부었다. 그러면 검은 설탕에서 갈색이 빠져나와 빠르게 물과 섞였다. 잉크가 물에 한 방울 떨어졌을 때 섬세하게 퍼지는 것과 닮아 있었다. 기다렸다는 듯이 갈색 물 위로 먼지, 지푸라기, 기름 등의 부유물이 떴다. 엄마는 재빨리 위에 뜬 것들을 떠서 버리고 물을 따라 버렸다. 그리고 다시 물을 부었다. 어느새 녹기 시작한 설탕은 절반으로 줄었고 검은 설탕은 누런 설탕이 되어버렸다. 아버지가 술을 마시고 왔을 때도, 피로할 때도, 갈증이 날 때도 설탕물은 요긴했다. 여름 내내 엄마는 그 물에 미숫가루를 탔다. 미숫가루는 달고 맛있었다. 물론 미숫가루를 타지 않고 먹는 설탕물이 더 맛있었다. 시원하고 깔끔한 단맛이었다. 한여름 학교 갔다가 지쳐 돌아오면 엄마는 시원한 설탕물을 타주곤 했다. 형은 더럽다고 먹지 않았다. 나한테도 먹지 말라고 했다. 주워 온 설탕이라고 했다. 우린 거지가 아니라고 했다. 물론 둘이 있을 때 한 말이었다. 나도 설탕물 위에 먼지나 지푸라기가 뜬 걸 보면 기분이 썩 좋지는 않았다. 항아리에 담아놓았던 설탕을 물에 타면 좁쌀보다 작은 거미들까지 둥둥 뜨기도 했다. 나는 아버지가 부두에서 하역하다 쏟아진 설탕을 바지에 쓸어 담는 광경을 상상하곤 했지만 검은 설탕의 단맛을 거부하지는 못했다. 설탕 말고도 옥수수나 콩 등 다른 잡곡류가 바지 사이에서 흘러나온 적도 있었을 텐데 그런 것에 대한 기억은 별로 남아 있지 않았다.

오래전 바나나가 수입되어 길거리 리어카에서도 팔기 시작했을 때, 형은 예전에 아버지가 바나나를 가져온 적이 있다고 했다. 바나나를 먹어본 사람이 거의 없을 때였다. 그 바나나는 덜 익은 푸른색이었는데 벽에다 걸어놓고 며칠 지나자 노랗게 변했다고 했다. 나는 전혀 기억에 없었다. 형 말로는 아마도 유명 호텔이나 고급 레스토랑에 납품하는 거였을 거라고 했다. 먹기도 했냐고 물었더니 형도 먹었는지는 기억에 없다고 했다.

다른 집 아저씨들도 아버지처럼 설탕을 바지 속에 숨겨 오는지 궁금했지만 알 도리가 없었다. 가끔 동네에서 놀다가 아저씨들을 발견하면 얼굴보다 먼저 바지를 보는 버릇이 생겼다. 그러나 바지 안에 무엇이 들어 있든 아니는 묵식한 걸음걸이는 똑같았다.

혈압이 높았던 아버지는 회사에서 실시하는 건강검진 때가 다가오면 혈압을 낮추는 약을 일시적으로 먹었다. 그렇게 하면 측정할 때 정상 혈압으로 나온다고 했다. 그 며칠이 유일하게 아버지가 금주하는 날이기도 했다. 결국 아버지는 부두에서 쓰러졌다. 내가 고등학교 2학년이었고, 형이 어렵게 대학에 들어간 해이기도 했다. 담임은 아버지가 쓰러지셨으니 빨리 시립병원 중환자실로 가보라고 전해주었다. 아버지는 의식이 있을 때마다 형을 찾았고 그때마다 엄마가 아버지 곁으로 달려갔다. 엄마를 부를 때도, 형을 부를 때도 아버지는 늘 형 이름을 불렀으므로 나로서는 딱히 아버지가 찾는 사람이 형인지 엄마인지 구분이 되지 않았다. 의사는 아버지가 다시 일어나게 된다고 하더라도 반신불수가 된다고 했다. 나는 아버지가 살고 죽는다는 것을 실감하지 못했다. 그건 사랑하거나 미워하는 감정과는 달랐다. 우리 집에 뭔가 큰 변화가 닥치리라는 예상만 할 뿐이었다. 아버지가 안 계신 집을 상상해보았다. 뭔가 편안하고 다정하고 조용한 느낌이었다. 어렸을 때, 구슬치기로 따 모은 구슬을 이리저리 비춰보면 구슬은 이리저리 부딪치느라 흠집이 나긴 했지만 투명한 구슬 안에 보이던 노랗고, 파랗고 붉은 색줄이 떠올랐다.

몇 년 전에 아버지가 2년여 실직한 적이 있었다. 아버지는 하역 작업 중에서도 더 어렵고 힘든 곳으로 자리를 옮기게 되자 홧김에 일을 그만두었다. 대신 항만청 좋은 자리에 있는 친척들에게 일종의 뇌물을 주었다. 아버지는 금방 다시 복직할 줄 알았다. 부두노동자의 일자리가 그렇게 쉽게 바뀔 수 있는 것인지는 몰라도 그런 선례가 많은 듯했다. 뒷돈을 주면 며칠 뒤에 다시 나가게 될 줄 알았던 일은 2년이나 끌었다. 금방 된다고 했지만 그 금방은 하염없었다. 아버지는 다시 부두로 돌아갈 날만 기다리며 매일 대폿집에서 살았다. 보다 못한 엄마가 일을 다녔다. 마흔의 엄마가 할 수 있는 일은 별로 없었다. 그때는 지금처럼 대형 식당이나 마트도 없었다. 엄마는 벽돌공장에 나갔다. 찍어낸 벽돌 위로 물을 뿌리는 일이라고 했지만 엄마 머리에 허연 벽돌 가루가 떨어져 있는 날이 많았다. 엄마는 날로 그악해졌고, 아버지는 엄마가 돌아오기도 전에 취해 곯아떨어졌다. 빚은 늘어났고, 형이 고등학교에 진학하느냐 마느냐 할 정도로 형편이 안 좋았다. 다시 그때로 돌아가고 싶지 않았다. 말이 없고, 검은 얼굴빛에 늘 졸리거나 화가 나 있는 듯한 표정이 내가 기억하는 아버지 얼굴이었다.

엄마는 아버지가 입었던 옷가지가 든 비닐봉지를 내게 주며 속옷과 양말을 챙겨 오라고 했다. 버스에 올라타 빈자리에 앉았을 때, 끌어안고 있던 봉투에서 기름 냄새와 함께 검은 설탕 냄새가 났다. 봉투를 열어보았다. 내복바지와 작업복, 양말과 군화가 온통 녹은 설탕과 뒤범벅되어 있었다. 거리의 상점에 불이 들어오기 시작했다. 버스가 정류장에 섰을 때, 레코드 가게에서 흘러나오는 노래가 버스 안에까지 들렸다. 모두가 이별이에요 따뜻한 공간과도 이별 수많은 시간과도 이별이지요 이별이지요 콧날이 시큰해지고 눈이 아파오네요 이것이 슬픔이란 걸 난 알아요. 눈물을 참기에는 20분 거리의 집은 하염없이 멀었다.

아버지는 사흘을 중환자실에 있다가 돌아가셨다.

대학생이 되자마자 두꺼운 책을 무섭게 파고들던 형은 집에 들어오지 않는 날이 많았다. 학교가 멀어서 친구들과 어울리다 보면 차가 끊겨 친구 집에서 잤다고 했다. 형이 밤늦게 들어올 때면 옷에 허연 가루가 묻어 있기도 했고 매운 냄새 때문에 재채기를 멈출 수 없기도 했다. 그러면 형은 다시 마당으로 나가 겉옷을 털어 오곤 했다. 술에 취해 들어오는 날이면 형은 안방에 들어가 주무시는 아버지 앞에 괜히 무릎을 꿇고 죄송하다고 울먹이기도 했고, 아버지처럼 살지는 말아야죠, 노동자가 대우받는 세상이 꼭 올 겁니다, 두서없이 말을 했다. 그때의 형은 몇 달 전의 형이 아니었다. 농담도 잘했던 형의 입은 굳게 닫혔다. 늘 무엇엔가 짓눌린 얼굴이었다. 그 옛날 라디오에서 듣던 손오공의 금고아가 형의 이마에도 둘러쳐진 것 같았다. 집에 안 들어오기 일쑤였던 형은 끝내 아버지의 임종을 지키지 못했다. 학교에다 연락을 해놓았지만 형은 나타나지 않았다. 아버지가 쓰러졌다는 사실도 몰랐으니 돌아가신 것을 알 턱이 없었다. 아버지가 돌아가시던 날도 텔레비전에서는 수천 명의 시위대가 거리를 점거했다가 최루탄과 물대포에 흩어지는 모습이 방송되었다. 그즈음 늘 있는 일이었다. 시위대들은 스크럼을 짜고 움직였고, 도시는 깨진 보도블록과 화염병, 최루탄 연기로 가득했다.

형사의 연락을 받고서야 형이 시위하다 붙잡혀 들어간 것을 알았다. 장례를 치르는 동안 엄마와 나는 경찰서와 장례식장을 오가야 했다. 부두에서 쓰러진 아버지의 죽음은 산업재해로 처리되었다.

장례 기간 동안 아버지의 죽음이 산재로 처리되느냐 마느냐 문제로 시끄러웠다. 엄마는 일이 잘 안 풀리자 밤을 꼬박 새운 이른 아침 내 손목을 끌고 부두 정문으로 나갔다. 그 새벽 출근을 하는 사람들이 우리를 쳐다보았다. 아버지와 비슷한 일을 하는 사람들이었다. 상복을 입은 엄마는 그 사람들의 눈길을 피하지 않았다. 나는 엄마를 쳐다보다가 발밑의 질척한 구정물을 소심하게 발끝으로 차다가 했다. 햇빛이 정수리 한가운데까지 올 동안 엄마는 꼼짝하지 않았다. 이른 더위로 머리가 타들어갈 것 같았다. 머리 위에서 검은 설탕이 녹는 것만 같았다. 그날, 영안실로 돌아온 엄마는 하루 종일 울었다.

다행히 형은 시위 단순 가담자로 분류되어 구류를 살고 풀려나왔다. 아버지의 장례식은 끝나 있었다. 겨우 삼우제에 참석할 수 있었다. 삼우제가 끝나고 공동묘지 한편에서 한 번도 입어본 적이 없는 한복 한 벌과 때 묻은 작업복이 태워졌다. 작업복은 아버지가 쓰러지던 날 입고 있던 옷이었다. 장례를 치르고 집에 돌아왔을 때, 비닐봉지에 싸여 있던 옷과 신발은 녹은 설탕과 엉켜 있었다. 설탕이 녹아 꾸덕꾸덕해진 바지는 제대로 펴지지도 않았다. 그대로 태우는 수밖에 없었다. 형은 삼우제를 지내는 내내 한마디 말도 없었다. 검은 연기가 하늘로 올라가다 흩어졌다. 문득 검은 설탕이 물에 풀어지던 순간이 떠올랐다. 어디서 떨어진 것인지 아버지가 누워 있던 침대에도 검은 설탕이 떨어져 있어 작은 개미인 줄 알고 깜짝 놀라기도 했다. 손바닥으로 훑어 쓸어내려도 다음 면회 시간에 가보면 검은 설탕 가루가 보이곤 했다. 검은 설탕을 바지에 주워 담고 무거운 발걸음을 옮겨 부두를 걸어 나왔을 아버지를 떠올렸다. 형은 연기가 흩어지는 서쪽 하늘에 오래 눈길을 주었다. 아버지가 내내 너를 찾았다. 엄마가 산에서 내려오며 말했다. 형은 그때에야 크윽, 소리를 내며 울었다.

형은 시위 중에 사과탄 파편이 종아리에 박혔고 제때 처치하지 않아 결국 다리를 절게 되었다. 처음엔 시위 때 넘어져 다친 모양이라고 생각했다. 파편이 박힌 자리는 점점 덧나고 곪았다. 결국 수술까지 받았지만 똑바로 걸을 수는 없었다.

아버지가 돌아가시고 얼마 되지 않아 우리는 34호를 떠났다. 한여름 땀을 삐질삐질 흘리며 다락방에 처박혀 책을 읽던 일도, 야산 입구에 죽은 고양이를 묻고 달을 보며 애국가를 비장하게 부르던 일도, 저녁 해가 기울도록 내가 잃은 구슬을 대신 따주던 형을 졸졸 따라다니던 일도, 유일하게 달려 있던 7호 집 초인종을 몰래 누르고 도망치던 일도, 시골에서 올라온 먼 사촌 누나가 작은방에서 드르륵거리는 소리를 내며 편물기계로 옷을 짜는 걸 신기한 듯 들여다보던 일도 더 이상할 수 없었다. 지금도 집에 대한 꿈을 꾸면 어김없이 등장하던 그 집, 주안 7동 867번지 34호.

34호 집 애기를 했을 때, 형은 아버지가 꽃을 좋아했고 화단을 잘 가꿨다고 말했다. 아버지가 화단을 가꾸고 목욕탕을 만들던 마음을 나는 낭만은 아니었을까 뒤늦게 생각했다. 노동을 하고, 혹은 술을 마시고 집으로 돌아오는 길에 잠시 발걸음을 멈추게 하던 달빛이나 노을이나 쓸쓸한 바람 같은 것 말이다. 형은 그게 다는 아니었을 거라고 말했다.

나는 꿈속에도 그 집이 나온다는 말은 하지 않았다. 꿈에 등장하는 그 집은 누런 똥을 쌌던 작은방도, 라면을 부숴 먹으며 책을 읽던 다락방도, 검은 설탕 항아리가 있던 부엌도 아니었다. 목욕탕이었다. 그 집에 사는 동안 목욕을 했던 기억은 몇 번 없었다. 그러니 목욕탕에 대한 추억도 별로 없었다. 그런데 이상하게 꿈속에서는 목욕탕이 자주 등장했다. 창고와 별반 다르지 않은 그 목욕탕에서 형과 나는 목욕을 하고 있었다. 배꼽까지 찼던 물은 어느새 엉덩이까지 줄어 있고 바닥을 보이기 시작한다. 형과 나는 서둘러 등을 민다. 그러나 비누칠을 하기도 전에 물은 어디론가 다 빠져나가고 몸에는 물기조차 없다. 우리는 마른 목욕을 한다. 때를 미는 살갗이 붉게 변한다. 형은 아프지 않다고 더 세게 밀어달라고 한다. 나는 온통 붉어질 때까지 등을 밀고, 있지도 않은 수도꼭지를 찾아 시멘트 벽을 더듬다가 잠에서 깨고는 했다.

아버지가 돌아가신 뒤, 형은 피아노공장에 취직했다. 어차피 학교는 그만 다닐 생각이었다고 했다. 정 다니고 싶으면 나중에 천천히 가겠다고 했다. 내가 고2라 공부에 정신이 팔려 있는 동안 형은 피아노 상판에 도장을 입혔다. 형은 동료들과 잘 어울렸다. 일요일도 조기축구를 하러 간다고 집에 붙어 있지 않았다. 그 다리로 무슨 축구냐고 했지만 형은 개의치 않았다. 오후 느지막이 막걸리나 소주 냄새를 풍기고 들어와 곯아떨어지고 나면 일요일도 다 갔다. 그런 형에게서는 페인트 냄새가 났다. 토요일마다 세탁하러 가져오는 푸른 작업복에는 군데군데 검은 페인트가 묻어 있곤 했다. 내가 햇볕도 못 쬐고 늘 피곤한 얼굴로 학교와 집과 독서실을 오갈 때 형은 스프레이건을 쥐었다. 언젠가 형은 피아노 대리점을 지나가면서 저 검게 빛나는 피아노 외장도 어쩌면 자신이 칠한 것일지도 모른다고 자랑을 했다.

"물론 내가 칠하고 나면 빠우 치는 사람이 또 있긴 하지만."

빠우 치는 게 뭐냐고 물었을 때 버핑머신으로 광택을 내는 일이라고 했다.

"대단하지 않냐. 저 미세한 악기가 사람 손으로 만들어진다는 게. 근데 말이야, 나는 피아노공장을 다니는 내내, 그 맑은 소리 고운 소리를 한 번도 들어본 적이 없다."

형이 지나가는 말처럼 내뱉었다.

형이 공장에 들어간 지 일 년도 채 안 되었을 때였다. 그해 봄은 그 어느 해보다 술렁였다. 나는 딱 한 번 파업 현장에 가보았다. 구속과 해고, 출소와 지루한 복직 싸움이 이어졌다. 형은 늘 당당하고 활달했지만 언제부터인지 제대로 걷는 법을 잊은 사람처럼 절뚝였다. 다리를 다쳐서가 아니라 애초에 다리를 절었던 사람 같았다. 아니, 누군가 제대로 걸을 수 없도록 형을 잡아당기는 것 같았다. 시간이 흐르고 해가 바뀔수록 일도 결혼도 형에게는 쉽지 않았다. 잘해보려고 해도 하는 일마다 실패를 했다. 머물 곳도 제대로 없이 떠돌았다. 형에게는 검은 설탕 위에 떠 있던 먼지나 지푸라기, 기름 등이 걷히지 않은 느낌이었다. 걷어주고 싶었지만 이제는 어찌해볼 수 없을 정도였다. 걷어내지기나 할까, 걷어낸다면 그 아래 다디단 설탕이 남아 있을까.

작년 아버지 제사 때, 형은 음복하는 자리에서 자꾸 입 안에서 혀를 굴렸다. 어금니 근처에 무언가 끼인 듯 불편해 보였다. 형은 혀끝으로는 빼내기가 어려웠던지 슬쩍 이쑤시개를 챙겨 화장실로 들어갔다. 구슬을 대신 따주고, 같이 배를 깔고 만화책을 보며 낄낄거리던 그 시절에서 우리는 너무 많이 왔다. 이제는 이현세의 외인구단 같은 만화를 보고도 감동하지 않았다. 오래전이지만 다시 외인구단을 읽은 적이 있었다. 내가 왜 그렇게 광적으로 그 만화를 좋아했는지 이해되지 않았다. 과장되고 마초적인 인물들, 폼 잡는 대사, 사랑만 바라본다기보다 집착에 가까운 까치의 성격은 오히려 현실에서 만나고 싶지 않은 인물이었다. 나는 그런 것에 설렐 나이를 진즉에 지나왔다. 비문증이 생기고, 이젠 잇몸이 약해지고 이 사이에 음식물이 낄까 봐 신경 써야 하는 나이가 된 것이다.

생각해보니 검은 설탕은 쓰이는 곳이 별반 없는 것 같았다. 가끔 아내가 찹쌀에 대추, 밤, 잣 등을 넣어 내가 좋아하는 약식을 만들어줄 때나 잡채 만들 때 조금 들어가는 것 말고, 아내가 한창 피부 각질을 제거한다고 검은 설탕을 물에 섞어 팩을 만드는 것을 본 게 전부였다. 아내는 약식이나 잡채에는 꼭 검은 설탕을 넣어야 제맛이 난다고 했다. 그때에도 아내 옆에서 거들어주면서, 찹쌀이나 당면이 황갈색으로 변하는 걸 보면서도 그 옛날 아버지 바지에서 흘러내리던 검은 설탕을 떠올리지는 않았다.

버스 기사는 바다를 가로지르는 대교를 건너 바닷가 해수
욕장 근처에 버스를 세우며 각자 점심을 먹고 한 시간 뒤에
차로 모이라고 했다. 나는 여전히 휴대전화기를 손에서 놓지
못했다. 형이 여기 어디에선가 연락을 해올 것만 같았다.

대부분은 기사가 소개해준 식당으로 갔다. 카메라를 둘러
멘 사내와 같이 자리를 했다. 일본어를 배운다는 팀끼리 앉
고, 젊은 연인이 마주앉고 보니 사내와 같이 앉는 게 자연스
러웠다. 앞서서 내려 슬리퍼를 끌고 가던 술 취한 세 사람은
보이지 않았다. 나는 그들이 점심을 먹으면서 술을 더 마시고
그러다 버스를 놓치기를 은근히 기다렸다. 내내 그들이 신경
쓰이는 건 어쩔 수가 없었다.

사내는 바지락칼국수를 주문하고 난 뒤에도 바다 쪽을 향
해 몇 컷 눌렀다.

"쟤네들은 뭘까요? 둘 다 곱상하게 생겨가지고, 그 좋은 청
춘이 뭐하려고 이 버스를 탔을까요?"

사내가 내내 궁금했다는 듯이 연인을 힐끗 보더니 물었다.
궁금하기는 나도 마찬가지였다. 둘은 버스 안에서 별말이 없
었다. 그렇다고 투어에 적극적인 것도 아니었다. 있는 듯 없
는 듯 버스를 탔고, 구경을 했다.

칼국수를 먹고 시간이 남아 해변을 돌았다. 바닷가 가로등

위의 날렵한 파도 문양 위에 앉은 괭이갈매기가 그 곡물 창고에서 보았던 비둘기와 겹쳐졌다. 초여름 바닷가에는 사람들이 많지 않았다. 아직 바다로 나서기에는 주춤거려지는 시기였다. 노란 튜브를 가지고 노는 작은 아이들 옆으로 한 무리의 군인들이 완전군장을 하고 지나갔다. 해안경비대에 근무하는 군인들인 모양이었다. 그들의 얼굴은 위장크림을 발라 잘 보이지 않았다. 잘 보인다고 해도 그들은 '군인'으로 통용될 터였다.

노란 튜브를 들고 있는 아이들과 그 곁을 지나는 완전군장의 빛바랜 군복이 겹쳐져 묘하게 쓸쓸하다는 생각이 들었다. 나는 그들이 멀어질 때까지 한참을 서 있었다. 그들이 지나가고 나자 언제 그랬냐는 듯 바닷가는 다시 적막이었다.

군장을 하고 지나가는 그들을 보는 것만으로 더웠다. 먼 길을 걸어온 것 같았다. 그 옛날 빵을 화장실 천장 위에나 묘지 사이에 숨겨놓고 좌표를 찍은 종이를 내게 슬쩍 쥐여주고 가던 선임이 문득 떠올랐다. 왔다빵이라고 불렀던 그 빵은 단팥이 조금 든 빵으로 다섯 개가 한 봉지였다. 모기에 물려가면서, 화장실 냄새를 맡아가면서 먹던 그 왔다빵이 없었더라면 추억할 군 생활도 없었을 거란 생각이 문득 들었다. 내게 단팥빵을 건네던 그 선임은 어디서 잘살고 있는지.

버스에 타고 보니 내 예상과 달리 그들은 벌써 자리를 잡고 있었다. 밥을 먹으며 반주를 한 것 같긴 한데 별반 달라 보이지는 않았다.

"새꺄, 이것 봐라. 요년, 요 조개 좆나 이쁘지 않냐?"

그 옆으로 지나가다 말고 음흉스럽게 키득대는 소리에 저절로 얼굴이 확 붉어졌다. 스마트폰으로 음란한 사진을 보고 있는 것이 분명했다. 이 사람들이 정말! 공공장소에서 해도 너무한다는 생각이 들었다. 내내 욕을 달고 하는 말을 들어줬지만 버스 안에서 이런 말까지 듣게 될 줄은 몰랐다.

"이봐요!"

다른 사람들도 말은 안 했지만 이 사람들이 떠드는 소리를 들었을 것이다.

"여러 사람이 타고 있는……"

말이 막혔다. 아니, 말꼬리를 흐릴 수밖에 없었다. 술에 취해 욕을 입에 달고 살던 사내의 손에 들린 것은 다름 아닌 동죽 껍데기였다. 동죽이라니! 일반 동죽보다 조금 크고 색깔도 진한 잿빛이었다. 바닷가에서 주운 모양이었다. 내가 무슨 생각을 한 것인지. 동죽은 좆나, 이뻤다. 나는 사내들 눈초리를 피해 슬그머니 자리로 돌아왔다. 동죽이라니.

그 뒤로 어찌된 일인지 사내의 욕지거리도 그냥 흘려들을 수 있었다. 문득 그때 그 검은 설탕이 물에 풀어지고 있는 듯한 느낌이 들었다. 떠다니는 부유물만 따라내면 그 아래에 녹고 있는 다디단 설탕이 있지 않은가.

들어오던 사내가 사진 한 장을 찍어달라고 카메라를 내밀었다. 나는 창문 쪽으로 최대한 몸을 빼고, 사내는 통로 쪽으로 몸을 뺐다. 액정화면을 들여다보는데 비문증 때문인지 날파리들이 날아다니는 것처럼 화면이 또렷이 보이지 않았다. 나는 눈을 껌뻑여보았다. 마찬가지였다. 욕지거리를 하던 사내가 프레임 한쪽에 들어왔다. 눈앞이 흐려 프레임 안에 들어와 있는 것이 카메라를 메고 있던 사내인지 욕지거리를 하던, 아니, 동죽을 좆나 이쁘다고 한 사내인지 분간이 되지 않았다. 나는 조리개를 열어, 주변을 흐리게 처리할까 잠깐 망설이다가 그대로 셔터를 눌렀다. 주변이 검은 설탕으로 녹아든다는 생각이 들었지만 그것은 어림없는 생각이었다.

참치의 깊이

참치 머리와 등이 만나는 부분에 칼끝을 살짝 밀어 넣고 꼬리까지 칼로 내리그었다. 껍질만 잘리도록 살짝 힘을 주었다. 손끝이 시리다. 바닷물보다 조금 진한 농도의 소금물에 담가 반해동된 상태였다. 처음 이 일을 시작할 땐 담가놓은 부위 양쪽 끝을 휘어보아 해동 상태를 알아봤지만 지금은 대충 감으로 알 수 있다. 참치 껍질에 하얗게 피었던 성에는 사라졌지만 아직도 참치는 차갑다.

참치를 다루기 시작하면서 언다는 것도 어둠처럼 깊이가 있다는 것을 알았다. 우스운 얘기지만 0℃에서 얼음이 언다는 걸 배운 뒤부터는 어쩐 일인지 모든 어는 것들의 온도는 0℃인 줄 알았다. 그래서 영하 50℃니 60℃니 하는 온도를 짐작

참치의 깊이 | **253**

하는 일이 쉽지 않았다. 참치 냉동창고에 들어갔다가 나오면 한여름에도 따뜻한 방바닥에 등을 대고 쉬고 싶은 생각이 얼마간 들었다.

딱딱하게 언 것들은 저마다의 온도를 가지고 있었다. 신선한 참치를 위해서는 영하 60℃의 깊이가 필요했다. 그래야 오래도록 신선함을 유지할 수 있었다. 참치 냉동고에 들어갈 때마다 뿜어져 나오는 입김조차도 얼어버릴 것 같아 서둘러 나오면서도 온도계를 바라보는 걸 잊지 않았다. -60의 붉은 숫자를 보면서도, 추위에 몸이 뻑뻑해지는 걸 느끼면서도 -60℃가 머리로만 이해되었다. 짐작되지 않는 깊이였다.

껍질을 벗기려다 말고 엄지로 다른 손가락 끝을 긁었다. 그러다 문득 라텍스 장갑을 낀 손을 보았다. 매끈한 손바닥. 새벽녘 꿈에서 보았던 손바닥과 닮아 있었다.

회를 뜨려고 하고 있었다. 도마 위에 처음 보는 생선이 있었다. 참치와는 달리 냉동되어 있지 않았다. 차갑다기보다는 오히려 따뜻한 느낌이었다. 얇게 회를 떠 그 결을 바라보았다. 생선이 아니라 육류의 살결처럼 느껴졌다. 뼈마디를 드러낸 생선이 갑자기 꼬리지느러미를 펼떡였다. 놀라 몸통을 잡다가 생신 눈과 마주쳤다. 초점 없는 눈빛이 아니라 나를 뚫어지게 바라보는 눈이었다. 나도 모르게 고개를 돌렸다.

그때였다. 손바닥이 건조해지면서 당기는 느낌이 들었다.

천천히 손바닥을 펴보았다. 이리저리 어지럽던 손바닥의 손금이 모두 사라지고 없었다. 누군가 손바닥의 피부를 얇게 한 겹 벗긴 듯 붉고 반들반들한 모습이었다. 회칼로 손금들만 얇게 저며낸 것 같았다. 복어 살점을 접시 바닥의 무늬가 다 보일 정도로 얇게 뜰 때보다 더 얇게 뜬 것 같았다. 당기는 느낌이 들었지만 아프지는 않았다. 꿈속에서 나는 웬일인지 손바닥을 쓸어보며 낮게 휘파람을 불고 있었다. 휘파람 끝이 어영부영 흐려지더니 몸이 오싹해지면서 두려움이 몰려왔다. 눈을 떠서도 쉽사리 움직일 수 없었다. 꿈은 막연했지만 몸을 훑던 냉기는 선명했다. 휘파람으로 불던 노래가 어떤 노래였을까. 불면에 시달리다 새벽녘에야 든 잠이었다.

그녀는 어젯밤에도 들어오지 않았다. 벌써 나흘째였다. 그녀가 사라지고 나자 나는 알 수 없는 감정에 사로잡혔다. 그녀가 영영 내 곁을 떠나주길 바라는 마음과 그녀가 없는 삶으로 돌아갈 수 있을까 하는 양가감정이었다. 그녀가 내 삶에 불쑥 들어온 뒤로 내 삶은 그 삶만이 전부인 것처럼 돼버렸다. 내 모든 감정과 행위가 그녀를 중심으로 돌았다. 정신을 차릴 수가 없었다. 그녀에게 빠져들면 들수록 헤어 나올 수가 없었다. 하루하루가 미치게 좋았고, 그만큼 두려웠다. 내 몫의 삶이 아닌 것 같은 불안감을 억누르고 그녀를 안았다.

그녀를 안을 때마다 오십 킬로그램이 넘는 참치를 부위별로 해체하기 위해 도마에 올려놓을 때처럼 막막한 기분이 되고는 했다. 그녀의 몸이 하얗게 핀 성에로 뒤덮인 참치의 마지막 거친 호흡처럼 느껴졌기 때문이다. 잠을 잘 때조차 빠른 속도로 유영하지 않으면 안 되는 숙명을 타고난 참치의 마지막 호흡이 그녀에게서 들렸다. 그녀가 클럽에서 은빛 스팽글이 달린 달라붙는 원피스를 입고 춤을 추었기 때문만은 아니었다. 그녀가 내게 그렇게 오지 않았다면, 그녀가 '씨발'을 거칠게도 아니고, 한숨도 아니고, 욕도 아니게 뱉지만 않았다면, 생각은 늘 거기서 멈췄다. 더 이상의 가정은 되지 않았다.

장갑을 벗고 손바닥을 펴보았다. 손바닥은 아무 일 없다는 듯 지방도로 같은 손금들로 가득했다. 꿈속처럼 손금이 사라지기라도 한다면, 역시 더 이상의 가정은 되지 않았다. 가볍게 손바닥을 비볐다. 껍질을 벗겨내고 다시 칼가방을 열었다. 가죽 칼집에 들어 있는 칼들은 칼끝에서부터 절반쯤 가려져 있어 날이 부러진 것처럼 보였다. 그래서인지 칼이 아니라 가공된 한 조각의 쇠인 것 같았다. 햇살이 칼 면에 닿자마자 사방으로 잘려 나갔다. 칼이 꿈틀거려 날을 세울 것만 같았다. 그것이 착시나 착각이라는 것을 잘 알고 있었다. 칼을 칼이게 하는 것은 베는 사람의 손이다.

처음 마사히로 회칼을 가졌을 때의 전율이 생각났다. 날렵한 칼 면에 正広作이라고 음각된 서체가 대나무잎처럼 예리하게 뻗어 고급스런 이미지를 풍기는 칼이었다. 지금은 집에 잘 보관되어 있는 회칼이다. 흠집 한 곳 없는 마사히로 회칼을 들어 칼날과 눈을 일직선으로 맞추고 가늘게 눈을 떴을 때, 칼은 보석 같은 광채를 내고 있었다. 그 광채가 나를 전율하게 했다. 고탄소강으로 만들어져 더 빛이 났다. 무소뿔로 만든 칼 손잡이를 쥘 때마다 따뜻한 기운이 몸속으로 퍼지는 듯했다. 물론 지금은 그런 감정의 사치는 줄었다. 잘 보이지는 않지만 칼 단면에 난 수많은 흠집만큼 시간이 흘렀다. 칼도 마사히로에서 풍천도로 바뀌었다. 마사히로를 쓰던 시절의 내 손은 건강했다. 숙련이 되고, 이름이 알려지고, 회의 신선도를 위해 손을 얼음물에 담갔다가 빼는 날이 많아지면서 손가락에 동상이 걸렸다. 이름만 대면 알 만한 일식집에서 나온 이유였다.

뱃살, 가마살, 속살, 머릿살과 눈살까지 부위별로 잘라놓았다. 오늘 쓸 참치를 부위별로 해동지에 싸서 냉장고에 넣어두었다. 손님들이 올 때쯤이면 적당히 해동되어 선홍색으로 발색할 것이다.

친환경 태양열판을 개발해 주가를 올리고 있는 최 사장이 6시 예약을 했다. 최 사장은 요즘 한창 골프에 빠져 있다. 골프에만 빠져 있는 게 아니다. 건강에 좋다는 건 뭐든 관심을 갖는다. 오십대 초반인데 스트레스성 당뇨와 지방간이 있어,

부쩍 몸 관리에 신경을 쓰는 중이다. 고기를 즐기던 최 사장이 참치를 즐겨 먹게 된 것도 다 몸을 챙기기 위해서다. 새로운 애인은 최 사장과 스무 살 가까이 차이가 나 보였다. 최 사장은 애인과 자주 온다. 그럴 땐 안쪽 작은 룸으로 안내한다. 꼭 참치회가 먹고 싶은 게 아니라는 걸 알기 때문이다. 최 사장과의 암묵이 오래도록 단골을 유지하는 비결이기도 하다. 오늘은 네 명 예약인 걸 보니 애인과 오는 건 아닌 모양이다.

누군가 나갔는지 문 옆에 세워둔 대나무가 흔들린다. 옆에 있는 행운목이나 관음죽 사이에 있는 대나무는 인조 나무다. 몇 번 화분에 심어진 대나무를 사다놓았지만 온도가 맞지 않아서인지 죽고는 했다. 일본에서는 회칼을 사시미보쵸라고 부르지만 야나기라고도 불렀다. 우리말로 버들잎이라는 뜻이었다. 하지만 나는 야나기를 떠올릴 때마다 버들잎이 아닌 대나무잎을 떠올리고는 했다. 어린 날, 잠에서 깨었을 때 창문으로 비쳐 들던 댓잎 그림자.

언제부터인지 모르지만 어린 나는 자주 흉몽을 꿨다. 자다가 가위에 눌려 깨어나는 일이 많았다. 잠드는 것이 무서워 졸면서도 눕지 않았고, 피곤하면 잠이 잘 온다기에 하루 종일 대숲 사이를 다니거나, 언덕에서 미끄럼을 타기도 했다. 무속인이 요령을 흔들었고, 팥알들이 머리 위로 뿌려지기도 했다. 아침이면 충혈된 눈으로 몸피보다 더 큰 가방을 메고 비척이며 학교에 갔다.

어느 새벽, 잠에서 깨어난 나는 머리맡에 놓인 칼을 보았다. 부엌칼이었다. 날렵하기보다는 크고 묵직한 칼. 꿈을 꾸는 것 같았다. 잠을 잘 때는 없던 칼이, 부엌도 아니고 잠자는 방 머리맡에 놓여 있는 상황을 이해할 수 없었다. 하지만 꿈이 아니었다. 그러다 꿈에 생각이 미치자, 신기하게도 그 밤에 꿈 없는 잠을 잤다는 사실을 깨달았다. 몸도 개운했다. 몸에 살이 붙는 것 같았다. 자리에 앉아 어둠이 걷혀가는 방 안에 놓인 칼을 보았다. 부엌에서 쓰는 스테인리스 칼이었다. 창문으로 스며든 달빛에 칼은 은은하면서도 생경하게 보였다. 뒤란의 대나무 그림자가 창호에 어른거리고 그 흔들림이 칼에 비쳐 들었다. 새벽의 서늘한 기운이 방 안에서도 느껴졌다. 마음이 가라앉고 경건해졌다. 나는 칼 손잡이를 잡아보았다. 칼이 위험하다거나 무섭다는 생각은 들지 않았다. 그해 대나무는 수십 년 만에 푸르고 오글오글한 꽃들을 피웠다.

엄마가 내 잠든 머리맡에 칼을 가져다 놓았다는 걸 나중에야 알았다. 그렇게 하면 가위에 눌리지 않는다고 무속인이 시킨 일이었다. 그 새벽, 단지 한 조각의 가공된 쇳조각인 칼이 내게 주는 위안은 대단했다. 가위에 눌리지 않으려고 안간힘을 쓰고, 가위에 눌리면 어떻게든 깨어나려고 손가락을 꼼지락거리고 소리를 내려고 하고, 그러나 깬 줄 알았는데 여전히 꿈속이고, 그 와중에 화는 치밀어 오르고 이런 것들이 반복되면서 꿈과 생시가 모두 잠식당하는 기분이 들었다. 그런데 아무것도 썰지 않는, 어린 손에 가득 들어온 묵직한 쇠를 감싼 손잡이를 잡는 순간, 그 모든 것에서 벗어날 수 있을 것만 같았다. 엄마는 얼마간 더 그렇게 했고, 언제부터인지 일어나보면 보이던 칼이 자연스럽게 보이지 않았다. 그때쯤에는 칼이 머리맡에 있는지 없는지도 신경 쓰지 않게 되었다.

문이 흔들렸다. 최 사장이 들어섰다.

"어서 오십시오. 요즘 좋은 일이 많은가 봅니다. 혈색이 유난히 더 좋아 보이십니다."

나는 회 카운터에 서서 살짝 고개를 숙여 인사했다.

"그런가? 고맙네."

대답은 짧지만 은근히 좋아하는 속내가 보였다. 거래처 사람들과 같이 온 모양이었다. 주방에서 준비해놓은 죽과 장, 꼬치구이 등의 밑반찬을 내놓을 동안 참치를 썬다. 처음에는 시장기를 느끼므로 맛을 제대로 음미하기가 어렵다. 냉장고에서 눈다랑어의 속살을 꺼낸다. 붉은 살빛이 어둡지 않고 선명하다. 적당하게 해동되어 있다. 젓가락으로 집었을 때 살짝 휠 성도이다. 어류이면서 어류의 살결이 아닌 그것은 잘 숙성된 쇠고기처럼 선홍색을 띠고 있다. 속살은 연하고 기름기가 거의 없어 담백하다. 씹는 맛을 느낄 수 있도록 일 센티미터 정도의 두께로 두툼하게 썰어 접시에 담는다. 다음으로 등살과 옆구리살을 썰어낸다. 속살보다는 조금 얇게 썬다.

"김 대표, 참치는 그렇게 김에 싸 먹으면 제맛을 느낄 수 없어요. 질이 안 좋은 참치나 그렇게 먹는 거지, 안 그런가, 유 실장?"

최 사장은 참치를 김에 싸서 기름장을 찍어 먹는 사람이 있으면 정색을 했다.

"김에 싸서 드셔도 되지만, 한 점씩 고추냉이를 바른 다음, 간장에 살짝 찍어 드셔보십시오. 참치의 감칠맛이 훨씬 더할 것입니다."

같이 온 손님의 기분이 상하지 않게 부드럽게 일러준다. 최 사장은 중간중간 초생강으로 입 안을 헹구라는 둥, 레몬을 참치에 직접 뿌리면 신선도가 떨어지니까 향을 즐기고 싶은 사람은 각자의 간장에 뿌려 먹으라는 등의 설명을 보탠다.

방을 나서려다 멈칫한다. 여자 손님이 마루턱에 등을 보이고 앉아 트랩 샌들 끈을 풀고 있었다. 나도 모르게 손끝이 간지러웠다. 얼른 주방으로 갔다. 그녀도 그랬다. 몸을 제대로 가누지도 못하면서 부츠를 벗느라 끙끙댔다. 아이 씨발. 그녀가 가게에 들어와 뱉은 첫말이었다. 술냄새가 풍겼다. 무릎까지 오는 흰 부츠가 그녀의 종아리를 단단히 감싸고 있었다. 연일 폭염이 계속되던 한여름이었다. 가게 손님도 별로 없었고 문을 닫으려고 룸의 불도 끈 채였다. 그녀가 한여름에 그렇게 힘겹게 부츠를 벗고 있지 않았다면 문 닫을 시간이라고 내보냈을 거였다. 어둠 속에 보이던 등과 그녀의 가느다란 손, 그리고 흰 부츠. 그녀의 작은 입을 통해 나왔던 아이 씨발. 나는 차마 그녀를 내보내지 못하고 카운터 옆에 걸려 있는 구두주걱을 내밀었다. 고마워요, 아저씨. 전작이 과했는지 혀가 꼬였다. 룸의 불을 켰다. 이렇게 술이 취해 오는 손님은 별로 없었다. 대부분의 손님은 참치회와 간단한 식사를 즐겼고, 적당히 술이 오르면 일어섰다.

"아저씨, 내가요, 오늘은 꼭, 회를 먹고 싶거든요? 아저씨, 딱, 딱 삼십 분만 있다 갈게요. 괜찮죠? 문 닫는 거 아니었죠? 아이, 씹새끼들. 이게 왜 이렇게 안 벗겨지는 거야? 아저씨, 이 부츠 좀 벗겨줄래요?"

그녀는 아예 다리를 뻗어 내 앞에 내밀었다. 그녀가 미안한 듯 무방비로 피식 웃었을 때 나는 그녀의 눈에 맺힌 눈물을 못 본 척했다. 절반쯤 내려간 부츠 옆 지퍼를 마저 내리고 부츠를 잡아당겼다. 부츠 안에 꽉 갇혀 있던 발이 빠져나왔다. 종아리에 부츠의 끈 자국이 엇갈려 나 있었다. 발목 안쪽 복숭아뼈에 문신이 새겨져 있었다. 나비였다. 엄지손가락으로 다른 손가락의 손끝을 비볐다.

집으로 오는 골목에서 깡패들에게 주머니를 털리고 신발까지 뺏겼을 때, 나는 어느새 칼을 잊고 있었다는 걸 깨달았다. 입시 카운트다운이 시작되고, 새벽에 일어나 밤늦게까지 공부를 하는 동안 칼을 잊고 있었다. 그러다 녀석들에게 탈탈 영혼까지 털린 것이었다. 빼앗긴 것들도 아까웠지만 어떻게 해보지도 못하고 그냥 당하고만 있어야 했던, 아니 벌벌 떨던 걸 감추려고 기를 썼던 내가 참을 수 없었다. 그때부터 손끝이 가려웠다. 시험이 끝날 때까지 엄지손가락으로 다른 손가락들의 손끝을 비벼주어야 했다. 시험이 끝나는 날, 무작정 칼을 찾아 거리를 배회했다. 그러다 칼 전시장을 발견하고는 들어서자마자 주인에게 말했다.

"칼 하나만 주세요."

주인은 대꾸하지 않았다. 나는 다시 말했다. 칼 좀 주세요.

"칼을 어디에 쓰시려고요. 용도를 알아야 칼을 권해드리죠. 무얼 베려고 하는데요?"

대답할 수 없었다. 칼이 무언가를 베기 위해 존재한다는 그 간단명료한 사실을 한 번도 생각해보지 못했다. 칼은 힘일 뿐이었다. 그제야 나는 정신이 든 사람처럼 전시장을 둘러보았다. 칼은 시대별, 국적별로 다양했고, 군용 나이프들과 무사들이 쓰는 검들도 있었다. 나는 처음으로 무엇을 벨 것인가를 생각했다.

활어회를 뜨는 일은 곤혹스러웠다. 우럭이나 도다리를 뜰채에 건져 올리는 순간, 그것들이 물에서 빠져나오면서 꼬리 지느러미를 뒤칠 때마다 손끝이 근질거렸다. 소매치기들이 지갑만 보면 자기도 모르게 손이 움직인다는 말을 들은 뒤로는, 뜰채로 횟감을 건질 때마다 소매치기가 된 기분이었다. 칼등으로 횟감을 기절시킬 때나, 회를 뜰 때도 마찬가지였다. 온몸이 짜릿해지면서 자신도 모르게 살의를 느꼈다. 그다음부터는 어떻게 회를 뜨는지 알 수 없었다. 손이 저절로 움직였다. 그래도 손을 베인 적은 없었다. 하지만 다시 어지러운 꿈을 꾸어야 했다.

나는 그녀 앞에 참치 모둠회를 내놓았다. 홀을 정리하고 내 눈치를 보는 직원들을 퇴근시켰다.

"오늘은 회를 질리도록 먹을 거예요. 이 안에 있는 회를 전부 먹어치울 거라고요. 아셨죠? 다, 주세요. 다요. 돈은 얼마든지 있으니까요. 아이, 씨발. 아아, 미안해요, 아저씨한테 그런 거 아닌 거 알죠? 색깔 죽이네."

그녀는 젓가락이 아니라 엄지와 검지의 긴 손톱으로 회를 집어 간장에 찍어 먹었다. 그녀의 긴 손톱은 보라색 바탕에 다섯 장의 흰 꽃잎이 그려 있다. 그녀가 회를 입에 넣을 때마다 꽃이 졌다가 다시 피어났다.

"왜 이렇게 심심한 거지? 아저씨, 나 얼음 좀 줄래요?"

그녀가 게슴츠레한 눈빛으로 나를 보며 말했다. 어느새 눈물은 말라 있었지만 눈 주변이 화장으로 얼룩져 있어 피에로처럼 보였다.

컵에 얼음을 담아 건네자, 그녀는 물수건으로 팔을 닦더니 다시 얼음 몇 개를 팔 위에 올려놓고 문질렀다. 얼음이 녹아 흘러내렸다. 그녀는 회 몇 점을 손톱으로 집어 얼음으로 닦아 낸 자기 팔 위에 올려놓았다. 그러곤 고추냉이를 차례로 발라 간장을 찍었다.

"손님, 그렇게 드시면 신선도가 떨어져 맛이 없습니다."

"그래요? 뭐 병에라도 걸린단 건가요? 잘됐네. 기분 드러운데, 한번 걸려봤음 좋겠어. 아래로는 좍좍 설사하고, 속은 울렁거리고 머리는 몽롱한 게 그것도 기분 괜찮을 거 같은데요? 언젠가요, 소라똥 있잖아요, 왜 그 푸르죽죽한 거, 그거 먹고 앓았던 적이 있어요. 언제 적이었더라. 이젠 죽나 보다 싶었죠. 근데 이게 이상해요. 배는 아프고 설사는 하고 딱 죽을 것만 같은데 기분은 묘하게 몽롱한 거예요. 아, 아직도 기억이 생생해. 술 취해서 몽롱한 거랑은 차원이 달라."

흰 피부에 올린 붉은 참치회는 마치 그녀의 살을 도려낸 것처럼 보였다. 손가락 끝이 전류가 흐르듯 간지러웠다.

"그렇게 드시지 마시고……"

"뭘 모르시네. 콱 죽고 싶어서 일부러 이러는 거야. 아, 세상 참 지랄 맞다. 있잖아요, 예전에 같이 춤추던 애 중에 하나는 아참, 저요, 요 앞 나이트클럽에서 춤춰요. 짐작하셨죠?
한가할 때 한번 놀러오세요. 제가 특별히 잘해드리라고 할 테
니깐요. 그 애는 자기 몸을 회로 덮은 적이 있었대요. 물론 알
몸이죠. 거기 온 놈들, 처음엔 무게 잡는 척하더니, 나중엔 완
전히 침을 질질 흘리더라나요. 아예 거기다 얼굴을 처박을 듯
덤비는 놈도 있더래요. 그 앤 추워서 죽는 줄 알았고요. 갑자
기 그 말이 떠올라서 한번 해본 거예요. 나, 기분 드럽게 나쁘
거든요."

팔 위에 올려놓은 회를 다 먹자, 그녀는 반쯤 녹은 얼음으
로 다시 팔뚝을 문지르곤 회를 올려놓았다. 그녀가 소주를 시
켰지만 나는 그녀에게 대나무술과 금가루와 참치 눈물을 섞
은 술을 한 잔 주었다.

"참치눈물주입니다. 마음 아픈 일들은 이 술 한 잔 마시고
깨끗이 잊으세요."

그녀는 허물어지듯 떨어지던 고개를 들어 나를 바라보았
다. 화장이 번지고 지워져 희극적인 그녀의 눈에 다시 눈물이
어렸다.

"씹새끼들, 내 몸에 회를 덮고, 한 번씩 집어 먹을 때마다
여기저기 민지구, 빨아대구. 나두 회 좋아하는데 지들끼리만
먹구, 빨구, 아이, 씨발 새끼들."

나는 회로 장식한 그녀의 몸을 떠올리다 머리를 저었다. 그

녀는 어느새 방바닥으로 쓰러져 잠들었다. 그녀의 복숭아뼈에 새겨진 회색 나비를 눈으로 쓸었다.

최 사장은 베트남에 공장을 세우려고 여기저기 알아보고 있는 중이었다. 일이 밀려드니 공장을 확장할 생각을 하는데, 그렇다고 무작정 해외로 나가려니 겁이 나는 모양이었다. 회사가 잘나가고, 젊은 애인도 새로 생겼으니 최 사장에겐 그야말로 봄날이었다.

지방질 함량이 많은 아가미뱃살을 꺼낸다. 불포화지방산이라 살찔 염려도 없다. 뱃살은 좋은 쇠고기 등심처럼 선홍색 살 사이로 흰색의 지방이 서릿발처럼 고르게 뻗어나가 있는 것이 좋다. 참치 부위 중 아가미뱃살이 최고다. 아가미뱃살을 복사시미로 모양을 살리면서 깔끔하고 얇게 자른다. 두꺼우면 느끼한 맛이 강하다. 입 안에 살살 녹는 맛을 내기 위해서는 오 밀리미터 두께로 얇게 썰어주어야 한다. 따뜻하게 데운 미소간장과 아가미뱃살을 낸다. 분위기를 돋우기 위해 서비스로 눈물주도 준비한다. 엄밀히 말하면 눈물주는 참치 눈물로 만든 술이 아니라 참치의 눈을 긁어내 대나무술과 금가루를 섞어 비린 맛을 없앤 술이다. 눈물주를 돌리고, 정력에 좋다고 한마디 하면 모두들 남김없이 잔을 비운다.

다른 방에도 손님이 들어 슬슬 바빠진다. 참치를 써는 와중에도 자꾸 손끝이 간지럽다. 손바닥을 펴보았다. 한 남자가 떠올랐다. 내 손바닥을 보더니 고개를 절레절레 흔들며 신산한 삶이구만, 하고 한 방에 내 인생을 다운시켜버리던 노인. 누군가에게 끌려가다시피 들어간 점집에서 이리저리 얽힌 손금을 돋보기로 찬찬히 들여다보던 노인이 말했다. 자네, 고생깨나 했구만. 앞으로도 웬만해선 펜키 틀렸구. 노인은 손금의 어느 부분들을 가리키며 운명선이니, 감정선이니 운운했다. 나는 찬찬히 내 손바닥을 살펴보았다. 다른 사람들보다 유난히 많은 잔금이 굵은 선들과 구분이 안 될 정도로 복잡하게 얽혀 있었다. 그 뒤로 일을 하지 않을 때는 손을 주머니에 넣는 버릇이 생겼다. 칼을 손바닥에 갖다 댔다. 칼로 얇게 표피를 벗겨낸들, 손금만 없앨 수는 없을 것 같았다.

그렇게 그녀가 다녀간 뒤로 딱 한 번, 클럽에 가서 그녀가 춤추는 모습을 보았다. 텅 빈 무대에서 그녀는 홀로 조명을 받으며 은빛 펄로 가득한 몸을 펄떡이고 있었다. 허리를 흔들고, 머리를 뒤로 젖히고 탄력 있는 엉덩이가 움찔거릴 때마다 살아 있는 참치를 떠올렸다. 백파를 일으키며 빠른 속도로 유영하는 참치의 거친 호흡. 찢어질 듯한 음악 속에서 그녀가 춤을 추며 움직일 때마다 그녀를 바라보는 욕망에 가득한 거친 숨소리만 들리는 듯했다. 테이블에 앉지도 못하고 돌아 나온 그 잠깐의 시간이 어둠 속 흰 부츠를 벗던 그녀의 등과 맞닿았다. 그녀를 안고 싶었다. 안고 싶다는 게 욕망만은 아니었다. 그녀가 내게로 와 아무 생각 없이 쉴 수 있으면 좋겠다는 생각이 들었다.

춤추는 모습이 머릿속에서 떠나지 않았다. 그녀가 떠오르는 밤이면 젖은 행주를 깔고, 그 위에 숫돌을 올려놓고 칼에 물을 묻혔다. 요즘엔 자동 칼갈이나 봉 칼갈이를 쓰는 요리사도 많지만 나는 언제나 숫돌에 칼을 갈았다. 칼은 탄소강으로 이루어져 자칫 소홀하게 다루면 녹이 슬기 쉬웠다. 하지만 수명이나 절삭력 면에서는 다른 칼보다 월등히 뛰어났다. 칼에 스는 녹을, 나는 칼의 자존심이라고 생각했다. 자존심에 상처를 받으면 칼은 독처럼 녹이 슨다고. 그래서 나는 칼을 갈 때면 늘 경건한 마음이 되곤 했다. 팔천 방짜리 사포로 된 숫돌은 회칼의 자존심을 살려주는 데 적당했다.

칼 면에 손을 대고 숫돌에 비스듬히 올려놓은 다음 칼을 갈았다. 칼을 갈 때마다 내 몸속에 잠재된, 어떤 살의나 욕망을 지그시 누르는 기분이 들었다. 살의는 죽고, 요리사의 칼날이 존재하는 것이다. 천천히 칼을 밀었다. 칼을 갈 때는 당길 때보다 밀 때 힘을 더 주어야 했다.

다시 그녀가 내게 왔을 때, 나는 그녀와 살고 싶었다. 직원들을 모두 보내고 칼도 갈아놓고 홀의 조명을 끄려 할 때 그녀가 들어섰다. 꼭 그녀가 올 것 같았다. 나는 직원들을 보내고 천천히 칼을 갈면서 그녀가 문을 열고 들어서기를, 댓잎이 흔들리며 그녀가 왔음을 알려주길 기다리고 있었다. 나는 그녀의 발부터 보았다. 여전히 무릎까지 오는 흰 부츠를 신고 있었다. 그녀는 취해 몸도 제대로 가누지 못했다.

"씹새끼들, 그년한테 맛이 가선 이젠 날 퇴물 취급해? 내 배 위에서 헐떡댈 땐 언제고, 나쁜 새끼들. 아이, 개새끼들, 날 쫓아내? 어? 아저씨네? 미안, 아저씨. 아저씨한테 그러는 거 아니니까 기분 나빠하지 마아."

그녀를 기다렸는데, 이렇게 온 그녀에게 화가 치밀었다. 뺨을 갈기며 정신 차리라고 말하고 싶었다.

"아저씨, 나 회 먹고 싶어. 그리고 참치눈물주도 한 잔. 아저씨가 주는 눈물주에 나 아주 뻑 갔잖아."

신발을 벗으려던 그녀가 휘청이더니 내게 안겼다.

"나 취했나 봐. 아저씨, 나 잠깐만 안아주라. 내가 오늘은 상당히 외롭거든. 아저씨를 클럽에서 봤어. 이젠 거기 가지 마. 나, 짤렸어."

그녀의 가는 허리가 한 팔 안에 들어왔다. 그녀에게 참치회를 먹이고 싶었다. 부위별로 두세 점씩 썰어 모둠회를 만들었다. 그녀는 그때처럼 손톱으로 회를 집어 먹었다. 고추냉이를 바르고 간장을 찍고, 음미하듯이 천천히 참치회를 씹었다. 눈길이 그녀의 발목을 향했다. 발목 안쪽에 있던 나비 문신이 보이지 않았다.

"나비……"

"흐흥, 아저씨, 봤구나? 맨날 부츠만 신어서 거기 나비 있는 거 아는 사람도 별로 없는데. 그 나비 날아갔어. 부츠에 갇혀 질식할 거 같아서 내가 날려 보내줬어. 그거 오래되면 지워지는 헤나야. 이번엔 쩨쩨하게 발목 같은 데 말고 등 전체를 덮을 문신을 해볼까? 뭐가 좋을까? 참치 할까, 참치, 어때요?"

나는 그녀의 등을 안았다. 나랑 살아요. 내가 매일 당신을 위해 참치눈물주를 만들게. 신선한 참다랑어의 아가미뱃살을, 눈살을 당신 앞에 내놓겠어.

그녀가 돌아서서 내게 입을 맞추었다. 그날로 그녀는 내 집에 들어왔다. 나는 매일 일찍 문을 닫았고, 신선한 참치를 가져왔다. 주방 깊숙이 넣어두었던, 나를 처음으로 반하게 했던 마사히로 회칼을 꺼냈다. 그녀가 회칼을 보더니 손을 대려 했다. 안 돼! 웬일인지 칼만은 그녀의 손에 쥐여주고 싶지 않았다.

매일 밤 참치와 눈물주와 춤과 긴 섹스가 이어졌다. 아슬아슬하고 황홀한 순간이었다. 가슴이 떨렸고 순간순간 알 수 없는 두려움 속에서 그 시간을 즐겼다. 그녀가 말했던 소라똥을 먹으면서 느꼈던 기분이 이렇지 않을까 생각한 적도 있었다.

그럴 때 소라똥은 똥은 아니고 마약일지 몰랐다. 마약에 취한 기분 같았고, 약발이 떨어져 깰까 봐 두렵기도 했다. 그동안의 내 삶에는 없던 두려운 광기 같은 것이 나를 사로잡았다.

나는 쓸 일이 없어 그저 모아놓기만 했던 통장 속 돈들을 꺼냈다. 그녀에게 통장을 보여주었다. 일, 십, 백, 천, 만, 십만, 백만, 천만. 그녀가 손가락으로 숫자를 짚으며 자릿수를 세어나갔다. 나 이런 돈 처음 봐! 그녀가 놀라 눈을 빛내며 말했다. 그녀가 좋아하는 일이라면 뭐든지 해주고 싶었다. 그녀의 눈이 매일매일 빛나길 원했다. 긴 부츠 속에 가려진 발이 아니라 발목이 다 드러나는 샌들을 신길 원했다. 오직 나만을 위해 춤추길 원했다. 그때마다 가슴이 떨렸다. 누가 빼앗아갈까 봐, 이 행복을 낚아채갈까 봐 두려웠다. 매일 눈이 충혈됐다. 그녀가 옆에서 새근대며 자고 있는데도 잠을 이룰 수 없었다. 가위에 눌린 듯 숨 쉬기가 어려웠다. 그녀에게 이런 내마음을 들키지 않으려고 애썼다. 약해 보이고 싶지 않았다. 그리고 끝이 다가왔다. 끝이 다가올 줄 알았다. 외면하고 싶었지만 그녀의 표정이 시큰둥해지는 걸 놓치지 않았다. 그녀 대신 나만 봉을 붙잡고 아슬아슬하게 춤을 추고 있는 것 같았나. 끝이 다가올 줄도 알았지만 그게 어떤 형태로 올지는 몰랐다. 끝이 온다면, 이란 가정에서 한 발짝도 나가지 못했다. 그때 나는 다만 날 위에 선 가슴이 크게 베이지 않기만을 바란 것일까.

　대형 마트에서 함께 장을 보고 주차장으로 가는데 뒤에서 경적이 울렸다. 한 남자가 운전석에서 고개를 내밀었다.

　"환희 맞지?"

　그녀가 당황하는가 싶었는데 그렇다고 돌아서지도 않았다.

　"더 이뻐졌다?"

　그는 내 쪽은 쳐다보지도 않고 그녀를 보며 싱글거렸다. 칫. 그녀의 입에서 묘한 소리가 나왔다.

　"금방 갈게, 먼저 가."

　그녀는 누구냐는 물음에 대답도 하지 않고 들고 있던 체리 상자를 내게 건네주고는 그 남자가 타고 있던 승용차 조수석 문을 열었다. 차는 멍하니 서 있는 나를 지나쳐 갔다. 그녀는 앞만 바라보고 있었다. 자기에게서 눈을 못 떼고 있는 나를 뻔히 알면서도 그녀는 남남처럼 앞만 바라보고 있었다. 운전석에 앉아 있던 남자가 홀낏 조소를 흘린 것도 같았다. 그녀가 그동안 나와 함께 살았던 그녀가 맞는지 의심스러웠다.

　환희, 좋은 이름이었다. 그녀가 환희라는 것을 그때야 알았다. 심장보다 붉은 체리가 담긴 상자를 냉장고에 넣었다. 그녀가 장을 다 보고 그냥 나왔더라면, 계산대에서 다시 체리를 사겠다고 들어갔다가 나오지만 않았더라면 그와 마주치지 않았을 것이다. 나는 끊임없이 만약, 이라는 가정을 하며 소용없는 줄 알면서도 되돌릴 수 없는 시간을 되짚었다.

　혼자 집에 돌아오고, 그녀가 문을 열고 들어온 새벽까지 다섯 시간이었다. 그 다섯 시간 동안 나는 마사히로 칼을 갈았다. 칼을 갈면서, 그 언젠가 깡패들에게 다 빼앗기고 돌아와야 했던 그날을 떠올렸다. 칼이 내게 있었다. 그러나 그뿐이었다. 칼은 날카롭게 벼려졌지만 그뿐이었다. 칼을 칼집에 넣었다. 그녀가 내게 눈길도 주지 않은 채 어떤 놈의 차를 타고 갔다. 이상하게 화가 나는 것인지 아닌지 분간할 수 없었다. 분명한 것은 이제 그녀가 돌아온다면 예전의 그녀는 아닐 거라는 것이다. 아니, 그녀가 아니라 내가 예전의 내가 아닐지도 몰랐다. 그녀가 돌아온다면, 역시나 그다음의 가정은 되지 않았다.

　그녀는 새벽에야 돌아왔다. 술냄새를 풍기며 쓰러지듯 잠들었다. 빚이 있어. 다음날 저녁, 퇴근하고 돌아왔을 때 그녀가 말했다. 언제 그런 일이 있었냐는 듯 말간 얼굴이었다. 그 말간 얼굴이 안심이 되면서도 한편으로는 뻔뻔스럽다는 생각이 들었다. 그녀에게 이런 마음이 드는 내게 놀랐다. 나를 조금이라도 사랑한다면 사과했어야 했다. 해명했어야 했다. 왜 그 차를 탔는지, 왜 나를 바라보지 않았는지. 아슬아슬하게 잡고 있던 줄을 놓아버린 기분이었다. 그녀를 안을 때마다 느꼈던 불안의 실체를 알 것도 같았다. 그녀를 향해 열렸던 문이 언제 닫혔는지 알 수 없었다. 다만 그렇게 닫힌 문이 단단하다는 것만은 알 수 있었다.

나는 빚이 있다는 그녀에게 적지 않은 돈을 주었다. 더는 안 돼. 돈을 받으며 올라갔던 그녀의 입꼬리는 그대로였지만 얼굴 표정이 굳는 걸 놓치지 않았다. 그런 말을 할 필요까지는 없었다. 통장의 잔고는 넉넉했다. 고마워. 퇴근해서 돌아오니 그녀도 그녀의 짐도 없었다. 싱크대 서랍을 열어 마사히로 회칼이 그대로 있는지 보았다. 칼은 그대로 있었다. 왜 그녀가 떠나고 난 뒤 하필 칼이 남아 있나 확인하고 있는지 알 수 없었다. 그녀가 누군가로부터 환희, 하고 불린 뒤부터 모든 것이 달라졌다.

그녀를 찾아 나섰지만 어디로 갔을지 짐작도 할 수가 없었다. 정말 그녀를 찾고 싶은 것인지도 알 수 없었다. 지쳤다는 생각이 들었고, 좀 쉬고 싶었다. 나는 환희라 부르던 그녀의 이름조차 제대로 알고 있지 못했다. 참치 떼를 잡을 때 초록 물감을 던져 시선을 분산시킨다는 말이 떠올랐다. 누군가 그녀 앞에 초록 물감을 풀어놓은 것만 같았다. 그 누군가가 나일 수도 있다는 생각이 들었다. 그녀와의 시간들이 깊이를 가늠할 수 없는 영하 60℃라는 온도에 묻히는 것 같았다.

최 사장 일행은 눈물주로 마지막 건배를 하고 일어섰다. 나갈 때, 토요일 저녁 작은방을 예약했다. 팁을 주는 것도 잊지 않았다. 홀과 주방을 정리하고 오래도록 칼을 갈았다. 그녀가 떠나고 칼로 회를 써는 시간보다 칼을 숫돌에 가는 시간이 더 많은 것 같았다. 물기를 닦은 뒤, 칼집에 넣기 전에 회칼을 바라보았다. 풍천도(風天刀)는 무슨 뜻일까. 내게 회칼은 참치를 써는 데 소용되었다. 내게 이 칼이 없었다면 나는 다른 무엇을 가졌을까. 손바닥을 펴보았다. 손금들이 물에 조금 불어 있었다. 발목의 나비를 떠나보낸 뒤 그녀는 쩨쩨하지 않은 문신을 갖겠다고 했지만 어떤 문신도 새겨 넣지 않았다. 내 손바닥의 손금도 사라질 수 있을까. 나는 오늘도 오지 않을지도 모르는 그녀를 위해 참치를 해동지에 싸서 챙겨 들었다. 챙겨 드는 이 마음이 어떤 마음인지 모르면서 챙겨 들었다.

계단을 올라가려다 말고 걸음을 멈추었다. 현관 앞 계단에 그녀가 쭈그리고 앉아 있었다. 닷새 만이었다. 그녀의 몸은 어둠 속에 묻혀 있었지만, 그녀는 여전히 말간 얼굴로 아무 일 없었던 것처럼 나를 보자 환하게 웃으며 엉덩이를 털고 일어섰다. 그녀를 보자 다시 손끝이 가렵기 시작했다. 두려움이 몰려왔다. 알 수 없는 힘이 어깨를 누르는 듯한 피곤이 몰려왔다.

"아저씨, 나 참치 먹고 싶어."

나는 어정쩡하게 종이 가방을 들어 보였다. 역시, 아저씨가 최고야. 그녀는 현관문을 열자마자 문을 잠글 사이도 없이 나를 끌어안았다. 그녀는 서둘러 신발을 벗고 목에 두르고 있던 긴 실크 스카프를 풀어 내 허리를 감았다. 그녀의 키스는 그 어느 때보다 깊었다. 나는 또 바위보다 더 단단하게 굳는 영하 60℃의 참치 온도를 생각했다. 그녀의 눈이 흔들린다고 생각하는 순간, 무언가가 옆구리를 뚫고 깊숙하게 들어오는 느낌이었다.

대나무꽃이 피자 마을 전체가 술렁였다. 백 년 만에 피는 꽃이라고 했다. 누군가는 길조라고 했고, 누군가는 변고가 생길 일이라고 했다. 대나무 열매를 모으느라 정신없는 사람들도 있었다. 대나무꽃이 지자 그 많던 대숲의 대나무들이 한꺼번에 시들어 죽었다.

손바닥이 사라졌던 간밤의 꿈이 되살아났다. 휘파람 소리가 들렸다. 꿈에서 휘파람으로 불었던 곡이었지만 제목이 생각나지 않았다. 뭐였더라. 익숙한 곡인데. 손끝이 가려웠다.

드라이작 클래식
200mm

너의 흰 등뼈를 검지로 하나하나 쓰다듬고
밤새 사막을 걸어온
네 발가락 사이로 흐르는 모래
털어주고 싶었다.

무심코 소화전을 열어보다 칼과 맞닥뜨렸다. 신문지에 싸인 칼 손잡이가 언뜻 보였다. 겨우 손잡이만 조금 보였을 뿐이었지만 나는 그것이 칼이라는 것을 단박에 알아차렸다. 소화전 안에 들어 있는 칼을 본 순간 몸이 얼었다. 칼이 신문지에 싸여 소화전 안에 들어 있는 상황이 이해되지 않았다. 엉거주춤한 자세로 소화전을 열었던 나는 천천히 허리를 폈다. 소화전을 닫지도 못한 상태에서 한 발 뒤로 물러섰다.

며칠 전 남편 면도기를 인터넷으로 주문해놓은 게 있었다. 택배 기사가 소화전 안에 넣어놓고 갔을지도 몰라 혹시나 하고 열어본 것이었다. 엘리베이터와 우리 집 현관 사이에 있는 소화전이었다. 소화전 안은 감아놓은 굵은 소방호스 앞쪽으로 책 몇 권 세워놓을 정도 공간이 비어 있었다. 언젠가도 교체용 면도날을 주문했는데 택배 기사가 소화전 안에다 물건을 두었다고 문자를 보낸 적이 있었다. 칼과 마주치리라고는 생각해본 적도 없었다.

건조한 먼지와 시멘트 냄새가 섞인 소화전 안에 정물처럼 놓여 있는 칼. 한 번도 사용한 적 없는 소방호스와 무언가를 썰고 다지고, 혹은 찌를 수 있는 칼이 한곳에 들어 있다니. 갑자기 등뒤가 서늘했다. 늘 한쪽은 닫혀 있는, 계단으로 통하는 비상구 문 뒤쪽에서 누군가 바라보고 있을 것만 같은 생각이 들었다. 그 누군가가 칼의 주인일 것 같았다. 당장이라도 문 뒤에서 나와 내 등에 칼을 들이댈 것만 같았다. 생각처럼 발이 떨어지지 않았다. 나는 천천히 소화전 문을 닫았다. 칼을 봉인이라도 하려는 듯. 도어록 비밀번호를 재빠르게 누르고 집 안으로 들어서서 벽에 등을 붙였다. 등은 무사했다. 대체, 누가 거기다 칼을 넣어놓은 것일까?

도무지 손이 떨려 아무것도 할 수 없었다. 아니, 설거지를 했던가, 청소기를 돌렸던가, 빨래를 했던가. 뭔가가 조금씩 흐트러져 있었지만 미처 내가 무엇을 했는지조차 기억나지 않았다. 무엇이든 몸과 정신을 혹사시켜 그 일을 잊고 싶었다. 칼이 그 자리에 그대로 있기를 바라는 것인지 아닌지도 알 수 없었다. 칼이 사라졌다면 방심한 틈을 타 누군가 칼끝을 내게 들이댈 것만 같아 더 무서웠다.

멀리 벨 소리가 들렸다. 베란다에서 마주보이는 고등학교에서 울리는 소리였다. 종소리가 끝나기가 무섭게 아이들이 복도에서 왔다 갔다 하는 모습이 보였다. 그중 몇 녀석이 복도 끝 유리창 밖으로 고개를 내밀고 성급하게 담배를 피웠다. 청소년 폭력이 도를 넘었다는 기사가 심심치 않게 나고 있었다. 저 아이들 중 누군가의 소행일까? 그게 아니라면 앞집에서 우리 집 소화전에 칼을 숨겼을까? 그렇다면 왜? 누가, 우리 집 소화전에 칼을 숨겼을까? 아무리 생각을 안 하려고 해도 집요하게 틈을 비집고 들어왔다.

집 안에 있는 칼을 숨기던 적이 있었다. 알코올이 남편의 정신을 지배했을 때. 아니, 남편이 알코올을 지배하려고 했을 때, 남편은 어느 순간부터 싱크대를 뒤져 칼을 들었다. 남편이 술을 마시기 시작하면 칼부터 숨겼다. 집 안 어디에 숨겨도 찾아낼 것만 같은 불안으로 세탁기 빨래 더미 밑에, 베란다 잡동사니를 넣어두는 저 구석진 곳, 이불 뒤쪽, 또 어디엔가 칼을 숨겼다. 칼을 못 찾으면 머리채를 잡았고, 주먹이 사정없이 날아들었고 발길질이 쏟아졌다. 그래도 칼보다는 낫다는 생각이 들었다. 내가 덜 다쳐서가 아니라 감당할 수 없는 끔찍한 일이 벌어질까 봐 무서웠다.

남편이 술을 마시지 않을 때, 잠들었을 때만 칼을 썼다. 칼이 손가락을 자를 것만 같은 환상에 사로잡혔다. 그 칼로 내 손등을 내리치고 싶은 충동에 휩싸이기도 했다. 되도록이면 칼을 쓰지 않는 요리를 했다. 마트에서 장을 볼 때도 반조리 상태이거나 다듬어 썰어놓은 것들을 골라 샀다. 집에서 반찬을 하는 경우가 드물었다. 점점 마트에서 조리된 반찬을 샀다. 칼이 사람 손에 쥐어지지 않으면 저 혼자 어쩌지 못하는데도 나는 칼이 무서웠다. 한 번 물면 절대 놓지 않는 날카롭고 억센 이빨을 가진 괴물처럼 느껴졌다. 그때부터였을 것이다. 남편에게 등을 보이는 것이 무서웠다. 자주, 느닷없는 순간 등에 칼이 꽂힐 것만 같은 상상에 사로잡혔다.

안방 손잡이를 살며시 돌렸다. 남편은 다행히 아직 잠들어 있었다. 남편이 잠들면 아슬아슬한 평화가 찾아왔다. 컴퓨터를 켜고 메일을 확인하다가 여호수아가 보낸 메일을 보게 되었다. 제목이 'Hello'였다. 안녕하세요, 또는 여보세요. Hello 라니. 누가 나를 불러내고 있는 건가? 외국인 친구가 있을 리 없었다. 그래도 무작정 삭제하지 않은 것은 왠지 스팸메일로는 보이지 않았기 때문이다. 몇 초간 망설인 끝에 메일을 열자 장문의 영어 문장이 화면을 가득 채우며 나를 안심시켰다. 스팸메일을 잘못 열면 불쑥 젖가슴을 드러내거나 엉덩이를 한껏 뒤로 뺀 채 게슴츠레 이쪽을 바라보는 붉은 입술을 가진 여자들과 맞닥뜨리는 수가 있었다.

잘못 날아온 편지를 굳이 읽을 까닭은 없었다. 그래도 나는 그 메일을 삭제하지 못했다. Hello. 여보세요. 그 단순한, 흔하디흔한 Hello가 왈칵 반가웠다. 누군가 나를 부르고 있었다. 나도 누군가를 그렇게 부르고 싶었다. 여보세요. 누구 내 말 좀 들어주세요, 여기 도무지 알 수 없는 칼이 있어요.

결혼하고 팔 년이 지나는 동안, 남편을 끔찍해하던 친정 식구들이나 친구들은 세월이 흐르면서 모두 지쳤다. 아무도 이렇게 사는 나를 이해하지 못했다. 내 뼛속까지 시린 공포를 알지 못했다. 설령 그들이 지치지 않았다 해도 어떤 경우도 내가 될 수는 없었다. 주변에는 아무도 없었다. 남편과 나만이 완벽하게 고립된 세계에 살고 있다는 생각이 들었다.

남편이 환각, 환청에 시달렸을 때, 남편은 누군가 계속 우리 집 현관문을 두드린다고 했다. 누가 왔다고, 빨리 가서 열어보라고. 결국 문을 열면 복도는 텅 비어 있었다. 현관 밖은 완벽하게 고요했다. 누가 온 거 맞지? 누구야? 어지러운 흉터와 사라지지 않는 지린내로 가득한 집 안과 완벽하게 나눠진 고요한 복도. 현관문 밖의 세계가 현실이 맞는지, 환각의 세계는 아닌지 몰라 멍하니 서 있곤 했다. 그랬는데 여호수아가 편지를 보내온 것이다. 도대체 알 수 없는, 잘못 날아온 게 분명한 편지를 구글 번역기에 돌렸다. 마치 내게 보내진 편지이기라도 하듯.

구글 번역기가 제대로 된 문장으로 번역해주리라고는 기대하지 않았지만 단어들을 이리저리 조합해보면 편지 내용을 대충 알 수 있을 듯했다.

구글 번역기의 내용은 뜻밖이었다.

지금 저와 제 동생을 도와주세요. 제 이름은 여호수아입니다. 우리는 아모스의 자식으로, 부모님은 늦은 나이에 우리를 낳았고 얼마 전 돌아가셨습니다. 나는 18살이고 내 동생은 15살입니다. 우리는 지난주에 가나 공화국, 아크라에 도착했습니다. 삼촌이 부친의 재산을 가로채려고 우리를 독살하려 했기 때문입니다. 우리는 시에라리온 공화국의 프리타운에서 탈출했습니다. 삼촌은 아버지와 함께 공장을 운영하며 자동차를 수입했습니다. 외숙모는 밥에 독을 탔습니다. 우리는 밥을 먹지 않고 몰래 쓰레기통에 버렸습니다. 다음날 아침, 그 밥을 먹은 옆집 후더스트 빈의 집 고양이가 죽은 채 발견되었습니다. 우리는 너무 놀랐습니다. 삼촌 집에 있다가는 독살되고 말 것 같아 무서웠습니다. 하나님은 사악한 삼촌에게서 우리 생명을 구했습니다. 당장 시에라리온 공화국에서 도망칠 수밖에 없었습니다.

아버지는 돌아가시기 전에 USD 2,000만 달러를 비밀리에 예금한 것을 알려주었습니다. 그러나 저와 제 동생은 이

돈을 관리하고 유지하기에는 너무 어렵습니다. 우리가 이 돈을 가진 것을 삼촌이 안다면 사악한 그들이 우리를 그냥 둘리가 없습니다. 제발 당신이 우리의 후견인이 되어 도와주시길 바랍니다. 그렇게 해주신다면 저와 동생은 당신에게 200만 달러를 드릴 것입니다. 200만 달러는 당신의 친절과 사랑이 우리를 도와준 데에 대한 보답이 될 것이며, 당신이 진심으로 우리에게 정직할 것을 바라는 것이기도 합니다. 우리는 이제 부모가 없기 때문에 당신이 우리를 사랑하고 돌보기를 바랍니다.

여동생과 저는 당신의 나라에서 공부하고 싶습니다. 저는 의사가 될 것입니다. 우리는 당신의 나라에서 큰 병원을 지을 수도 있을 것입니다. 하나님은, 긍휼히 여기는 자는 복이 있나니 저희가 긍휼히 여김을 받을 것이라고 했습니다. 우리를 위해서 당신에 대해 알려주시길 바랍니다. 당신의 이름은 무엇인지, 무슨 일을 하는 사람인지 알려주세요. 제가 당신과 이 모든 일을 의논할 수 있도록 전화번호를 알려주시길 바랍니다. 제 메일은 savedme@yahoo.com입니다. 꼭 답장을 주시길 원합니다. 당신의 여호수아로부터.

구글 번역기의 문장은 형편없었지만 간추리자면 그랬다. 내가 사는 세계와는 전혀 상관없는, 한 번도 생각해본 적이 없는 내용의 글이었다. 머나먼 별에서 뚝 떨어진 운석이라도 만난 느낌이었다. 어떻게 이 편지가 내게 왔을까.

시에라리온 공화국은 또 어떤 나라인가. 가나 공화국과 인접해 있으면 아프리카 대륙 어디쯤의 나라일까. 가무잡잡한 피부에 깊고 그윽한 눈빛, 야무진 입술의 한 어린 여인을 떠올려본다. 어린 여인은 자신과 동생을 도와달라고 한다. 부모가 죽고, 독이 든 밥을 먹이려 했던 삼촌을 피해 가나 공화국으로 갔다니. 그 일은 정말일까. 정말이라면 그 아이들은 얼마나 무서웠을까. 자신들의 밥을 먹은 고양이가 죽어 있는 걸 본 아이들이 가나 공화국에 가서는 제대로 음식을 먹을 수 있었을까. 이 메일은 진심으로 도움을 요청하는 것일까, 스팸메일인 것일까. 알 수 없었다. 도무지 알 수 없는 일들이 왜 자꾸 내 주변에서 일어나는 것일까. 칼, 칼은 어떻게 된 것일까. 누가 우리 집 소화전에다 칼을 숨겨놓은 것일까. 관리실이든 경비실이든 연락을 해야 하나. 앞집에도 알려야 할까. 소화전에 칼이 들어 있다고. 그 칼 좀 어떻게 해달라고. 그러나 다시 현관 밖으로 나가고 싶지 않았다. 경비나 앞집 여자는 어떤 반응을 할까. 그들은 칼이 왜 거기 있는가에 주목하기보다는 호기심을 숨기지 않고 우리 집 내부를 들여다보려 할 것이다.

며칠 전, 술에 취한 남편이 잠드는 걸 보고 은행 인출기에서 돈을 찾느라 잠깐 나갔다 왔을 때였다. 엘리베이터를 타는

데 휴대전화가 울렸다. 모르는 번호였다. 받을까 말까 망설이는데 엘리베이터가 3층에 멈춰 섰다. 문이 열렸을 때, 남편이 엘리베이터 앞에 있었다. 선뜻 엘리베이터에서 내려서지 못했다. 주머니 속에서 휴대전화 벨 소리가 계속 울렸다. 나가려고 뻗었던 왼발에 걸려 엘리베이터 문이 닫히려다 열리기를 반복했다. 벨 소리가 끊어졌다 싶으면 다시 울렸다. 문이 발에 걸려 덜컹 소리를 내며 다시 열릴 때마다 가슴이 벌렁거렸다. 남편은 셔츠의 한 팔도 제대로 꿰지 못한 채 앙상한 갈비뼈 절반을 내보이고 있었다. 바지는 겨우 허벅지에 걸쳐 있었다. 차고 있던 기저귀가 그대로 보였다. 이불까지 끌고 나와 엘리베이터 앞에 깔고 앉아 있었다. 무슨 힘으로 그랬는지 소화전 문을 열고 묵직한 소방호스를 꺼내 가슴과 목에 감고 있었다. 소방호스 무게 때문인지 뼈만 남은 몸은 더 굽어 겨우 고개만 들고 나를 쳐다보았다. 그 괴기스러운 모습을 보는 순간, 소방호스가 그의 몸에 걸쳐진 게 아니라 내 몸에 천형처럼 둘러쳐진 기분이었다. 발 너비의 공간만큼만 내다보이는 그 찰나에서 그냥 멈춰버렸으면 싶었다. 아니 이대로 엘리베이터 문을 닫고 지하로 내려가 차를 타고 액셀러레이터를 힘껏 밟아 어딘가에 부딪쳐 죽어버리고 싶었다.

남편이 천천히 고개를 들어 엘리베이터를 바라보았다. 움푹 팬 눈이 나를 보고 커졌다. 남편이 내게 갈퀴 같은 손을 뻗었다. 전화벨 소리가 멈췄다. 나는 끌려가듯 발을 뗐다. 빠끔히 문을 열고 내다보던 304호 여자가 나와 눈이 마주치자 슬쩍 문을 닫았다.

남편의 뇌는 알코올로 회복이 불가능한 지경까지 망가졌다. 불과 삼사 년 만이었다. 한 달이 다르게 몸이 망가졌다. 번뜩이는 눈으로 칼을 휘두를 때는 그래도 기력이 있었다. 술을 마시지 않는 동안은 열심히 일을 했다. 지금, 남편은 거동조차 어려웠다. 마흔도 채 안 된 그의 몸과 정신은 노인의 것과 다를 바 없었다. 잠깐잠깐 정신이 돌아왔다. 기저귀를 차야 했다. 그래도 그때는 집 밖으로 나오거나 하지는 않았다.

묵직한 소방호스를 들어 내려놓고 남편을 부축해 일으켰다. 남편의 흘러내리는 바지허리를 한 손으로 잡고 비척비척 집 앞으로 다가가 키를 누르고 문을 열고 현관과 거실을 지나 안방 요 위에 뉘었다. 이불을 가지러 가서 소방호스를 감아 소화전 안에 밀어 넣고 이불을 들었을 때 엘리베이터 문이 열리고 경비가 내렸다. 큰 덩치답지 않게 말이 많은 경비였다. 아주머니한테 계속 전화했는데 안 받으시길래. 나는 대꾸하지 않았다. 먼지가 묻은 이불을 둘둘 말아 들고 집으로 들어오다가 현관 앞에서 주저앉았다. 남편이 어느새 일어나 벽을 더듬어 걸어 나오고 있었다.

남편은 몇 번 더 현관문을 열고 나왔다. 세 정거장 거리의 친정에 다녀왔을 때는 어떻게 밖으로 나왔는지 거리를 헤매고 있기도 했다. 셔츠는 뒤집어 입었고 바지는 지퍼가 내려진 채였다. 맨발이었다. 짧은 시간인데 어떻게 얼마만큼 거리를 헤맨 것인지 얼굴이고 손이고 발이고 긁힌 상처투성이였다. 남편을 차에 태우고 돌아와서 몸을 씻겼다. 몸을 씻기면서 찰싹 소리가 날 만큼 세게 등짝을 때렸다. 이제는 아무런 기력도 남아 있지 않아 나를 어쩌지 못하는데, 찰싹 소리가 욕실에 퍼지자 나도 모르게 흠칫 남편을 바라보았다. 남편은 온몸이 여기저기 부딪힌 멍투성이였다. 누르스름하게 옅어져가는 오래된 멍부터 푸른 멍, 붉은 멍까지 어디 한 곳 성한 데가 없었다.

잠깐의 외출조차 힘들어졌다. 식탁에 멍하게 앉아 있는 날이 많았다. 통장의 잔고가 줄어들고 있었지만 일을 할 수 있는 상황이 아니었다. 어떻게든 되겠지, 라는 생각이었다. 미래를 생각하고 싶지 않았다. 주방 라디오 FM 93.9㎒ CBS 방송에서 흘러나오는 음악이 귓속으로 들어오지 않은 채 흘렀다. 적막이 싫었다. 그렇다고 시끄러운 건 더더욱 싫었다. 다른 라디오 채널은 몇 명의 패널이 수다를 떤다거나, 퀴즈를 푼다거나 전화 연결을 한다든가, 편지를 소개했다. 그런 방송은 어느새 내용이 귀에 들어왔다. 그런 게 싫었다. 볼륨을 낮춰 틀어놓았다. 늦은 밤이나 이른 아침에는 하나님을 찬양하는 노래가 방송되었다. 그러나 상관없었다. 그런 노래조차도 귀에 닿지 않고 그냥 흘렀다. 적막하지 않으면서 시끄럽지도 않았다. FM 93.9㎒ 방송은 짜도 짜도 끝이 나지 않는 뜨개질을 하고 있는 듯했다. 내가 뜨개질을 할 줄 알았다면 내내 아무 무늬도 넣지 않은 넓은 판을 짜고 풀고 또 짜며 아슬아슬한 평화를 이어갔을 것 같았다.

며칠 전부터 편두통이 더 심해졌다. 남편이 칼부림을 할 때도 없던 편두통이었다. 남편이 칼조차 쥘 힘이 없어지고 난 뒤부터 왼쪽 귀 위쪽과 정수리 사이가 쪼는 듯 아팠다. 머리가 미열이 있는 듯 묵직했다. 편두통은 원인이 백 가지도 넘는다는 말에 병원 갈 엄두도 내지 못했다. 참을 수 없을 만큼 아플 때면 진통제를 삼켰다.

컴퓨터를 끄고 베란다에 널어놓았던 은행을 봉투에 담아들고 들어왔다. 묵직했다.

남편이 잠깐 동안 기력을 찾은 어느 날 남편을 부축해 아파트 뒤뜰로 나갔다. 담 가까운 쪽에 오래된 은행나무가 일렬로서 있었다. 사람들 눈에 띄지 않으면서 멀리 가지 않고 산책하기엔 그나마 아파트 뒤편이 나았다. 어느새 은행잎은 다 떨어지고 화단엔 은행도 제법 떨어져 있었다. 남편과 나는 벤치에 앉았다. 가을이 깊었지만 다행히 그리 춥지 않았다. 바람이 가지런히 불었다. 남편이 다시 가을을 맞을 수 있을 것 같지 않았다.

　남편은 눈을 감고 바람을 즐기는 듯했다. 바람에 머리카락이 가늘게 날렸다. 툭, 툭. 남편은 침묵을 깨는 소리가 들릴 때마다 눈을 떴다. 다닥다닥 매달렸던 은행이 제 무게를 이기지 못해 떨어지는 소리였다. 은행. 은행. 남편은 은행이 떨어질 때마다 은행이라고 정확하게 말했다. 환시와 환청, 환각이 아직 남아 있었다. 은행을 은행이라고 말하는 게 놀라웠다. 굴러다니는 먼지 묻은 검은 비닐봉투를 주워 와 은행을 담으며 이게 뭐야? 하고 물었다. 은행. 남편은 뼈만 남은 얼굴에 잔뜩 주름을 잡으며 내가 물을 때마다 지치지도 않고 은행이라고 대답했다. 해가 기울기 시작했다. 바삭 마른 낙엽이 바람에 굴렀다. 화단 밖 소음차단벽 너머 도로에서 차 지나가는 소리가 들렸다. 간간이 은행 떨어지는 소리가 주위를 환기시켰다. 고요하고 평화로웠다. 도대체 누려본 적이 없는 여유 같았다. 언제까지고 은행을 주워 담고 이게 뭐야? 하고 묻고 싶었다. 그렇게 주워 담은 은행을 들고 왔다.

　겹겹이 싸인 비닐봉투 안에서 육질은 잘 물러 있었다. 주워 올 때도 쪼글쪼글한 은행이어서 그런지 구린 냄새가 생각보다 심하지 않았다. 아니, 냄새가 심했는데 내가 미처 모르는 것인지도 몰랐다. 이미 그런 냄새는 익숙했다. 오히려 집 안에 퍼져 있는 냄새가 남편의 몸 냄새나 지린 오줌 냄새라고 생각하지 않고 은행 냄새라 생각하니 견딜 만했다. 일회용 비닐장갑을 끼고 은행 알을 골라냈다. 그렇게 골라낸 은행을 싱크대에 쏟고 물을 틀었다. 고무장갑을 끼고 은행을 비볐다. 몇 번 씻고 나자 은행 씨만 남았다. 생각보다 어렵지 않았다. 물기를 말리려고 베란다에 널어놓았다.

냉장고에 기대앉아 롱노즈를 벌려 은행을 세워 넣고 슬쩍 힘을 주었다. 단단한 껍질에 금이 가면 그걸 벌리고 속껍질에 쌓인 은행을 꺼냈다. 그 일을 아주 천천히 했다. 아직 껍질을 벗겨야 할 은행이 많이 남아 있다는 게 다행스러웠다. 누군가 등을 두드려주는 것 같았다. 은행을 까면서 시간을 버릴 수 있었다. 한 코 한 코 뜨개질을 하듯 은행을 깠다. 이게 뭐야? 은행. 남편이 거스러미 인 입술을 벌려 은행, 하고 발음하던 모습이 자꾸 떠올랐다.

롱노즈에 힘을 주었다. 힘이 너무 들어가 은행이 뭉개졌다. 갑자기 손에 힘이 빠졌다. 대체 칼은, 칼은 어찌된 일일까? 아직도 칼이 소화전 안에 들어 있을까. 누가 무엇 때문에 칼을 거기다 넣었을까. 다시금 의문이 솟았다.

시에라리온 공화국에서 날아온 편지라니. 아니, 가나 공화국으로 옮긴 뒤 보낸 메일이었던가. 지도를 펴놓고 우리나라에서 제일 먼 나라가 어디인지 찾아본 적이 있었다. 결혼하고 얼마 되지 않았을 때였다. 남편이 도저히 찾아낼 수 없을 것 같은, 지도에서조차 찾기 어려운 그런 나라를 찾아 도망치고 싶었다. 우리나라와 생활환경이나 문화가 완전히 다른 나라. 문명이 발달하지 않고 먹을 물을 떠 오기 위해 하루를 소비하는 그런 나라. 수저가 아니라 손으로 밥과 반찬을 비벼 조물조물 먹는 그런 곳으로, 할 수만 있다면 도망치고 싶었다. 그때 지도에서 이름도 낯선 나라들이 스쳐갔다. 시에라리온 공화국도 그렇게 내 손끝이 머물렀을지도 모를 일이었다. 독이 든 밥을 피해 도망친 아이들은 아직 무사할까. 내가 아닌 다른 후견인을 구했을까. 나는 누군가에게 도움을 줄 만한 사람이 못 되었다. 나는 여호수아가 내게 원했던 '내가 누구인지'를 도무지 어떻게 말해야 할지 모르는 사람이었다.

호주에서 살다 잠시 귀국한 친구를 만나러 갔다가 조금 늦은 날이었다. 공교롭게도 나들이 차량이 돌아오는 시간과 겹쳐 차가 밀리기 시작할 때부터 불안했다. 계속 교통방송을 듣고 어떻게든 빨리 가려고 했지만 그럴수록 더 늦었다. 집이 가까워올수록 가슴이 더 뛰었다. 이대로 어디로든 도망갈 수 있으면 좋겠다는 생각을 하면서도 아파트가 보이자 안도했다.

남편은 그날 내가 늦었다는 이유로 삼 년이나 함께 살아온 시츄인 복실이를 죽였다. 남편다운 보복이었다. 문을 열었을 때 달려와 안겨야 할 복실이가 꼼짝을 안 했다. 거실에 소주병이 뒹굴고 있었다. 남편은 서재로 들어갔는지 보이질 않았다. 금방이라도 심장이 터져버릴 것 같았다. 복실이를 부르는 목소리가 떨렸다. 등을 보이고 옆으로 누워 있는 복실이의 짓이겨진 머리에서 뇌수가 쏟아져 나와 있었다. 나보다 더 복실이를 예뻐하던 남편이었다. 입을 맞추고 목욕을 시켜주던 복실이를 그렇게 할 수는 없었다. 차라리 내 머리가 깨졌으면 싶었다. 아니, 그 생각이 들기도 전에 먼저 공포가 엄습했다. 이 남자는 내가 지구 끝 어디로 숨어도 기필코 찾아낼 사람이라는 공포였다. 나뿐만 아니라 나와 관계된 사람들도 가만 두지 않을 거라는 뼛속 깊은 공포였다. 남편은 그걸 복실이를 통해 각인시키고 있었다.

가끔 운명에 대해 생각했다. 나를 만나지 않았다면 남편은 지금 어떤 삶을 살고 있을까, 나는 또. 부질없는 줄 알면서도 불쑥 그런 생각이 들곤 했다.

남편이 공원 아래 카페에서 내게 청혼을 한 것은 세번째 만남에서였다. 말수가 없는 사람이었다. 남들 하듯이 수줍게 반지를 내밀었다. 나는 그 반지를 받지 않았다. 그는 잘생긴 얼굴에 적당한 체격, 좋은 학벌과 명석한 두뇌로 IT업계에서 뛰어난 인재였다. 그에 비하면 나는 아무것도 내세울 게 없었다. 그러나 그런 좋은 조건에도 내 마음이 끌리지 않았다. 남녀가 만나다 보면 흔히 일어나는 일이었다.

그가 내민 반지를 되밀었을 때 그의 얼굴이 굳는 것을 미처

보지 못했다. 그는 식어버린 커피를 다 마시더니 벌떡 일어났다. 내가 일어나기도 전이었다. 카운터로 가서 계산을 한 뒤, 뒤이어 일어나려는 내 손목을 쥐었다. 겨우 세번째 만남이었다. 세번째 만남조차 어색하기 그지없는 만남이었다. 서로를 알기도 전에 반지를 내민 게 잘못이라고 생각했다. 그러나 그는 생각이 달랐다. 무작정 내 손목을 그러잡고 공원 쪽으로 올라가기 시작했다. 그가 왜 하필 공원으로 올라가려 했는지 묻지 않았다. 손목이 아팠지만 그는 잡은 손을 풀지 않았다. 공원으로 올라가는 길, 조그만 슈퍼 한쪽에 쌓아놓았던 빈 박스에서 소주병을 꺼내 벽에 내리쳐 깼다. 병 밑이 날카롭게 깨지는 소리에 내 짧은 비명이 섞여들었다. 그는 나를 쳐다보지 않았다. 일그러진 그의 얼굴이 분노로 치를 떨고 있었다. 그때에야 나는 뭔가 알 수 없는 소용돌이 속으로 휘말려 들어가고 있음을 알았다.

산 아래 공원은 단풍놀이 막바지를 즐기려는 사람들로 붐볐다. 나뭇잎은 제 빛깔의 가장 깊은 색을 내려고 안간힘을 쓰고 있었고, 길가에는 호객꾼들의 확성기 소리와 음악 소리가 귀청을 때렸다. 바닥에 내려앉은 성급한 잎들이 바람에 밀려다녔다. 그는 공원 뒷길로 빠져나와 날카로운 병 끝을 자신의 목에 대고 말했다. 감히 네까짓 게 나를 버려? 나는 꼼짝할 수가 없었다. 그의 뒤에 있던 우람한 은행나무잎들은 늦가을 햇빛을 받아 무더기 금빛으로 뒤치며 흔들리고 있었다. 잎 사이로 창끝처럼 쏟아져 내리는 햇살, 잎들은 바라 부딪치는 소리로 쟁쟁거렸다. 작두에 올라선 신 내린 여자의 버선발 같았다. 쟁쟁쟁쟁, 어지러웠다. 이 자리에서 내가 죽어줄까? 그는 정말 그럴 수 있을 것 같았다. 겨우 세 번 만났지만 가벼운 사람은 아니었다. 그가 무서웠다. 극한의 공포는 그를 거부하는 어떤 행동도 하지 못하게 만들었다. 무슨 일을 저지를지 몰랐다. 그의 미늘에 깊숙이 꿰여 피를 흘릴 수밖에 없었다. 손목을 얼마나 세게 잡았는지 일주일 넘게 푸른 멍이 가시지 않았다. 그는 그 손목에 시계를 채워주었다. 한동안 잎들이 노랗게 물들어 빽빽하게 매달려 있는 은행나무 아래를 지나기가 힘들었다. 채채채쟁거리는 바라 소리처럼, 나는 그에게 손목을 잡힌 날부터 내내 떨었다.

그는 사회적으로 유능한 사람이었다. 여직원들에게는 다정하고 자상한 상사였다. 업계에서는 추진력 있고 결단력이 빠르고 정확한 사람으로 평가했다. 술은 입에도 대지 않는 사람이라고 알고 있었다. 그는 자신의 목에 깨진 병 끝을 대는 듯한 심정으로 모든 일들을 끝까지 성사시켰다.

퇴근하는 길에 소주를 사 들고 왔다. 처음엔 업무 스트레스 때문에 술이라도 한잔 마셔야 잠들 수 있다는 그의 말을 곧이곧대로 믿었다. 자라면서 사랑받지 못한 사람이었다. 왼쪽 팔뚝에 담뱃불로 지진 자국과 칼자국이 어지럽게 나 있었다. 남편은 여름에도 긴팔 셔츠를 입었다. 남편에게 상처에 대해 물었을 때, 으응 그냥, 하고 얼버무렸다. 얼마 지나지 않아 그것이 스스로 낸 상처라는 걸 알 수 있었다. 자해를 하는 동안 어떤 마음이었을까 짐작도 되지 않았다. 제 몸에 불이나 칼을 대면서 견뎌야 했을 그 많은 밤이 고통스러웠으리라는 생각은 들었다. 나는 비겁하게 운명에 순응하듯 살면서도, 그의 눈빛이 무서워 피하면서도, 한 발짝도 집 밖으로 나가지 못하는 주제에 이름도 모르는 오지의 나라를 찾아 지도에 손끝을 대면서도, 그의 고통을 나눠 가짐으로써 그를 바꿔낼 수 있으리라 믿었다. 어느 날 술 취해 주정처럼 내뱉던 그의 사랑받지 못했던 불우한 환경과 그 환경을 이겨내고 지금 이 자리에 올라선 그를 보듬을 수도 있을 것 같았다. 어리석은 오만이었다.

그가 나에게 첫눈에 반하지 않았다면, 첫눈에 반한, 사회적으로 별 볼일 없는 내가 그의 사랑을 거절했다면 그는 어떻게 되었을까. 그가 하루도 빼놓지 않고 술을 마실 때, 나는 두려워서라도 진심으로 그를 사랑하려고 했다. 그가 술을 마시는 데는 내 탓도 있었다. 별것도 아닌 내가 자신에게 온전히 마음을 주지 않고 진심으로 고마워하지도 않는 데에 화를 냈다. 잘하려고 했다. 진심으로 좋아하려고 했다. 하지만 마지막 한 겹은 끝내 벗겨지지 않았다. 좋아하는 감정이 이성으로 해결되지 않는 게 원망스러웠다. 예민한 촉을 지닌 남편이 그 한 겹을 모를 리 없었다.

긍휼히 여기는 자는 복이 있나니 저희가 긍휼히 여김을 받을 것이라. 메일의 그 글귀에 오래 마음이 머물렀다. 종교를 가져본 적이 없었다. 봄이면 일주일에 두어 번은 교회 신도들이 전도를 하느라 벨을 누르기도 했다. 도어뷰 렌즈로 밖을 내다보고 서성이는 이가 둘이면 아예 문을 열어줄 생각도 안 했다. 신에게 매달릴 만큼의 여유도 없었다. 견뎌낸다는 생각도 하지 않았다. 단지 등뒤가 무서웠다. 남편 앞에서 등을 보이지 않으려고 했다. 언제 무언가가 날아들지 몰랐다. 외출할 때는 언제나 백팩을 메고 나갔다. 밖에서도 등이 비어 있으면 불안했다.

남편이 만취한 상태에서 비틀거리며 칼을 들었을 때, 칼은 늘 잘못 날아왔다. 남편이 던진 칼은 냉장고에, 싱크대에, 식탁에, 벽에 수많은 자국을 남겼다. 한 번도 내 몸에 상처를 내지는 않았다. 어느 때는 그 칼이 나를 향하고 있기나 한 것인지 의심스러운 적도 있었다. 그렇다 하더라도 그가 칼을 들고 비틀거리며 내게 다가오는 상황은 언제나 끔찍했다. 이제는 집 안 곳곳에 낼 수밖에 없던 칼자국을 보는 일이 그리 힘들지 않았다. 오히려 그 자국들이 익숙해져 처음부터 그런 칼자국을 갖고 있던 것은 아닌가 하는 생각도 들었다.

남편이 내게 칼을 선물한 적이 있었다. 결혼 초, 독일에 출장 갔다 왔을 때였다. 드라이작 클래식 200mm. 칼 이름이었다. 삼지창 그림이 손잡이 부근, 작고 둥근 원 안에 그려져 있었다. 칼은 지문이나 먼지 하나 없이 깨끗했다. 칼 상자 안에는 메모용 카드가 들어 있었다.

눈을 뜰 때, 내 옆에서 당신이 자고 있다는 것이 얼마나 다행스러운지 몰라. 나와 결혼해주어서 고마워. 이 칼로 맛있는 요리 부탁해.

향수나 반지, 목걸이나 귀걸이, 핸드백이나 지갑, 스카프. 선물로 살 것들은 얼마든지 있었다. 그러나 남편은 칼을 선물했다. 물론 독일의 칼이 유명하다는 것은 모르지 않았다. 하지만 칼은 뜻밖이었다. 편지 역시 의외였다. 그는 문자도 하지 않는 사람이었다. 남편이 칼을 빌려 내게 고백을 하고 있었다. 그는 따뜻한 가정을 오랫동안 꿈꿔왔다고 했다. 아이들 소리로 거실이 시끄럽고, 음식을 하느라 분주한 주방, 함께 밥을 먹고, 텔레비전을 보고, 여행을 다니는 화목한 집안.

나는 그를 위해 요리했다. 칼은 처음부터 내 손에 꼭 맞았고, 무엇이든 원하는 대로 잘렸다. 그를 위해 무채를 썰었고, 호박전을 부쳤고, 부글부글 찌개를 끓였다. 아침저녁, 늘 새로 지은 밥을 내놓았다. 그러나 칼로 무엇이든 요리할 수 있었지만, 마음은 요리되지 않았다.

남편이 술 취해서 처음 그 칼을 들었을 때, 나는 그의 팔뚝에 새겨진 수많은 흉터를 떠올렸다. 요리를 하느라 칼이 낸 수많은 상처도 생각했다. 요리되지 않는 내 마음도 떠올렸다.

여호수아의 편지를 읽는 동안 칼이 낸 오래된 흉터를 보는 듯한 느낌이었다. 편지가 잘못 날아와 박힌 칼자국처럼 생각되었다. 편지가 난데없이 날아와 낸 자국이 싫지는 않았다. 남편 몰래 이혼서류를 만들고, 남편의 폭력성을 증명할 증거들을 만들 때가 있었다. 늘 도망치고 싶었다. 이제는 도망칠 수 있었다. 나는 이렇게 남아서 이 지옥을 견디고 있는 나를 이해할 수 없었다. 소주병에 빨대를 꽂아 남편에게 건넬 때, 내 마음은 그가 죽기를 바라는 것인지 회복되기를 바라는 것인지 알 수 없었다. 알량한 책임감도, 오만도 사라진 지 오래였다. 그런데도 그 곁을 떠날 수 없었다. 어느 누구에게도 설명할 수 없고 설명되지 않는, 시간이 우리 부부에게 쌓은 퇴적물이 있었다.

그는 지금도 제 몸에 숱한 상처를 남기고 있었다. 내게 향해 있던, 늘 엇나가던 그 칼끝이 실은 자신을 향하고 있었다는 것을 나는 알고 있었다. 내 끝내 벗겨지지 않는 한 겹에 절망하면서. 그의 무서운 눈빛이 아니라, 팔뚝에 새겨진 수많은 상처만 각인되었다. 그 상처에 더 많은 상처를 덧댄 장본인이 나였다.

　남편이 앙상한 뼈만 남은 몸으로 어디서 찾았는지 모를 칼을 들고 내게로 온 적이 있었다. 죽여버리겠다고 비척대며 걸어왔다. 칼을 들 힘도 없는 상태였다. 그때는 정말 죽어버리고 싶은 생각도 있었다. 의식과 무의식 사이, 어떤 무엇이 그를 질기게 붙드는지 알 수 없었다. 그가 다가왔을 때, 나는 그가 가여워서 가만히 안았다. 그는 아이처럼 순하게 내 품으로 들어왔다. 그의 앙상한 등뼈를 어루만졌다.

　남편은 내가 잠이 들려고 하면 부스럭거리며 일어났다. 깊은 잠을 들 수가 없었다. 남편은 환(幻)의 세계에서 살았다. 혼자 중얼거렸고, 내가 보지 못하는 것을 보았고, 내가 있는 곳이 아닌 다른 세계에 발을 담그고 있었다. 어떤 사고를 칠지 몰라 그를 따라다녀야 했고, 무의미한 말대꾸를 해줘야 했다. 나는 가끔 거실에서 무연히 현관을 바라보는 나를 보게 되는 경우가 있었다. 저 현관문만 열고 나가면 먼지조차 가라앉은 고요한 세계가 있었다. 그 세계에 발을 딛고 싶었다. '평범'이 어떤 것인지도 모르면서 평범하게 살고 싶었다. 모서리마다 칼자국이 없는 곳에서 살고 싶었다. 그러나 나서지 못했다. 칼은 아직 거기, 소화전에 있을까. 우리 집과 복도를 가르는 그곳, 현실과 환각이 공존하는 그곳, 소화전에 아직도 칼은 있을까.

은행 알을 프라이팬에 올려놓고 불을 약하게 켰다. 은행이 익으면서 속껍질이 갈라지고 연둣빛 속살이 투명하게 드러났다. 은행은 고소하면서도 쌉싸래했다. 쌉쓰름한 뒤끝이 좋았다. 입에 넣기 전 속껍질을 벗겨 투명해진 은행을 낯선 듯 바라보았다. 이게 뭐야? 은행. 챙챙챙챙.

안방에서 기척이 들렸다. 라디오에서 흘러나오는 노랫소리를 뚫고 들려오는 저 소리. 내 귀는 내내 안방에 붙박여 있었는지도 몰랐다. 은행과 롱노즈를 한쪽으로 치워놓았다. 잠시의 평화가 깨졌다. 냉장고에서 소주병을 꺼내 빨대를 꽂아 들고 방문을 열었다. 남편은 방 한가운데 누런 오줌을 싸놓고 힘겹게 기저귀를 벗으려 하고 있었다. 오줌은 이불 끝으로 스며들고 남편이 뜯어놓은 기저귀에서는 수분흡수젤 알갱이들이 쏟아져 나왔다. 이미 오줌을 흡수한 누렇고 푸른 알갱이들이 사방으로 흩어져 있었다. 서둘러 남편의 기저귀를 벗기고 물수건으로 사타구니를 닦고 새 기저귀를 채웠다.

그는 무표정한 눈빛으로 나를 바라보았다. 요에 누이고 고개를 옆으로 돌려 소주가 든 빨대를 입에 물렸다. 이제 그의 몸과 정신을 병들게 했던 소주만이 유일한 식사이자 약이었다. 방바닥에 흥건한 오줌과 수분젤 알갱이들을 쓸어 닦았다. 알갱이들이 장판에 달라붙어 잘 쓸리지 않았다. 머리 한쪽 끝이 쪼개질 듯 아팠다. 욕조에는 아침에 담가놓은 이불이 아직 있었다. 세탁기에 이불빨래를 돌리는 걸 잊고 있었다. 덮을 이불이 남아 있는지 모르겠다. 이불장을 열어 별 수 없이 때 이른 겨울용 극세사 이불을 꺼냈다.

무언가 이불 사이에서 떨어지는가 싶었는데 발가락 사이에서 찌르는 듯한 통증이 느껴졌다. 나도 모르게 비명을 지르고 주저앉았다. 발등과 골 사이에서 피가 나왔다. 발 앞에 칼이 떨어져 있었다. 드라이작 클래식 200mm. 왜 이불 속에서 이 칼이 나온 것인지 알 수가 없었다. 발에서 피가 스며 나와 방바닥을 적셨다. 우선 남편의 기저귀로 발을 감싸고 거실로 나왔다. 거실 서랍에서 소독약을 꺼내 상처에 바르고 거즈를 대고 압박붕대로 감았다. 그나마 어딘가에 수시로 부딪히는 남편 때문에 구급약이 상비되어 있어 다행이었다. 피는 멈췄지만 뭉근한 통증이 계속되었다. 칼이 조금만 비껴 발등 한가운데 박혔더라면 어찌되었을까.

주방으로 가서 싱크대 문을 열었다. 칼이 없었다. 과도도, 큰 칼도, 오렌지용 칼도 없었다. 그동안 칼을 쓰지 않아서 칼이 없다는 생각조차 못했던 것일까. 칼을 버린 기억이 없었다. 그렇다고 이불 속에 넣어놓은 기억도 없었다. 어찌된 일일까.

방 안에 칼을 그대로 놓고 나왔다는 데 생각이 미쳤다. 절뚝거리며 안방으로 달려갔다. 칼이 있던 자리, 칼이 보이지 않는다! 꿈이었나. 내 발에 감긴 붕대에 피가 연붉게 스며 나오고 있었다. 칼이 어디로 간 것일까. 장롱 밑도 보고, 이불 속도 뒤져보았다. 욕실에도 없었다. 구석구석 뒤져도 없었다. 힘이 쭉 빠졌다. 칼에 발이 달리지 않고서야. 남편을 바라보았다. 어느새 소주를 빨아 마셨는지 반 뼘 정도 줄어 있었다. 남편이 덮고 있는 이불 속을 뒤져보았다. 없었다. 남편 몸 아래를 손바닥으로 훑었다. 요 밑에서 무언가 걸렸다. 요를 들춰보았다. 칼이, 요 밑에 있었다. 남편이 숨긴 것일까? 남편은 잠들어 있었다. 숨소리조차 들리지 않는 잠이었다. 라디오 음악 소리가 희미하게 들렸다. 음악은 사막의 모래바람처럼 뿌옇다. 옆으로 누운 그의 등뼈가 다른 날보다 더 도드라져 보였다. 우리를 위해서 당신에 대해 알려주시길 바랍니다. 당신의 이름은 무엇인지, 무슨 일을 하는 사람인지 알려주세요.

은행을 롱노즈 사이에 넣고 살짝 누를 때 나는, 작고 가는 딱딱한 무언가가 가늘게 금이 가는 소리가 들렸다.

허니문 카

여기야. 어때, 명당이지?

L의 목소리가 과장되게 높았다. 주변을 둘러보던 남편이나 아이들은 아무도 대꾸하지 않았다. L만 들떠 있었다.

아참, 삼겹살을 구워야지. 뭐니 뭐니 해도 이런 데선 삼겹살 냄새를 풍겨줘야 놀러온 기분이 나지. 백숙도 해먹어야 하고. 들고 올 땐 힘들어도 해먹을 땐 기분 좋거든. 전국에서 취사를 할 수 있는 유원지는 여기밖에 없을걸?

L이 자랑하듯 말하며 버너 점화 손잡이를 돌렸다. 딸각딸각. 마른 소리만 날 뿐 점화되지 않았다. 몇 년 동안 사용해본 적이 없는 버너였다. 점화기 부근에 녹이 슬어 있었다. 휴대용 가스통을 흔들어 다시 끼우고 점화 버튼을 돌렸지만 소용

없었다.

큰애가 가방 속주머니에서 라이터를 꺼내 L이 점화 스위치를 돌리고 있을 때 불을 켰다. 냉랭하던 버너 화구에 확, 불이 붙었다. 됐다! L은 박수라도 칠 듯이 기뻐했다. L은 버너에 불이 붙자 프라이팬을 올려놓고 바쁘게 삼겹살을 굽기 시작했다. 고기가 익는 사이 밥통을 꺼내고 반찬통의 뚜껑을 열었다. 남편과 아이들이 젓가락과 숟가락을 챙겨 들었다. 바닷물을 인공으로 막아 물을 채운 수영장 때문인지 떠다니는 공기가 비릿했다. 삼겹살 익는 냄새와 무지근한 비린 냄새가 섞여 더웠다. 바람은 불지 않았다.

남편은 유원지 근처에서 산 수박을 들고 오느라 지쳐 구겨진 인상을 펼 생각을 안 했다. 수박을 살 때부터 화가 나 있었다. 무조건 골라서 한 통에 만 원만 내라는 주인의 말에 L은 산더미처럼 쌓인 수박 중에 제일 큰 수박을 찾느라 눈을 부라렸다. 다 먹지도 못할 거 적당한 거 사자는 남편의 말은 들은 척도 안 했다. 다른 수박보다 눈에 띄게 큰 수박을 가리키며 의기양양 주인에게 만 원을 내밀었다.

삼겹살 익는 냄새가 났다. L은 김치와 멸치볶음, 가지무침을 꺼내고 상추와 깻잎과 마늘, 고추장을 꺼냈다. 작은애가 상추에 삼겹살을 두 점이나 올리면서 투덜댔다.

상추가 물렀어.

남편이 나무젓가락을 가르며 중얼거렸다. L이 군데군데 검게 짓무른 상추 몇 장을 돗자리 밖으로 던졌다. L은 가지무침을 집어 먹다가 인상을 찌푸렸다. 가지무침이 잘 쉬긴 해도 아침에 무쳐서 괜찮을 줄 알았다. L은 가지무침을 제 앞에 놓고 먹었다. 남편은 프라이팬 한쪽에 신김치를 올려놓았다. 마늘도 몇 쪽 올려놓았다. 땀이 줄줄 흘렀다. 냄새를 맡은 파리들이 윙윙거렸다. 손으로 휘저었지만 소용없었다. 닭 주변에도 피 냄새를 맡고 파리들이 몰려들었다.

내가 한 근 더 사자고 했잖아.

남편이 빈 프라이팬을 바라보고 입맛을 다셨다. 어느새 소주 한 병을 다 비우고 다른 소주병 뚜껑을 돌리고 있었다. L이 소주를 한 병만 챙겼는데 남편이 한 병 더 봉투에 넣은 모양이었다. 퍽퍽하고 질긴 삼겹살 한 근을 금방 먹어치웠다. 프라이팬에는 졸아붙은 김치 한 쪼가리밖에 없었다. L은 겨우 세 점밖에 먹지 못했다. L도 한 근 더 살걸 그랬다고 후회를 했지만 입 밖으로 내뱉지는 않았다. 닭 삶을 준비를 했다.

무슨 이런 데 와서 닭을 삶아 먹는다고 난리야. 간단하게 삼겹살이나 구워 먹으면 되지. 놀러 다녀봤어야 뭘 알지?

그런 소리 말아요. 놀러 다니지는 않았어도 평생 놀러온 사람들만 보고 살았어요. 알아도 내가 더 잘 알아요. 우린 백숙을 먹어야 해요.

L이 결연하게 말했다.

L은 식수대에 가서 닭 두 마리를 씻어 배 안에 찹쌀과 마늘을 넣어 냄비에 넣고 물을 받았다. 닭다리 한쪽이 냄비 밖으로 비어져 나왔다. 닭다리를 엇갈려 겨우 냄비 안으로 밀어 넣었다.

수박을 쪼개려고 했지만 칼이 보이지 않았다. 싱크대 위에 과도를 올려놓고 그냥 나온 것 같았다. 잘 챙긴다고 과도와 버너 연료 두 통을 싱크대 위에 얌전히 올려놓고 그냥 나왔다는 데 생각이 미쳤다. 요즘은 잘 챙기려고 하면 더 잊었다. 작은애가 손날을 세워 내리쳤지만 수박은 깨지지 않았다. 손날을 감싸 쥐고 흔들었다. 남편이 주먹으로 수박을 내리쳤다. 퍽 소리와 함께 수박이 쪼개졌다. 남편이 모처럼 의기양양한 표정을 지었지만 다들 깨진 수박만 바라보았다. 수박은 너무 익었는지 가운데가 비어 있었고 색도 신선해 보이지 않았다.

수박이 곯았나 봐. 좀 이상한 맛이 나는데?

먼저 한 입 베어 문 큰애가 입속에 든 걸 뱉으며 말했다.

그러게 꼭지가 성성한지도 보고, 두드려도 봐야 한다니까 무조건 큰 거만 찾더니.

남편이 기다렸다는 듯이 말했다. L이 수박 한 쪽을 들고 냄새를 맡았다.

가운데 쪽만 그런 거니까 거기만 숟가락으로 걸어내고 먹으면 돼.

엄만 맨날 그런 식이야.

큰애가 투덜거렸다. L은 그런 식이 어떤 식을 말하는지 궁금했다. 맛이나 신선도는 보지도 않고 무조건 큰 것만 고르는 걸 말하는 건지, 뭐든지 대충 먹으려는 걸 말하는 건지, 그도 아니면 또 다른 어떤 식이 있는 건지 L은 묻지 않았다. 그런 사소한 걸로 나들이를 망치고 싶지 않았다.

닭이 든 냄비를 버너 위에 올려놓고 점화 손잡이를 돌렸지만 또 불이 켜지지 않았다. L이 한숨을 내쉬며 큰애를 바라보았다. 큰애가 남편 눈치를 보면서 라이터를 꺼내 불을 켜 점화기에 가져다 댔다. L이 다시 비어져 나온 허연 닭다리를 냄비 안으로 밀어 넣었다.

왜 네 주머니에서 라이터가 나와?

남편이 종이컵에 소주를 따르며 물었다.

길에서 주웠대요.

L이 머뭇거리는 큰애 대신 재빠르게 대답했다. L은 큰애가 담배 피우는 것을 알고 있었지만 모르는 척했다. 줍는 거 좋아하시네. 남편이 투덜거렸지만 잘 들리지 않았다. L은 남편이 큰소리를 낼까 봐 얼른 수박 한 쪽을 내밀었다.

됐어. 곯은 수박이나 사는 주제에.

남편은 L이 내민 수박은 쳐다보지도 않고 술잔을 비웠다.

L은 주제라는 말에 발끈했지만 두 눈을 가늘게 뜨고 째려보는 것으로 대신했다. 술 취하면 입이 거칠어지는 남편을 이해하기로 했다. 오늘은 이해해야 했다.

작은애가 큰애에게 물속에 들어가자고 했다. 큰애가 물속으로 들어가려는 작은애를 데리고 옷가방을 챙겨 탈의실로 갔다. 어차피 수영복은 없었다. 집을 나설 때 얇은 반바지와 민소매 티셔츠를 챙겨 들고 나왔다. 다행히 다른 사람들도 수영복을 입지 않았다. 이런 데서는 수영복을 입는 게 오히려 이상할 것 같았다. L은 그렇게 생각하는 자신에게 갸웃했다. 여긴 그런 곳이었다. 수영복은 유원지 오른쪽에 있는 물썰매장을 겸한 수영장에 가는 사람들이나 입는 것이었다.

술에 취한 남편이 돗자리 모서리 쪽에 기역자로 누웠다. 남편의 얼굴빛이 햇빛 아래에서 보니 더 검게 보였다. 금세 입을 벌리고 코를 골았다. 남편이 잠결에 제 얼굴을 때렸다. 파리 몇 마리가 남편 주위를 날아다녔다. 돌출된 앞니에도 파리가 앉았다가 날아갔다. L은 삼겹살 구울 때 기름이 튈까 봐 깔았던 신문지를 접어 남편 얼굴에 달라붙으려는 파리를 쫓고 부채질을 해주었다.

멀리 높게 서 있는 회전관람차가 하늘을 가르며 천천히 돌고 있었다. L은 회전관람차를 뒷목이 뻐근해지도록 바라보았다. 눈이 시려 눈물이 났다.

L은 수박을 들고 먹었다. 씨가 많은 수박이었다. 싼 수박일수록 씨가 많다는 걸 알고 있었다. L은 입 안에서 수박씨를 모아 입술을 오므린 다음 힘껏 멀리 뱉어보았다. 돗자리에서 두세 걸음 떨어진 자리에 수박씨들이 떨어졌다. L은 손을 바꿔가며 신문지로 부채질을 하고 수박을 먹고 씨를 멀리 뱉었다. 모랫바닥에 검은 씨가 점점 많아졌다. 탈의실에서 옷을 갈아입고 나온 아이들이 입었던 옷이 든 가방을 던져놓고 물속으로 들어갔다. 닭 국물이 끓기 시작했다. L은 버너 불을 약하게 하고 국물이 넘치지 않도록 뚜껑을 비스듬히 덮었다. 아이들이 들어간 지 얼마 되지 않아 물속에서 나왔다.

완전 똥물이야.

큰애가 티셔츠를 벗어 쥐어짜면서 말했다.

샤워장에 다녀온 아이들이 뭐 먹을 게 없나 봉투를 뒤적거렸다. 감자칩 과자를 한 봉지씩 챙겨 들고 먹기 시작했다. L이 끓어오른 거품을 걷어냈지만 닭은 아직 익지 않았다. 버너의 불꽃이 간당간당했다. L이 다른 버너에서 가스통을 꺼내 흔들어보았다. 가스가 절반도 남아 있지 않았다. 가스를 갈아 끼우자 다시 국물이 끓었다. L은 아이들에게 누가 수박씨를 멀리 뱉나 내기하자고 제안했다. 수박이 곯았다고 싫다고 하는 아이들을 이기면 만 원을 주겠다고 설득했다. L은 유원지에 놀러오게 되면 수박씨 멀리 뱉기 놀이를 꼭 하고 싶었다.

아이들은 인심을 쓰듯 고개를 끄덕였다. 셋은 돗자리 끝 쪽에 일렬로 서서 차례로 수박씨를 힘껏 뱉었다. 5판 3승제였는데 큰애가 내리 세 판을 이겼다. 생각보다 재미있지 않았지만 그래도 식구들과 무슨 놀이를 해본 기억이 없는 L로서는 충분히 기분 좋았다. L은 지갑에서 만 원을 꺼내 주었다. 어차피 입장료도 안 내고 들어왔으니 그 정도는 써도 될 거 같았다. 작은애가 만 원을 든 큰애를 따라나섰다. 놀이시설도 반값이니 두 가지는 탈 수 있을 거였다. L은 어느새 모여든 파리들을 내쫓고 신문으로 부채질을 했다. 남편이 코를 골았다. L은 부채질을 하다가 신문에 실린 '부산 해운대 피서객 100만 인파 몰려'라는 기사 헤드라인을 읽었다. 물놀이를 하는 피서객 사진이 실렸는데 사람들이 파리 떼처럼 보였다. 한때는 이 유원지의 피서객 인파도 뉴스 기사가 되었다.

그런데 100만 명이 왔다는 걸 어떻게 알지? 일일이 세지도 못할 텐데.

L이 궁금해할 줄 알았다는 듯이 그 옆에 박스 기사로 '해운대 100만 명 어떻게 셀까'가 실려 있었다. L은 부채질을 하다 말고 기사를 읽었다.

많은 사람의 수를 헤아리는 수학 원리가 있는데, 그걸 '페르미 추정법'이라고 한다고 했다. 먼저 해운대 해수욕장의 특정 부분, 1㎡ 공간에 있는 사람의 수를 세고, 만일 17명이 있다면 여기에 해운대 해수욕장의 총면적 5만 8400㎡를 곱한다. 그렇게 하면 약 99만 2800명이라는 숫자가 나온다는 것이다. 숫자를 어림수로 산출할 때 사용하는 방법이라고 했다. L은 다시 파리를 쫓고 부채질을 했다. 페르미 추정법이라는 어려운 말만 빼면 특별한 방법도 아니었다.

L은 파리를 쫓다가 파리의 몸통 빛이 청보라인 것을 새삼스럽게 알았다. 그러고 보니 파리가 움직일 때마다 빛의 각도에 따라 색이 달라 보이기까지 했다. 파리라고 우습게 보았더니 그 빛이 묘하다는 생각까지 들었다. L은 부채질을 하면서 마치 새로운 것이라도 발견한 양 신기한 눈으로 붉은 수박에 앉은 파리를 바라보았다.

남편이 숨을 내쉴 때마다 입냄새가 날 것 같았다. 잘 때도 이마에 주름이 잡혀 있었다. 큰애 이마의 주름이 남편을 닮았다. 파리가 남편의 입술에도 달라붙었다. 그럴 때마다 남편이 입맛을 다셨다.

L은 하는 둥 마는 둥 부채질을 하면서 유원지를 바라보았다. 70년이 넘은 유원지였다. 십여 년 전부터 적자를 이어오다가 결국 유원지 전체를 폐장하기에 이르렀다. 시에서는 기업과 손을 잡고 더 많은 돈을 투자해 대단위 관광단지를 조성해 해외 관광객까지 끌어들일 수 있는 시설을 갖추겠다고 발표했다. 오늘이 유원지 폐장하는 날이자 무료입장 마지막 날

이었다. 무료입장인데도 입장객이 별로 없었다. 한때는 이 도시 아무 집에나 들어가 앨범을 찾아 펼쳐보면 이 유원지에서 찍은 사진 한 장은 나올 정도로 유명한 곳이었다. 이 도시의 개항기 역사에도 등장하는 유원지였다.

L은 이 유원지를 처음 찾았던 날을 떠올렸다. 20년도 훨씬 더 된 일이었다. L은 전자공장에서 선풍기 기판에 나사못을 박는 일을 했다. 그해 IC 회로를 장착한 신 모델은 불량이 잦았다. IC 선풍기를 수리하랴 일반 선풍기를 만들랴 야근을 해도 물건이 모자랐다. 폭염이 계속되자 너도나도 선풍기를 찾는 바람에 한여름까지 선풍기를 조립해야 했다. 환풍기 시설이 제대로 되어 있지 않은 작업장은 늘 먼지로 목이 아팠다. 각자 선풍기 한 대씩 끼고 작업을 하고, 중간중간 대형 선풍기가 돌아갔지만 작업장은 무더웠다. 씻지도 못하고 쓰러져 잠드는 날도 많았다. 하지만 촌에서 살다 이 도시로 온 L에게는 모든 것이 새로웠다. L은 하루 종일 허공에 매달린 에어드라이버로 나사를 박느라 팔을 들어올릴 힘도 없었지만, 한 사람 한 사람의 손을 거쳐갈 때마다 점점 선풍기 모습을 갖춰나가는 일련의 과정이 자못 신기했다. 스티로폼 박스에 선풍기를 넣은 뒤, 종이 박스에 담고 밴딩 작업까지 끝낸 선풍기가 출고를 기다리며 쌓여 있을 때는 팔을 주무르면서도 뿌듯했다.

유원지에는 한여름 절정이 지나가려던 때에 조별 단합대회 겸 야유회로 갔다. 몇몇 기업체에서 유원지 둘레에 설치된 가건물을 임대해 직원들이 휴가철에 쓸 수 있도록 해놓았다. 가건물이라고 해봤자 내부 시설도 없이 앞면은 뚫려 있고, 바닥에 나무 마루가 깔려 있는 정도였다. L은 가건물 상단에 자신이 다니는 전자공장 이름이 붙은 플래카드를 자랑스럽게 바라보았다. 먼지가 날리고 햇볕이 내리쬐는 모랫바닥에 돗자리를 깔지 않아도 되었다. 자리를 잡자마자 삼겹살을 굽고 술판을 벌였다. 멀리 놀이기구 타는 데서 쿵쾅대며 음악이 울려퍼졌다. 술이 들어가자 아는 노래가 나오면 한둘이 먼저 흥얼거렸고 너도나도 박수를 치며 따라 불렀다. 누군가는 소주병에 숟가락을 넣어 흔들며 박자를 맞췄고, 누군가는 엉덩이를 흔들었고, 재주를 넘기도 했다. 그럴 때마다 마룻바닥이 삐걱거렸다. 공장 안에서 묵묵히 나사를 박던 사람들과는 판이하게 달랐다. 더운 공기 속에 사람을 들뜨게 하는 마약이라도 뿌려진 듯 모두 과장되게 웃고 떠들었다. 기혼자도 있었지만 스물 중반의 젊은 사람들이 많은 부서였다. 누군가를 의식한 행동이었다. 수컷 공작이 한껏 날개를 펴는 것과 같았다.

L은 자유 시간에 유원지를 한 바퀴 돌았다. 유원지 입구에 있는 여러 개의 요술거울 앞에서 한참을 서 있었다. 한 거울은 L이 거꾸로 보였다. 어떤 거울은 하반신 부분이 제멋대로

휘어졌고, 다른 거울은 기린처럼 길게 보였다. L 뒤에 서 있는 나무도 마찬가지였다. 그때 거울 속으로 누군가 다가섰다. T였다. L보다 3개월 먼저 입사했고, L 옆에서 일했다. L에게 에어드라이버로 나사 박는 법을 가르쳐줬고, 일이 익숙지 않아 밀릴 때 L의 일을 대신 해주기도 했다. L은 T와 함께 요술 거울을 보고 웃었고, 선착장에서 오리배의 페달을 열심히 돌리며 호수를 한 바퀴 돌기도 했다.

회전관람차도 탔다. 회전관람차가 천천히 올라가기 시작해서 가장 높이 올랐을 때 L은 신기한 듯 아래를 내려다보았다. 유원지와 멀리 고층 건물들, 숲과 건너편 바다가 보였다. L이 풍경에 눈을 떼지 못하고 있을 때, T가 재빠르게 L의 입술에 입을 맞췄다. L이 무슨 일인지 미처 알아채기도 전에 얼굴이 달아올랐다. 무슨 말인가 하려고 할 때 T가 다시 한 번 입술을 갖다 댔다. 옅은 술냄새가 났다. 그 뒤로 회전관람차에서 내릴 때까지 아무 풍경도 눈에 들어오지 않았다. L에게는 이 모든 것이 처음이었다. 내내 화끈거리는 얼굴이 가라앉지 않은 것은 햇빛 때문만은 아니었다.

다시 조원들이 모여 있는 가건물로 왔을 때, 조원들은 팀을 나눠 족구를 하려고 준비 중이었다. 여공은 L을 포함해 네 명이었다. 여자들도 두 명씩 나눠 팀에 끼워주었다. 족구는 L이 생각했던 것보다 거칠었다. 공이 땅에 닿을 때마다 모래 먼지가 일었다. 딱딱하게 굳은 땅에 모래들이 깔려 있어 미끄럽기도 했다. L은 뒤쪽 모서리 근처에서 움직였다. T는 자신에게 온 공을 받아낼 때마다 나이스를 외쳤다. 한 번도 올 것 같지 않던 공이 L에게로 왔다. L은 어떻게든 공을 받으려고 오른발을 들어올렸다. 몸치였던 L의 몸이 붕 떠올랐고, 공과 상관없이 그대로 바닥에 떨어졌다. 꼬리뼈가 찌릿하면서도 뭉근하게 아팠다. 1세트 게임이 끝났을 때, L은 팀에서 빠졌다. 화장실에 가서 바지를 내렸을 때, 팬티에는 붉은 피가 묻어 있었다. 검붉은 생리혈과는 달랐다. L은 담홍의 피를 오래도록 내려다보았다.

L은 내내 T가 의식되었다. T는 그런 일이 언제 있었냐는 듯이 L을 대하는 바람에 마음에 상처를 입었다. 꼬리뼈는 일주일 정도 아팠다. T는 두 달을 더 다니다 공장을 그만두었다. T가 무슨 마음으로 L에게 입을 맞추고, 무엇 때문에 냉담해졌는지 궁금했지만 차마 묻지 못했다. 대신 스스로 이성적 매력이 없는 여자라는 인식을 깊게 하게 되었다.

6시가 지나자 물썰매장이 폐장을 했다. 물썰매를 타던 사람들이 놀이기구 쪽으로 몰려들었다. 음악 소리가 더 요란해졌다. L은 비스듬히 덮었던 냄비 뚜껑을 열어보았다. 닭은 아직 익지 않아 비린내가 났다. 뱃속에 넣었던 쌀도 익지 않았

다. 가스불이 꺼져 있었다. 몇 번 켜보려 했지만 켜지지 않았
다. 가스통을 꺼내 흔들어보았다. 가스가 없었다. 닭을 삶다
말고 그대로 둘 수는 없었다. L은 남편을 흔들어 깨웠지만 좀
처럼 일어나지 못했다. 남편은 늘 피곤해했다. 어디든 자리만
있으면 누우려 했고, 누우면 잠이 들었다. 한번 잠들면 누가
업어 가도 몰랐다. 지갑을 챙겨들고 매점으로 갔다. 문이 닫
혀 있었다. L은 매점 직원이 어제까지만 일한다고 했던 얘기
를 새삼 떠올렸다. L도 어제까지만 일하고 오늘은 유원지에
놀러올 거라고 자랑까지 해놓고 깜빡 잊었다.

돌아오는 길에 놀이기구를 둘러보았다. 붕붕카에도, 청룡
열차에도, 회전목마에도 아이들은 없었다. 있다 해도 찾기 어
려웠다. L은 천천히 돌아가고 있는 회전관람차를 바라보았
다. 안에 타고 있는 사람들이 보이지 않았다. L은 유원지에
15년 가까이 나왔는데 놀이기구를 타본 적도, 물에 발을 제
대로 담가본 적도 없었다. L 곁에는 늘 지켜야 할 아이스크림
통이 있었다. L에게 유원지는 선풍기 기판에 나사를 박을 때
돌아가던 컨베이어 벨트와 다를 바 없었다.

L은 유원지 내에서 오랫동안 아이스크림콘을 팔았다. 이
도시에 살고 있던 친척이 공장에 다니지 말고 자신의 일을 도
와달라고 했다. 처음에는 유원지 내에서 닭을 튀겨 파는 친척
일을 도왔다. 다행이 L은 직접 닭을 튀기지 않았다. 그가 맡

은 일은 닭을 테이블에 내놓거나 포장을 해주고 계산을 하고 테이블을 행주로 닦는 일이었다. 한여름에는 하루 종일 앉아 보지 못한 날도 많았다. 자리가 빌 틈이 없을 정도로 바빴다. 몇 년이 지나서는 아이스크림콘을 팔았다. 챙이 넓은 모자를 쓰고 사람들이 모여 있는 곳을 찾아 바퀴 달린 아이스크림 통을 끌고 다녔다. 딸기맛 바닐라맛 포도맛 아이스크림을 고깔 모양의 콘과자에다 담아 주었다. L이 파는 아이스크림은 인공향이 잔뜩 들어간 싸구려 아이스크림이었다. 꽁꽁 얼었을 때 먹으면 표가 덜 나지만 좀 녹았을 때 아이스크림을 먹으면 뒤끝의 쓴맛이 혀에 감겼다. 인공감미료 탓이었다. L이 유원지에서 파는 아이스크림은 마트나 백화점, 아이스크림 전문점에서 파는 아이스크림과 질적으로 달랐다. L이 파는 아이스크림은 고깃집이나 뷔페 한쪽에 마련된 후식용 아이스크림 비슷했다. 맛이나 질로 먹기보다는 입가심쯤으로 먹는 아이스크림이었다.

십 년쯤 전에 시에서는 유원지를 살리기 위해 물썰매장을 만들고 라오스에서 코끼리 열 마리를 데려온 적이 있었다. 코끼리들은 하루 네 번 공연을 했다. 관람객과 달리기도 했고, 관람객 몇 명이 바닥에 누우면 그 위를 지나가기도 했다. 아이들이 바나나를 주면 코로 받았다. 코로 그네를 태워주기도 했다. 떱은 코끼리 조련사였다. 쇼는 화려했고 유원지를 찾는 사람들도 많았다. 저녁이면 발갛게 그을린 젊은 애들이 슬리 퍼를 끌거나 맨발로 쌍을 이뤄 돌아다녔다. 그때가 L의 아이 스크림이 제일 많이 팔리던 때이기도 했다. 그러다 코끼리 네 마리가 우리에서 도망쳤다. 오전에 단체관람 온 여중생들이 지른 소리에 놀라 우리를 탈출한 것이다. 탈출한 코끼리 가 운데 두 마리는 일찍 발견돼 사육사가 붙잡았으나 나머지 두 마리는 인근 산으로 도망치는 바람에 유원지 일대가 발칵 뒤 집혔다. 경찰과 119 구조대 등 수십 명이 출동해 유원지에서 꽤 떨어진 산을 뒤져 절 뒤편에서 잡았다. 결국 그 코끼리들 은 모두 영양과 환경을 문제 삼아 서울대공원으로 옮겨갔다. 코끼리들이 우리를 빠져나갈 때 L은 놀이기구 쪽으로 자리를 잡으러 아이스크림 통을 밀며 가고 있었다. 아주 가까이는 아 니지만 코끼리가 L을 지나쳐 갈 때, L은 코끼리의 무게에 압 도되어 주저앉을 뻔했다. 흥분한 코끼리가 걸음을 뗄 때마다 땅이 쿵쿵 울렸다. L은 코끼리를 좋아하지 않았다. 굵은 주름 으로 뻣뻣한 몸 가죽과 회색빛은 내내 정이 들지 않았다.

코끼리를 따라왔던 라오스 조련사 떱은 L이 파는 아이스크 림을 좋아해 하루에도 여러 번 마주쳤다. 검게 그을린 얼굴에 흰 치아를 내보이며 웃을 때는 보조개까지 들어가 귀여운 얼 굴이었다. 떱은 아이스크림을 핥아 먹으며 아이스크림 맛있 어요, 했다. 먼 이국땅에 와서 먹는 아이스크림이었다. 이 나라, 이 유원지를 떠올릴 때 아이스크림을 떠올릴지도 몰랐다. 좀더 달콤하고 부드럽고 맛있는 아이스크림으로 기억되고 싶었다. 그럴 때는 싸구려 아이스크림을 파는 게 창피하기도 했다. 떱은 L에게 언제 한번 코끼리를 태워주겠다고 했지만 L은 고개를 흔들었다. 떱도 코끼리를 따라 떠났다.

되도록 아이들에게도 아이스크림을 먹이고 싶지 않았다. 그러나 팔다 남은 아이스크림을 두고 슈퍼에서 다른 아이스크림을 사 올 수는 없었다. 한여름에는 아이스크림 값도 만만치 않게 들어갔다. 싸구려 아이스크림 맛에 길이 든 아이들은 비싼 아이스크림을 맛이 없다고 싫어했다.

꽁꽁 언 아이스크림을 푸다보면 엄지와 검지가 얼얼했다. 꽁꽁 얼어서 푸기 어렵던 아이스크림이 한낮을 지나면서 푸기 수월해지고 저녁때쯤이면 별 힘을 주지 않아도 풀 수 있었다. 그때쯤 되면 아이스크림은 바닥을 보였고 해가 지고 있다는 것을 알았다. L에게 시간은 아이스크림을 푸는 엄지와 검지 사이에서 흘렀다.

L은 몇 군데 쓰레기장을 돌았다. 재활용 통을 뒤졌다. 가스통 몇 개를 꺼내 흔들어보았다. 비어 있었다. 겨우 조금 남아 있는 가스통 몇 개를 챙겼다. 한 군데서 절반쯤 남아 있는 연료를 찾았다. 횡재한 기분이었다. 이 정도면 백숙을 마저 끓

일 수 있을 것 같았다. L이 자리로 돌아왔을 때 남편은 자리에 없었다. L은 화장실에라도 간 모양이라고 생각했다. 가스통을 갈아 끼우고 불을 켰다. 딸칵 딸칵 딸칵 딸칵 딸칵. 불이 붙지 않았다. L은 냄비 뚜껑을 열어보았다. 닭기름이 둥둥 떠 있었다. 냄비는 아직도 따뜻했다. 숟가락으로 물 위의 기름을 걷어냈다. 걷어내고 또 걷어냈다. 백숙이 잘 익는다면 기름을 걷어냈으니 맛이 담백할 거였다. 큰애 가방을 뒤져보고, 바지를 뒤져봐도 라이터는 나오지 않았다. 남편이 있었으면 라이터를 구해 오라고 했을 텐데 어디 갔는지 보이지 않았다. 화장실에 다녀올 시간은 지났는데 어디서 또 술을 마시고 있는지도 몰랐다. L은 이번에는 가스통이 아니라 라이터를 주우러 다녔다. 너무 안쪽으로 들어오는 게 아니었다는 후회가 들었다. 라이터를 빌릴 만한 사람도 없었다. L은 결국 다시 가스통을 구했던 쓰레기장으로 갔다. 이번에는 플라스틱 재활용 포대를 뒤졌다. 플라스틱 병에서 나온 끈적끈적한 오렌지 음료가 손에 묻었다. 라이터는 없었다. 금방 찾을 것 같았던 그 조그만 라이터가 보이지 않자 L은 플라스틱들이 담긴 재활용 포대를 발로 찼다. 아이들이 올 때까지 기다리는 수밖에 없었다. 길이 엇갈릴까 봐 아이들을 찾아 나서지 않았다. 그래도 여기는 놀이기구 타기도 가깝고, 물에 발을 담그기도 가까운 명당자리였다. 돌아오는 길에 화장실에서 손을 씻었다.

아무도 돌아오지 않고 있었다. L은 점화 스위치를 길게 눌렀다가 켜기를 반복했다. 전에도 그렇게 켜본 적이 있었다. 열댓 번, 메마른 딸깍거림 끝에 드디어 화르륵 소리를 내며 화구에 불이 붙었다. 식어가던 닭 국물이 다시 뜨거워지며 끓기 시작했다.

L은 배가 고팠다. 먹을 것이라고는 수박밖에 없었다. 닭백숙 먹을 생각에 따로 군것질거리를 준비하지 않았다. L은 프라이팬 한쪽의 돼지기름에 빠진 파리를 보았다. 파리는 기름에 빠진 발을 어떻게든 빼보려고 발버둥쳤지만 돼지기름에서 발을 빼기란 쉬워 보이지 않았다. L은 수박 먹을 생각도 잊고 파리를 바라보았다. 청록빛의 몸통이 스러지는 햇빛을 받아 언뜻언뜻 빛났다. 몸부림을 칠수록 발은 더 깊숙하게 기름에 빠졌고, 결국 날개에도 기름이 묻었다. 발이 빠질 때까지만 해도 어떻게든 기름 속에서 발을 빼보려 했던 파리였다. 날개까지 기름에 젖자 파리의 움직임이 잦아들었다. L은 그 광경을 그냥 지켜보기만 했다. 나들이 나온다고 들떴던 마음은 사라진 지 오래였다. 사실 어젯밤에 L이 들떠서 상상했던 것은 다 이룬 셈이었다. 가족들과 함께 고기를 구워 먹고 닭백숙을 먹고 수박을 쪼개 먹고 물속에 들어갔다 나오고 싶었다. 고작 그거였지만 L에게는 고작이 아니었다. 매년 여름마다 나들이 나온 사람들을 보며 벼르고 또 별렀지만 그렇게 하지 못했다.

언젠가 큰애가 친구와 전화 통화 중에 좋아하는 과일을 대는 데 망고, 키위, 블루베리라고 말하는 걸 들었다. L은 의아했다. 그런 과일들은 먹어본 적이 없었다. 기껏해야 사과나 귤, 수박 정도였다. 아이가 언제 그런 과일들을 먹어봤다고 좋아하게까지 되었을까 궁금했다. 그냥, 이름만으로도 뭔가 있어 보이잖아. L에게는 이 유원지로의 나들이가 큰애의 망고이고 키위이고 블루베리였다. 무엇을 하지 않더라도 나들이를 나온다는 그거면 되었다. L은 자리 한쪽에 누웠다. 멀리 높이 올라간 회전관람차가 보였다. T와 나누었던 회전관람차의 입맞춤은 실상 아무것도 아니었다. 그런데도 회전관람차만 보면 주먹만 한 돌멩이가 가슴에 얹힌 듯했다. L은 아이스크림을 팔게 되면서 하루에도 여러 번 회전관람차 앞에 서 있었다. 다른 놀이기구들이 출렁거려 아이스크림을 들고 탈 수 없다면 회전관람차는 흔들림도 없고, 작은 공간에서 아이스크림 먹는 맛도 있어서 오히려 좀 팔렸다.

많은 사람들이 높은 곳에서 이 도시를 보기 위해 회전관람차를 탔다. 터질 듯 여문 포도알 같은 젊은 연인들도 많았다. 그들 중 누구는 L이 생의 찬란했던 순간, 그때가 빛나는 한때인지도 모르고 어수룩한 그녀가 첫 키스를 나누던 곳에 앉아 키스를 나눌지도 몰랐다. 그날 L의 처녀막이 겨우 족구를 하다 파열됐듯 그녀의 첫사랑은 거기, 저 높은 회전관람차의 흔들리는 좁은 공간에 갇혀버렸다. L은 가끔 T가 생각났다. 그 날 그녀에게 왜 그랬는지, 그 뒤로 또 왜 그녀에게 냉담해졌는지 알 수 없었다. 그러나 더 이상 그게 궁금하지는 않았다. 유원지의 흥청거리는 수많은 사람들을 보면서, 자신도 모르게 들뜬 열기 하나만으로도 이루어지는 일이 많다는 걸 알았다. 생의 모든 것이 분명하지 않았다. L은 삶의 모든 것이 수학 연산처럼 분명했다면 살 수 없었을 거라고 생각했다. 그러나 L은 자신도 모르게 입술을 달싹여 그날의 그 부드럽고 달콤했던 첫 키스를 기억했다. 유화가 오래되면 잘못 스케치한 바탕 그림이 비쳐 보이는 펜티멘토처럼 그녀의 서툰 첫 키스의 느낌은 날이 지날수록 선명해졌다.

유원지 폐장 안내방송에 잠이 깼다. 깜빡 잠이 든 모양이었다. 저녁 7시였다. 가스 불은 꺼져 있었다. 냄비 뚜껑을 열어 보았다. 닭 발목의 살이 밀려나지 않은 것을 보니 푹 익은 것 같지는 않았다. 모기가 팔뚝이며 종아리를 물었는지 간지러웠다. 아직 어둡지는 않았다. 이 유원지에는 밤이라고 해서 따로 폐장 방송을 한 적이 없었다. 놀러온 사람들은 텐트를 치거나 가건물에서 잘 수도 있었다. 밤이 되면 직원들이 텐트 당 오천 원쯤 받으러 다녔다. 놀이기구는 10시면 끝이 났지만 새벽까지 술을 마시고 놀 수도 있었다. 개장이나 폐장을 따로 알리지 않았다. 어쩌면 지금 들리는 이 방송이 처음이자 마지막 폐장 방송인지도 몰랐다. L은 모기에 물린 자리에 침을 바르고 긁으면서 어두워지는 수영장을 바라보았다. 해가 지면 L도 아이스크림 통을 밀고 퇴근했다. 내내 유원지에서 살았으면서 유원지에서 밤까지 있어본 적은 없었다.

물이 어둠 속에서 검게 빛났다. 놀이기구를 타던 사람들이 하나둘 빠져나가는 게 보였다. 움직이던 놀이기구도 멈춰 섰다. 그나마 유원지를 살아 있게 하던 음악도 그쳤다. 주변이 조용해지자 음식 썩는 냄새가 더 지독해졌다. 파리 날갯짓 소리가 들렸다. L은 가져왔던 짐을 정리했다. 절반쯤 남은 수박과 냄비에 든 닭을 어떻게 해야 하나 망설여졌다. 남편의 말대로 적당한 크기의 잘 익은 수박을 골랐더라면 맛있게 먹었을지도 몰랐다. L은 후회하면서도 다음에도 또 무조건 큰 것에 손이 갈 거라는 걸 알았다. 가난이 만든 습관은 고쳐지지 않았다. L은 수박과 냄비는 그대로 둔 채 남편과 아이들을 기다렸다.

낮 동안 흥청흥청 흘러가던 공기가 가라앉았다. 먼 바다에서 해무가 밀려드는지 몸이 축축했다. 다시 폐장 안내방송이 나왔다. 폐장이 된 유원지는 이제 유원지가 아니었다.

어둠 속 어딘가에서 푸르렁거리는 소리가 들려왔다. L은 그것이 어떤 동물이 내는 소리인지 알 수 있었다. 거대한 몸통에서 울려 나오는 그 소리는 코끼리 울음소리였다. 그러나 코끼리 울음소리일 리가 없었다. 겨우 한 마리 남아 돈을 받고 사람을 태워 유원지를 한 바퀴 돌던 코끼리도 폐장 일정에 따라 서울대공원으로 옮겨졌다.

L은 조금 전 그 소리가 다시 날까 봐 귀를 기울였다. 다시 쿠르르 소리가 들렸다. 놀이기구 쪽에서였다. 놀이기구 쪽에는 동물들이 없었다. 그나마 남아 있는 원숭이나 공작, 몇몇 새들은 입구 왼쪽으로 가야 했다. 다시 한 번 그 소리가 들렸을 때, L은 그 소리가 코끼리 울음소리가 아니라 놀이기구가 숨을 내려놓는 소리라고 생각했다. 수십 년 된 놀이기구는 매년 여름 개장 전에 손질을 하긴 하지만 눈가림에 불과했다. 원색의 페인트칠로 눈속임을 할 뿐, 녹이 슬고 방수천이 갈라졌다. 보트나 오리배에서는 녹 덩어리가 떨어지기도 했다. 그렇게 짧게는 몇 년을, 길게는 수십 년을 쉬지 않고 돌았던 기계들도 이젠 숨을 놓을 때라는 걸 아는 모양이었다. 제 몸을 내려놓은 놀이기구들이 어둠 속에서 음산하게 빛났다. 가로등 근처의 늘어진 버드나무 가지가 바람을 감당하며 조금씩 흔들렸다.

L은 수박 한 쪽을 잘라 먹었다. 낮보다 더 시큼한 맛이 났다. 달콤한 안쪽이 상해 있어 대충 긁어냈더니 맛도 밍밍했다. L은 낮에 했던 것처럼 수박씨를 뱉었다. 수박씨가 어디쯤 떨어지는지 알 수 없었다. 낮에 아이들하고 좀더 놀걸 그

랬다는 생각이 들었다. 어쩌면 아이들은 자기들끼리 놀다 올지도 몰랐다. 집이 멀지 않으니 알아서 올 수도 있었다. 짐만 많지 않다면 L도 집에 돌아가고 싶었다. 이럴 줄 알았으면 남편 말대로 삼겹살이나 몇 근 사다 구워 먹을걸 하는 후회가 들었다.

L은 몇 년 전 이 자리에 앉아 있던 한 가족을 떠올렸다. 한쪽에서는 백숙이 끓고 있었고 가족이 모두 수박씨 뱉기 놀이를 하고 있었다. 아이들은 수박씨를 더 멀리 뱉을 때마다 두 팔을 치켜올리며 앗싸라비요 하고 소리를 질렀다. 남편은 나이스, 하고 외쳤다. L은 문득 눈길을 돌려 회전관람차를 바라보다 눈물을 조금 흘렸다.

남편과 아이들은 어두워졌는데도 오지 않았다. 더 이상 탈 놀이기구도 없을 텐데 어디서 무엇을 하는지 알 수가 없었다. 놀이기구는 멈춰 섰고, 오리배는 선착장에 묶였다. 쪽배는 뒤집힌 채 모래사장에 머리를 박고 있었다. 쪽배를 관리하던 청년들도 다시는 만나지 못할 것이다. 어둠은 더 짙어졌다. L은 배도 고프고 졸음도 몰려왔다. 킥킥킥 원숭이 울음소리가 들리자 선잠이 든 새가 울었다. 그 소리들은 어둠 속에서 기괴했다. L이 꿈꾼 나들이가 아니었다. 아니 L이 꿈꾼 나들이가 어떤 것인지도 기억나지 않았다.

유원지가 폐장되면 이 안에 있던 놀이기구며 동물들은 모두 어디로 가는 것일까. 압도적인 스케일과 스릴, 기교가 넘쳐나는 놀이기구라는 명성이 사라진 지 오래인 노쇠한 기구들이었다. 처음엔 그 기구들도 최신이었을 것이고, 사람들은 그 기구를 타기 위해 줄을 서고, 타는 동안 흥분해서 소리를 질렀을 것이다. 그러나 지금은 아무도 그때를 기억하지 않는다. 앨범 속에 갇힌, 까마득히 잊힌 요술거울과 같은 때가 있었을 뿐이다.

L은 주위를 둘러보았다. 낮에 아이들이 놀던 수영장 물빛도 희끄무레했다. L은 깊게 들숨과 날숨을 내뱉었다. 가로등 불빛에 허니문 카의 꼭대기 그림자가 길게 물 위에 누웠다. L은 어두워져가는 유원지에 문득 낚싯대를 던져보고 싶어졌다. 무엇이 낚여 올라올 것인지 궁금했다. 아니 낚싯줄을 빠져나간 것들이 더 궁금했다. L도 모르는 사이 L을 빠져나간 많은 것들처럼. 물속이 궁금해졌다. 첫 느낌이 가시지 않은 채 마지막 느낌을 각인하는 일이었다. 회전관람차의 칸칸마다 칠해져 있던 색색이 물 위에 만장처럼 너울거렸다. 모두 몸을 내려놓고 쉴 때 회전관람차만이 여전히 서 있는 느낌이었다. 스물세 살, 저 꼭대기에서 이 도시를 내려다보고, 바다를 보고 감탄할 때 아주 짧은 순간 입술에 닿던 그 감촉. L은 멈춰버린 회전관람차에 갇힌 것처럼 꼼짝할 수가 없었다. 회전관람차가 허니문 카로도 불린다는 사실은 한참 뒤에 알았

다. 얼마 더 지나면 회전관람차는 본래의 색을 잃을 것이다. 그러고도 더 시간이 지나면 바랠 대로 바래버려 우중충한 한 가지 색이 될 것이다.

L은 무릎을 세우고 그 위에 얼굴을 내려놓았다. 아이스크림을 팔기 위해 들어온 유원지가 아니라 놀기 위해 들어온 유원지였다. 이제 다시는 이 유원지에 있는 어떤 것도 탈 수도 즐길 수도 없을 것이다. 폐장 공고가 났을 때 L은 조바심이 났다. 한 번은, 단 한 번은 놀러와야 할 것 같았다. 그래야 다 녹아 흐늘거리는 아이스크림 같은 삶을 살지 않을 것 같았다. L은 눈물이 조금 났다. 악취는 점점 더 심해졌다. 파리들이 윙윙댔고, 멀리 바다에서 몰려온 해무가 L을 적셨다. 낮에 먹은 상한 가지무침 때문인지, 수박 때문인지 배가 아프기 시작했다. 아니, 배가 고픈 것 같기도 했다.

남편과 아이들은 돌아오지 않고 있었다. 문득, L은 내내 혼자였는지도 모른다는 생각이 들었다. 상하기 직전의 가지무침이나 먹으며, 무조건 싸고 큰 것만 고르며 그녀의 생이 저물어갈 것이라고 생각되었다. 닭 비린내를 맡으며 닭이 익기만을 기다리며 살게 될 것만 같았다. 중요한 건 정작 싱크대에 두고 나오듯, 그렇게 살게 되리라 생각되었다. 그 느낌은 슬프지만 자명했다. 허기가 참을 수 없이 몰려왔다. L은 냄비 뚜껑을 열었다. 닭다리를 뜯으려 했지만 잘 뜯어지지 않았다.

그녀는 숟가락으로 뱃속의 찹쌀과 마늘을 긁어낸 다음 닭을 꺼냈다. 그녀는 며칠 굶은 사람처럼, 아니 생을 거슬러보기라도 할 것처럼 닭을 통째로 들고 한 입 크게 물어뜯었다. 닭이 뜯겼다. 푹 익지는 않았지만 그렇다고 못 먹을 정도도 아니었다. 다리뼈에 붙어 있는 살에서 얼핏 피가 비쳤지만 그녀는 상관하지 않았다. 그녀는 게걸스럽게 크게 입을 벌리고 한 번 더 뜯어먹었다. 청동빛 파리가 귓가에서 윙윙댔다. 그녀는 뜯기지 않는 닭가슴 쪽만 빼고 다리와 날개와 어깻죽지와 목뼈 근처의 살까지 알뜰하게 뜯어먹었다. 그녀의 입가가 어둠 속에서 번들거렸다. 배가 부르자 남편과 아이들이 더 이상 궁금하지 않았다.

L은 문득 결심한 듯 일어섰다. 자세히 보니 아직도 회전관람차만은 아주 천천히 움직이고 있는 것 같았다. 회전관람차를 타야 할 것 같았다. 아니 회전관람차가 아니라 허니문 카를 타고, 아이스크림을 파는 동안 한 번도 궁금하지 않았던 이 도시가 어떻게 변했는지 봐야 할 것 같았다. 회전관람차를 운전하는 직원을 알고 있었다. 그가 이 유원지를 떠나지 않았다면 L의 부탁을 들어줄 수 있을 거라는 생각이 들었다. 어쩌면 남편과 아이들도 허니문 카를 타고 있을지 모른다는 생각이 들었다. 아직 가로등 불이 꺼지지 않아 다행이었다. L은 멀리 보이는 허니문 카를 향해 발걸음을 옮겼다. 킥킥킥 원숭

이 울음소리가 등뒤에서 따라왔다. 멀리 코끼리 울음소리가
들리는 듯했다.

상실과 함께 살아가기

양재훈(문학평론가)

1. 낭만주의에서 대상이 사라질 때

이 소설집의 중심에 자리한 것은 상실이라는 테마다. 고쳐 말해야겠다. 상실이라는 문제는 양진채 소설의 한가운데 언제나 놓여 있었다. 전작들에서는 다른 것이 표면에 내세워져 중심의 상실을 감추고 있었을 뿐이다. 전작들에서 상실 대신 표면에 드러난 것은 낭만주의였다. 첫 소설집 『푸른 유리 심장』에 수록된 해설은 양진채 소설의 본령이 "아름다운 이미지와 기호로 가득 찬 낭만주의적 작품들에 있다"*고 말하기

---

* 이경재, 「푸른 유리 심장을 지닌 소설의 힘」, 『푸른 유리 심장』, 문학과지성사, 2012, 246쪽.

도 했다. 그런데, 낭만이 상실을 대신했다니?

　등단작인 「나스카 라인」은 양진채가 이전에 지녔던 낭만주의를 선명히 보여준다. 주인공은 언어장애가 있어 타인의 말을 이해하거나 자신의 뜻을 전달하는 데 매우 서툰 인물이다. 소통의 어려움 때문에 겪는 문제들을 그림을 그리며 잊어버리곤 했던 그는 페루 마야 유적지의 나스카 라인을 찍은 사진을 보고 거기에 푹 빠져든다. 자신의 그림과 닮았다고 느꼈기 때문이다. 나스카 라인의 발견과 함께 타인과 소통하지 못하는 데서 오는 외로움은 더 이상 언어장애의 결과물이 아니게 된다. 문제는 오히려 말의 갈피에 숨은 의미 따위를 애써 추론하지 않고는 소통할 수 없는 세계에 있었다. 그림이나 옹알이처럼 의미가 감각적으로 직접 전달될 수 있었던 소통 방식을 세계가 잃어버린 것이었다. 나스카 라인은 2천 년 전 직접적이고 감각적으로 소통할 줄 알던 사람들이 그에게 보낸 신호였다.

　2천 년 전의 페루를 향하는 「나스카 라인」처럼, 지금 이곳에서의 불만으로 인해 낭만주의적 동경의 시선은 언젠가·어딘가로 향한다. 여기에는 두 가지 함의가 있다. 하나는 낭만주의가 지금 이곳에서 결여를 채울 수 있는 대상을 발견하지 못한다는 것이고, 다른 하나는 대상이 어딘가에는 있(었)음을 전제한다는 것이다. 그래서 낭만주의는 반은 맞고 반은 틀렸다. 낭만주의가 옳은 것은 결여를 채울 수 있는 대상이 없음을 알아차렸다는 점에서다. 하지만 이는 결여가 근본적인 것이기 때문이다. 낭만주의는 현재의 결여를 인식한 뒤, 그 원인으로 대상의 상실을 추론하고 상실 이전에 완전한 세계가 있었다는 전제에 도달한다. 추론 행위의 순서는 '결여 → 대상의 상실 → 상실 이전의 세계'인 반면, 그 내용상의 순서는 '처음의 완전한 세계 → 대상의 상실 → 결여를 안은 세계'인 셈이다. 그러나 실제 사태에서는 행위와 내용의 순서가 일치한다. 결여는 근본적인 것이며, 이를 채울 수 있는 대상은 없다. 상실 이전의 완전한 세계는 잃어버린 것이 아니라 근본적 결여로부터 도출된 것이다. 「나스카 라인」의 탁월함은 이 결여를 '말'과 연관시킨 데 있었다. 인간의 결여를 규정하는 것이 바로 언어인 것이다. 언어를 사용해 세계를 파악하는 인간은 결코 언어의 매개를 벗어나 세계를 인식할 수 없다. 세계와 인간 사이에 언제나 언어가 있으며, 우리는 매개로서의 언어에 가로막혀 세계와 직접 소통할 수 없다. 「나스카 라인」의 '나'가 언어 없는 소통의 가능성을 찾는 것은 이 때문이다. 하지만 그것이 사태의 전부는 아니다. 언어 이전의 사태는 세계와의 완전한 소통이 아니다. 언어는 세계와의 직접적 소통을 가로막는 것이지만, 동시에 세계 해석의 가능성을 여는 것이기도 하다. 언어 이전에 있는 것은 결여 없이 충만한 의미가 아니라 아직 어떤 의미도 발생하지 않은 어리석은 야생의 현실, 의미의 전적인 결여다.

양진채의 이번 소설집이 자리한 곳이 바로 여기다. 전작들이 결여된 대상을 회복하고자 하는 열망을 중심으로 쓰였다면 이제는 대상이 지워지고 결여 자체가 중심이 되었다. 대상의 결여에서 대상으로서의 결여로, 또는 결여된 대상에서 결여라는 대상으로 초점이 옮겨졌다고 해도 좋다. 이제 상실은 돌이킬 수 없는 것으로 자리 매겨졌다. 그 결과물들을 살펴보자.

2. 돌이킬 수 없는 상실

이 책의 인물들은 무언가를 잃어버린 자들이다. 「베이비오일」의 화자는 화재로 가장 친했던 친구 선희를 잃었고, 「마중」의 화자는 남편을 잃었으며, 「북쪽 별을 찾아서」의 '나'는 어릴 적 동경하던 선배와 그들이 함께 '아지트'로 삼았던 장소를 잃어버릴 것이 확정되어 있다. 이들에게 잃어버린 것을 되찾을 수 있다는 희망은 없다. 「부들 사이」는 특히 이 회복 불가능한 상실의 양상을 잘 보여준다. 초점화자 기철은 새끼손가락 반 마디를 자신이 사냥하는 뉴트리아에게 베여 잃은 인물이다. 그가 뉴트리아를 잡기 시작한 것은 시한부 선고를 받은 선배를 찾아오면서부터였다. 선배는 혼자 나와 뉴트리아를 잡으며 지내는 중이었고, 기철은 그런 선배를 찾아왔다가 손가락 끝을 잃은 뒤 그대로 눌러앉았다. 수술 후 기철은 "언제부턴가 남극이나 북극 같은 극지에 자신을 내던지고 싶어서 쇄빙선을 타볼까, 극지연구소에 지원해볼까 기웃거리던 마음들"이 사라지고 "들끓던 모든 것들이 잠잠해진 느낌"(117쪽)을 받는다. 기철이 잃은 것은 단지 손가락 끝이 아니라 자신의 삶을 바꾸어놓을 수 있을지도 모른다고 여겼던 대상들에 대한 동경이었던 셈이다.

한편 기철이 연정을 품고 있는 상대인 식당 주인 미란은 그가 이상적으로 여겼던 남편과의 관계를 잃었다. 미란과 기철이 잃어버린 것과 그 상실의 양상을 비교해보면 전작들의 낭만주의적 경향과 상실 자체를 받아들인 현재의 차이가 무엇을 함의하는지가 드러난다. 미란이 맞닥뜨린 문제는 남편이 변했다는 점이다. 미란의 남편은 그가 '사람 냄새나는 프로'라며 챙겨보는 「전국노래자랑」이 끝나면 "후식처럼 미란을 번쩍 들어 침대에 내던"(101쪽)지던 단순하고 마초적인 인물로, 폭력배인 것 같다. 남편과 함께 있을 때 미란은 자기 몸을 휘감고 밤새 놔주지 않는 뿌리를 가진 거대한 나무둥치를 끌어안고 뒹굴며 가슴을 비벼대는 꿈을 자주 꿨다. 미란에게 남편은 신과 거인, 그리고 인간의 세계에 닿아 있는 세 개의 거대한 뿌리를 가졌다는 북유럽 신화의 물푸레나무 같은 남자였다. 미란은 그 뿌리에서 나온 한 가닥이 자신을 향해 있다고 믿었다. 남편은 지금 감옥에서 매일 성경을 읽으며 달라져가는 중이다. 남들이라면 좋은 변화라고 여겼을 법한 일이지만 우악스럽고 거친 남편을 좋아했던 미란은 오히려 변하는 남편이 곤혹스러울 뿐이다.

남편을 향한 미란의 사랑에는 신화적 이미지를 동반한 환상이 개입되어 있다. 신화는 인간이 자연으로부터 분리되어 있다는 곤경에 대한 상상적 해결이다. 전형적인 신화는 인간이 어떻게 자연에서 태어났고 어떻게 그로부터 분리되었는지 이야기하고, 분리 이후로도 인간과 자연의 연결이 보이지 않게 지속되고 있음을 암시한다. 그럼으로써 신화는 인간에게 존재의 근거를 부여한다. 남편과의 관계에 대한 신화적 환상은 미란이 남편을 통해 제 존재 근거의 결여를 채우려 했음을 뜻한다. 그가 남편의 변화 앞에서 그토록 당혹스러워하는 것도 저 환상을 유지하는 것이 불가능해졌기 때문이다. 이 환상이 가능하려면 남편은 결여를 채울 수 있는 대상을 지닌 존재, 정신분석학이 대타자라고 부르는 것의 대응물로서의 지위를 지니고 있어야 한다. 한데 감옥에서의 변화로 인해 남편 자신 또한 타자를 필요로 하는 존재임이 드러난 것이다. 요컨대 미란은 자신의 결여를 채워줄 거라 여겼던 타자 자신의 결여를 준비 없이 마주쳐야 했다.

미란은 남편과의 관계가 회복 불가능하게 변화할 것임을 예감하고 있지만, 그에 대한 환상에서 벗어나 있지는 않다. 그는 남편이 없는 식당에서도 「전국노래자랑」을 챙겨 틀어놓고 있고, 남편을 면회 가는 날에는 평소와 달리 옷차림에 신경을 쓴다. 미란에게 남편은 여전히 자신의 삶을 쏟아부을 수 있는 대상으로 남아 있는 것이다. 하지만 그럴 수 있는 것도 변해버린 남편과의 만남이 제한되어 있기 때문이다. 남편이 출소 후에도 지금처럼 매일 성경을 읽으며 고요히 지낼지는 알 수 없지만, 아마 그가 예전의 모습을 되찾는다 해도 소용없을 것이다. 이미 남편 역시 타자를 필요로 하는 결여를 지닌 존재임을 알아버린 이상, 이전과 같은 환상은 계속 유지될 수 없을 것이기 때문이다.

열망하던 대상과의 만남이 역설적으로 그 열망을 무의미하게 만들어버리는 이러한 곤경은 낭만주의적 열망이 왜 도달할 수 없는 대상을 향하는지 알려준다. 만날 수 없는 대상에 대한 열망은 대상 자체의 부정성을 대상에 대한 도달 불가능성으로 바꾸어놓음으로써 저 곤경을 회피하려는 전략의 산물이다. 그럼으로써 낭만주의자는 지금 이곳에 내재하는 문제를 무언가를 잃어버린 이곳과 그것이 있었던 저곳 사이의 문제로 외재화하고 당면한 문제로부터 눈을 돌릴 수 있게 된다.

반대로 대상에게서 환상이 분리되는 경우, 주체는 불모의 현실을 피할 수 없다.

「부들 사이」에서 기철이 마주하고 있는 것이 바로 이 불모의 현실이다. 미란과 달리 기철에게는 자신의 결여를 채워주리라 여길 수 있는 어떤 타자도 존재하지 않는다. 그는 자신의 삶을 어릴 때 수문통에서 목격했던, 근처 산부인과나 조산소에서 시멘트 포대에 싸서 버린 태반이나 낙태아, 사산아 등을 건져 싣고 자전거를 타고 사라지던 노인의 삶과 동일시한다. 불치병에 효과가 있다는 소문이 있는 그것들을 건져 가는 노인에게서, 우리는 무의미하게 계속되는 삶의 어쩔 수 없음을 본다. 노인에게 삶의 의미나 이유 따위를 묻는 것은 소용없는 짓이다. 노인의 이 어쩔 수 없는 삶은, 기철이 사냥하는 뉴트리아나 그가 쓸개를 빼고 묻은 뉴트리아 시신을 파먹는 버려진 개들, 그리고 기철 자신에게서 반복된다. 그에게는 다른 삶의 가능성 따위가 보이지 않으며, 그런 것을 찾아볼 수 있으리라는 생각조차 없다. 그가 가진 것은 단지 "한없이 쓸쓸한 채 머언 먼 생을 살아야 할 것만 같은 우울"(110쪽), 어쩔 수 없이 지속되는 삶의 아득함뿐이다.

3. 학습된 무기력

양진채가 보여주는, 매혹적인 대상을 향한 낭만적 동경에서 불모의 현실로의 이행은 아마도 21세기 초입의 한국 사회라는 조건 아래 만들어진 것일 터이다. 21세기에 들어 '민족'이나 '민주'와 같은, 개인에게 공동체적 동일시의 지점을 제공하던 가치들은 모조리 힘을 잃어버렸고, '자아 실현' 따위의 개인적인 가치 추구조차 허영처럼 보이게 되었다. 지금 이곳은 오직 경제력이 개인의 가치를 결정하는 철저한 각자도생의 세계이며, 도대체 어떻게 해야 그 안에서 살아남을 수 있는지 알 수 없는 협소한 세계다. 이런 세계 속에서도 다른 삶의 가능성을 꿈꾸며 낭만주의적 열망을 품는 일은 가능하다. 그러나 가능성이 보이지 않는 세계가 계속될 때 낭만주의는 그리 오래 버티지 못한다. 지금 우리는 2천 년 전의 페루와 같은 먼 과거 어딘가를 상상하는 일조차 힘겨워져버린 세계에 살고 있다.

「드라이작 클래식 200mm」(이하 「드라이작」)는 다른 가능성이 보이지 않는 세계 속에서 인간이 얼마나 무기력해지는지를 선명하게 보여준다. 결혼 이후 '나'는 내내 남편의 폭력을 견뎌왔다. 물론 끔찍한 결혼 생활로부터의 탈출을 꿈꾸며 남편 몰래 이혼서류를 만들고 남편의 폭력성을 증명할 증거를 모았던 적도 있다. 그러나 남편이 알코올중독에 따른 합병증으로 자기 몸을 가눌 수 없어진 뒤, '나'는 도망칠 수 있게 됐음에도 여전히 남편의 곁에 남아 그를 돌보며 살고 있다. 남편에게 남은 사랑이나 정 따위가 있는 것은 아니다. 남편의 위협 때문에 어쩔 수 없이 결혼을 승낙했고 그의 폭력 때문에 도망치지 못했을 뿐 '나'는 한 번도 남편에게 호감을 품은 적이 없다. '나'가 여전히 남편의 곁에 남아 있는 것은 남편의 폭력으로 다른 삶의 가능성이 차단되어 있던 동안에 학습된 무기력 때문이다.

'나'의 상황이 특히 끔찍한 것은 저 무기력이 마음이나 정신의 수준이 아니라 몸에 새겨져 있다는 점에서다. 물론 '나'는 자신이 남편을 떠나지 못하는 이유에 대해 나름의 해명을 내놓고 있다. "어느 누구에게도 설명할 수 없고 설명되지 않는, 시간이 우리 부부에게 쌓은 퇴적물이 있"(302쪽)다거나 자신을 향한 남편의 폭력이 실은 자해이기도 했음을 알고 있기 때문에 차마 떠날 수 없다거나. 남편과 함께 지낸 시간의 무게와 그를 향한 연민을 내세우고 있는 셈이다. 그러나 이는 탈출을 꿈꾸면서도 폭력에 굴복하던 때, 그 상황을 견뎌내기 위해 스스로에게 되뇌었던 말들과 다르지 않다. 그때에도 '나'는 남편의 폭력 앞에 "자라면서 사랑받지 못한 사람"(298쪽)이어서, 또 "별것도 아닌 내가 자신에게 온전히 마음을 주지 않고 진심으로 고마워하지도 않"아서 그런 것이라며 "진심으로 그를 사랑하려고 했다"(299쪽)고 말한다. 그러니 저 위의 해명은 여전히 남편의 곁을 떠나지 못하고 있는 자신에 대한 변명일 뿐 그 이유가 될 수는 없다. 사랑 같은 것은 애초에 없었고, "알량한 책임감도" 자신이 남편을 바꾸어놓을 수 있으리라는 "오만도 사라진 지 오래였다". "나는 이렇게 남아서 이 지옥을 견디고 있는 나를 이해할 수 없었다."(302쪽) 더욱이 그는 갑작스레 자신에게 날아온, 유산을 노리는 삼촌의 위협에서 벗어날 수 있게 도와달라는 이메일의 송신자에게 줄곧 마음을 쓰고 있다. '나'가 진위를 알 수 없는 메일의 송신자에게 마음을 쓰는 것은 말할 것도 없이 그가 자신과 달리 실제로 탈출을 도모하고 있다는 점 때문이다. 또한 시에라리온 공화국이나 가나 공화국 아크라 등 메일의 이야기에 배경으로 등장하는 지명들이 자신의 끔찍한 결혼 생활과 아무런 연관도 있을 수 없는 먼 이국의 이름들이라는 점 때문이기도 하다. 낯선 지명들이 아무도 자기를 모르는 곳으로 떠나고 싶어 하던 때를 상기시키는 것이다. 따라서 '나'의 마음은 여전히 탈출을 원하고 있다고 봐야 한다. 당장 떠날 수 있고, 여전히 떠나기를 원하면서도 그가 남편의 곁에 남아 있는 것은, 계속되는 폭력에 의해 학습된 무기력이 그의 마음이 아니라 몸의 수준에서 작동하고 있기 때문이다.

다른 삶의 가능성에 대한 욕망이 소거되어 있다는 점에서 「드라이작」은 「부들 사이」와 짝패를 이룬다. 기철 역시 황량한 야생의 현실 속에서 어쩔 수 없는 생을 지속하며 제 삶을 아득하게 느끼고 있을 뿐 다른 가능성을 전혀 찾지 못하고 있다. '나'가 메일의 송신자(라고 주장하는) 여호수아에게서 마음을 거두지 못하는 것도 기철이 여전히 신화적 환상을 버리지 못하는 미란에게 연정을 품고 있다는 점과 대칭적이다.[*] '나'나 기철은 돌이킬 수 없는 상실 앞에서 대상에 대한 욕망을 잃어버린 상태지만, 여전히 대상을 욕망하는 주체를 향해 '부인된 동일시'라 부를 수 있을 법한 것을 품고 있는 것이다. 여기서 참조항은 대상 자체가 아니라 대상을 여전히 욕망하는 다른 인물이며, 그것도 같은 욕망을 품는 일이 불가능하다는 전제 아래 참조되고 있다. 그만큼 기철과 '나'는 상실을 메울 수 있(으리라 짐작되)는 대상과 더 멀어져 있다. 이들은 불가능한 대상을 여전히 욕망하는 타인을 경유해서만, 그리

---

[*] 기철과 '나' 사이에는 성별의 차이에서 오는 선명한 비대칭성도 있다. 여성인 「드라이작」의 '나'에 비하면 남성인 기철의 상황은 그의 무기력이 사치스럽다고 말해도 좋을 정도다. 기철의 무기력이 욕망의 주체여야 할 자신에게 적합한 대상을 찾을 수 없다는 데서 기인한다면, 「드라이작」의 '나'는 대상을 찾지 못해 방황해야 하는 갈 곳 없는 욕망조차 가질 기회를 이미 박탈당한 상태다. 철저히 욕망의 대상으로서만 존재할 수 있었던 과거에 여전히 붙들려 있는 '나'는 자신을 스스로 욕망하는, 또는 타자의 욕망을 받아들이거나 거부할 수 있는 주체로 상상하지 못한다. 그의 (무)의식 속에서 그는 욕망의 주체가 아니다.

고 이미 부인되어 있는 상태로만 대상과 관계 맺고 있다. 돌이킬 수 없는 상실 이후 저들에게 남아 있는 것은 부인된 대상을 향한 무의미한 욕망뿐이다.

4. 욕망의 곤경과 '환상을 횡단하기'

다른 삶의 가능성이 사라져버린 곳에서 어떻게 양진채의 소설이 이전의 낭만주의에서 불모의 현실로 이행해 올 수밖에 없었는지에 대해 이야기했다. 하지만 양진채의 이번 소설집은 환멸적 상황에서의 무기력만으로 포괄되지 않는다. 우선 이 무기력은 실패한 동일시로 인해 마주치는 욕망의 곤경과 관련되어 있다. 그것은 환경에 의해 학습되어 주체의 몸에 새겨진 것이지만, 동시에 욕망의 곤경을 피하기 위해 주체가 스스로 선택한 것이기도 하다. 「부들 사이」나 「드라이작」의 주인공들이 여전히 대상을 욕망하는 타인을 마음에 두고 있으면서도 그런 욕망이 자신에게는 부질없다거나 불가능하다고 여길 때, 미란과 여호수아를 향한 주인공들의 동일시는 사라진 것이 아니다. 그들의 동일시는 실패한 것으로서 여전히 존속하고 있다. 이는 그들의 욕망이 여전히 (부인된) 대상에게 사로잡혀 있다는 뜻이기도 하다.

불가능한 대상을 향한 욕망을 포기할 때, 주체는 무엇을 어떻게 욕망해야 하는지 알려주는 타자가 존재하지 않는다는 사실을 인정해야 한다. 이때 주체는 제 욕망의 공백을 피할 수 없게 된다. 「부들 사이」나 「드라이작」의 주인공들은 아직 이를 받아들일 준비가 되어 있지 않기 때문에 대상의 불가능성과 대상을 향한 욕망 사이에서 길을 잃어버릴 수밖에 없었다. 다소 잔인한 독해가 되겠지만, 이런 관점에서 보면 「드라이작」의 '나'가 남편을 떠나지 못하는 것도 욕망의 공백을 피하기 위해서다. 남편을 떠나자마자 닥쳐올, 무엇을 욕망해야 할지 알지 못한 채 모든 것이 가능해져버리는 상황을 감당해낼 준비가 되어 있지 않은 것이다. 남편의 폭력을 벗어날 수 없을 때 '나'는 탈출을 향한 선명한 욕망을 지닐 수 있었다. 그러나 남편을 떠날 경우 그는 자신이 무엇을 욕망해야 할지 알지 못한다는 사실을 마주할 수밖에 없게 된다. 남편과의 끔찍한 결혼 생활은 탈출이라는 욕망의 실현을 막는 장해물이었음에 틀림없지만, 동시에 욕망의 공백이라는 곤경을 직접 마주하지 않도록 막아주는 방어막이기도 했던 것이다.

보다 중요한 것은 낭만주의에서 불모의 현실로 이행한 이번 소설집 한편에서, 정신분석학이 '환상 횡단'이라고 부르는 행위의 차원이 식별된다는 점이다. 환상을 횡단한다는 것은 상실된 대상이 오직 대상으로서의 상실을 가리는 미끼일 뿐이며, 결여는 무언가를 잃어버린 결과가 아니라 그 자체로 근본적인 조건임을, 욕망하는 방법을 가르쳐줄 타자는 존재하지 않는다는 사실을 인정하는 행위다. 따라서 환상을 횡단하는 일은 주체가 욕망의 공백이라는 곤경을 회피하지 않을 때에만 가능하다. 그리고 환상을 횡단한 자리에 설 때, 주체는 극복 불가능한 결여 앞에 무기력하게 주저앉는 것이 아니라 이 결여라는 조건 위에서 무언가를 시작할 수 있게 된다.

「허니문 카」는 이 '환상을 횡단하기'라는 행위가 어떻게 이루어지는지를 보여주는 작품이다. 주인공 L은 오래된 유원지에서 싸구려 아이스크림을 팔던 인물로, 폐장을 앞둔 유원지의 마지막 날 가족과 함께 놀러 나온 참이다. L은 이 나들이를 즐기려 애쓰지만 이를 위해 계획한 일들은 좀처럼 잘 풀리지 않고 가족들은 지루해하기만 한다. 준비해 온 상추는 물렀고 가지무침은 쉬어버렸으며, 삼겹살은 부족하고 백숙은 익지 않는다. 가장 큰 걸로 고르고 골라 사 온 수박은 가운데가 곯아 있다. 용돈을 준다는 말로 설득해 아이들과 함께 한 수박씨 멀리 뱉기 놀이도 생각보다 재미있지 않다. 아이들은 수박씨 뱉기를 하곤 자리를 떠 돌아오지 않고 남편도 삼겹살이 떨어지자 곧 잠들었다가 L이 새 부탄가스를 구하러 간 사이 어디론가 없어져버렸다. L 혼자만 이 나들이에 들뜬 기색을 연출하고 있을 뿐 남편과 아이들은 마지못해 어울린 모양새다.

　소설의 끝부분에서 L은 잘 풀리지 않는 일들을 뒤로하고 혼자서라도 회전관람차를 타러 간다. 언뜻 읽으면 인생이 마음먹은 대로 되지 않더라도 어쨌든 무언가를 해볼 수밖에 없음을 말하는 것 같다. 그런데 좀처럼 잘 풀리지 않는 저 모든 일들은 사실 L 자신이 원한 것이 아니다. 유원지 폐장 소식에 "다 녹아 흐늘거리는 아이스크림 같은 삶"(334쪽)으로 끝나지 않기 위해 나들이를 계획했으나 어떻게 놀아야 할지 몰랐던 탓에 유원지에서 일하면서 본, 즐거워 보이던 가족의 행동들을 그대로 따라 했던 것이다. 그러니 문제는 L이 계획한 일이 잘 풀리지 않는다는 것이 아니라 그가 자신이 무엇을 하며 어떻게 즐기기를 원하는지 모른다는 데 있다. 마음먹은 대로 되지 않는 이 나들이는 L의 욕망의 공백이라는 근본적인 곤경의 환유다.

　L이 제 욕망의 공백을 맞닥뜨린 것은 오래전부터였다. 그것은 사회초년생 시절 일하던 선풍기 공장에서 같은 유원지로 야유회를 나왔던 날로 거슬러 올라간다. 그날 L은 직장 동료인 T와 회전관람차를 타다가 첫 입맞춤을 받아들였고, 이후 아무 일도 없었다는 듯 자신을 대하는 T의 태도에 상처를 입었다. 여기에서 T를 향한 L의 욕망은 L 자신에게서 나온 것이 아니다. 이 욕망은 T가 자신에게 원하는 바가 그것이라는

가정에서 나왔다. L의 욕망은 자신을 향한 타자의 욕망(이라고 가정된 바)에 따라 형성되었음에도, 욕망하는 법을 가르친 바로 그 타자에게 배반당한 것이다. 그날 L은 족구를 하다 넘어져 처녀막이 파열되는데, 이는 그가 자신을 욕망의 공백에서 구해주리라 여겼던 타자 자신의 비일관성에 의해 회복할 수 없는 상처를 입었음을 뜻한다.[*]

L이 욕망의 공백이라는 곤경을 인정하며 환상을 횡단하는 것은 마지막 장면에서다. L은 자신이 전날 밤 들떠서 상상했던 것을 모두 이루었음에도 오히려 들떴던 마음이 사라져버리는 경험을 한다. 이때 그는 드디어 자신의 욕망의 공백이라는 곤경 앞에서 타자를 향해 'Che Vuoi?'[**]의 질문을 던지며 타자를 통해 제 욕망을 구성하려는 시도를 멈춘다. 대상과의 만남이 대상 자체를 무의미한 것으로 만드는 역설 앞에서 타자

---

[*] 물론 여성의 몸에 한 번 파열되면 다시는 회복되지 않는 '처녀막'이 있다는 것은 사실이 아니다. 최근에는 '질주름'이라는 이름으로 고쳐 말해지곤 하는 이것은 그릇된 '처녀막 신화'와 달리 탄력적인 기관이다. 성행위를 통한 그것의 변화는 파열보다는 변형이라고 말하는 것이 더 적합한 형태로 일어난다. 그것은 첫 성관계를 통해 반드시 손상되는 것도 아니고, 변형된 이후로도 성행위 없이 상당한 기간이 지나면 원래의 상태에 가깝게 복원되기도 한다. 더욱이 첫 성관계 시의 고통과 출혈은 이 '처녀막'의 손상보다는 오히려 긴장으로 경직되어 있는 상태에서의 무리한 삽입 및 그로 인한 질 내벽의 손상에 기인하는 바가 더 크다. 물론 여성 작가가 쓴, 전혀 남성 중심주의적이지도 않은 이 작품을 해석하는 자리에서, 더욱이 그다지 중요한 소재로 사용된 것도 아닌 것을 두고 거기 전제되어 있는 '처녀막 신화'가 올바른 것인가를 구태여 따져 물을 필요는 없을 것이다.

[**] '무엇을 원하는가?'라는 뜻의 이태리어로, 정신분석학에서 타자의 결여, 타자의 욕망의 견딜 수 없는 수수께끼에 대해 주체가 품게 되는 질문을 뜻한다.

의 비일관성을, 결국 자신을 욕망의 곤경에서 구해줄 타자는 없다는 사실을 받아들이는 것이다.

문득, L은 내내 혼자였는지도 모른다는 생각이 들었다. 상하기 직전의 가지무침이나 먹으며, 무조건 싸고 큰 것만 고르며 그녀의 생이 저물어갈 것이라고 생각되었다. 닭 비린내를 맡으며 닭이 익기만을 기다리며 살게 될 것만 같았다. 중요한 건 정작 싱크대에 두고 나오듯, 그렇게 살게 되리라 생각되었다. 그 느낌은 슬프지만 자명했다.(334쪽)

이 슬프지만 자명한 느낌 앞에서, L은 저 모든 'Che Vuoi?' 의 행위들이 무의미함을 받아들인 채 그것들을 반복한다. 그는 혼자서 수박씨를 뱉고 다 익지 않은 닭을 먹는다. 그리고 배가 부르자 더 이상 남편과 아이들을 궁금해하지 않게 된다. 대상에 대한 참조를 지운 채 행하는 반복을 통해 대상의 비존재를 받아들이는 일을 완수한 것이다. 그를 욕망의 공백이라는 곤경 앞에 처음 맞닥뜨리게 했던 사건, "회전관람차만 보면 주먹만 한 돌멩이가 가슴에 얹힌 듯"(328쪽)하게 했던 T와의 입맞춤 역시 더는 아무것도 아닌 것이 된다.

그날 L의 처녀막이 겨우 족구를 하다 파열됐듯 그녀의 첫사랑은 거기, 저 높은 회전관람차의 흔들리는 좁은 공간에 갇혀버렸다. L은 가끔 T가 생각났다. 그날 그녀에게 왜 그랬는지, 그 뒤로 또 왜 그녀에게 냉담해졌는지 알 수 없었다. 그러나 더 이상 그게 궁금하지는 않았다. 유원지의 흥청거리는 수많은 사람들을 보면서, 자신도 모르게 들뜬 열기 하나만으로도 이루어지는 일이 많다는 걸 알았다.(328~329쪽)

이 역시 대상 없이 행하는 반복과 함께 이루어진다. 혼자서 회전관람차를 타러 가는 것이다. 이제 L에게 회복 불가능한 상실은 더 이상 현재의 상황을 만족스럽지 못하게 하는 문제의 원인이 아니다. 찢어진 처녀막은 회복될 수 없겠지만, 처녀막이 중요한 것은 그 자신이 아니라 자신을 욕망의 대상으로 내어줄 타자를 위해서일 뿐이다. 처녀막의 손상이 마땅히 있어야 할 것의 결여가 되거나, 자신의 몸을 타자에게 제공하기 위해 그것을 타자의 욕망의 대상으로 바꾸는 변환의 의례이자 타자에게 제 몸을 맡기는 최초의 경험 따위가 되어야 할 이유는 없다. 처녀막의 (손상이 아닌) 변형과 함께 스스로의 몸을 위한 행위가 시작되는 것도 불가능하지 않듯, 회복 불가능한 상실을 근본적인 것으로 인정할 때 거기에서 무언가 다른 것이 시작될 수도 있다.

5. 실패를 향한 동일시와 충동의 윤리

낭만주의에서 불모의 현실로 이행해 온 양진채의 소설은 대상이 사라진 자리에서 다른 삶의 가능성을 찾지 못해 무기력해진 주체의 모습을 그리는 데 그치지 않고 환상을 횡단한 자리에서 무언가를 다시 시작할 가능성을 보여주는 데로 나아갔다. 무기력과 환상 횡단의 차원은 양쪽 모두 욕망의 대상이 사라진 곳에 남은 주체의 마음이 문제가 된다는 점에서 같아 보일지도 모른다. 그러나 둘 사이에는 거의 아무것도 아니면서도 분명한 차이가 있다. 「부들 사이」의 기철이나 「드라이작」의 '나'의 문제는 대상이 사라졌다는 점이 아니라 대상을 욕망하는 타자에 대한 부정적 참조를 통해 그들이 여전히 (부인된 방식으로) 대상과 관계 맺고 있다는 데 있다. 그들이 무기력해진 것은 대상을 붙잡을 수 없다는 점 때문인바, 여기에는 대상에 도달할 수 있는 주체에 대한 참조가 숨어 있다. 그들의 동일시는 상실의 회복을 통해 결여를 메우는 일, 대상을 붙잡는 일의 성공을 향하고 있는 것이다. 요컨대 그들에게는 아직 너무 많은 대상이 있다. 환상을 횡단하는 일은 대상이 사라지고 그 빈자리만 남을 때 이루어진다. 이를 통해 주체는 대상의 결여를 근본적인 조건으로 받아들이는바, 거기에 작동하는 동일시는 실패를 향한다. 그에 따라 불가능한 성공을 꿈꾸거나 그것이 불가능하다는 사실 앞에 좌절하는 것이 아니라 실패를 돌아보는 일, 나아가 조금 더 나은 실패를 시도하는 일이 가능해진다.

실패를 반복하며 조금씩 더 나은 실패를 향해 나아가는 이러한 행위는 '쾌락원칙에 반하여' 일어나는바 그 자체로 윤리적 위상을 지닌다. 이를 지젝은 '충동의 윤리'라 불렀다.* 특정한 대상을 향한 마음의 작용인 욕망과 달리 충동은 대상이 부재하는 빈자리를 향한다. 때문에 충동의 윤리는 대상을 획득하는 데 실패한 자리에서만, 그 실패의 불가피성을 온전히 수긍하는 주체에게서만 활성화될 수 있다. 욕망이 우연적으로 선택되어 근본적 결여의 자리를 대신 차지한 대상을 겨냥한다면, 이를 통해 은폐되는 근본적 결여, 대상이 치워진 뒤에 남는 텅 빈 자리 자체가 충동의 대상이다. 충동이 욕망과 가장 확연히 구분되는 점은 그 수동성(Passivity)에 있다. 빈자리를 채울 대상을 향해 움직임으로써 적극적으로(Active) 저 근본적 결여라는 사태에서 벗어나려는 마음이 욕망이라면, 충동의 주체는 이 견디기 힘든 빈자리 자체의 인력에서 벗어나지 못한 채 그것에 끌려 다니는 것이다. 이런 점에서 「부들 사이」와 「드라이작」 주인공들의 동일시가 여전히 대상을 붙

---

* 충동의 윤리에 대해서는 슬라보예 지젝, 박정수 옮김, 『그들은 자기가 하는 일을 알지 못하나이다』, 인간사랑, 2004, 509~514쪽 참조.

잡는 일의 성공을 향해 있다는 점은 그들이 아직 욕망의 수준에 머물러 있음을 뜻한다. 그와 달리 충동의 주체는 결여를 채울 대상이 궁극적으로 부재함을 확인시키는 사건에 매여 있다. 충동은 이런 트라우마를 안겨주는 사건, 곧 '사물(Thing)로서의 원인(Cause)', 언제나 제자리로 돌아오는 실재에 충실하도록 하며, 그에 대한 흩어지고 왜곡된 기억에서 떠나지 못하도록 주체를 붙드는 힘이다. 욕망의 주체가 자신이 원하는 것을 얻기 위해 행동한다면 충동의 주체는 달리 어쩔 도리가 없어 행위한다.

환상을 횡단한 자리에서 실패를 향한 동일시와 함께 활성화되는 충동의 윤리는, 주체를 실패 앞에 무기력해지는 것이 아니라 오히려 바로 그 실패로부터 동력을 얻어내며 행위하게 한다. 다시 한 번, 충동의 행위는 무언가를 표 나게 바꾸려는 적극성을 띠지 않기 때문에 무기력과 쉽사리 구분되지 않는다. 그러나 이는 그것이 흩어지고 왜곡되는 기억들을 되살려내는 데 목적을 두기 때문이다. 무기력의 주체가 저 괴로운 기억에서 빨리 벗어나기를 원한다면 충동의 주체는 그것이 흩어져 잊히지 않도록 하기 위해 온 힘을 다해 그 안에, 머무른다. 그러므로 충동의 거점이 되는 실패는 주체를 주저앉히거나 다른 것을 향해 떠나게 하는 끝이 아니라 언제나 거기서부터 무언가가 다시 시작되는 회귀의 지점, 주체가 거기 머물러 있게 하는 원지점이자 그럼으로써 저 기억이 결코 끝나지 않게 하는 무엇이다.

특히 이 책에 실린 가장 좋은 작품인 「애」는 우리에게 흩어지고 왜곡된 기억으로만 남은 사건을 건져내 다시 활성화하고 있는 탁월한 예다. 주인공 수경은 소위 '운동권' 출신의 여성으로, 운동권이기를 중도 포기하고 인터넷신문 등에 글을 실으며 나름대로 안온한 삶을 살아왔던 인물이다. 그는 운동권이던 과거를 잊은 채 살고 싶어 한다. 안온한 삶을 위해 '운동'을 중도 포기했던 데 대한 부채의식 때문이기도 하고, 과거의 활동과 연관을 갖다 보면 같은 단체에서 만났고 얼마 전먼저 죽은 남편의 이야기들과 엮이게 되어 괴롭기 때문이기도 하다. 그런 수경이 지역 민주화운동에 투신했던 인물들에 대한 열전을 쓰는 일을 맡아 떠나온 과거를 돌아봐야 하게 된 것이 소설 속의 상황이다. 부러 거리를 두고 살아왔던 과거를 적극적으로 기억하고 재구성해야 하는 처지에 놓인 셈인데, 그에 대한 수경의 심경은 양가적이다. 자신과 달리 끝까지 운동에 충실했던 이들의 이야기 앞에서 스스로가 반성되기도 하지만, 이 반성 역시 부채의식에서 나온 것이라 여전히 그 기억을 외면하고도 싶어지는 것이다. 떨치고 싶은 부채의식이 한가운데 있으니 떠올릴수록 고통스러운 기억인데, 오히려 바로 그 때문에 저 이야기들을 더욱 외면할 수 없는 마음.

특히 수경을 가장 괴롭히면서도 붙들어두는 것은 '동일방직 노조 똥물투척사건'의 주인공인 여성노동자 '그녀'이다. 그녀는 여러모로 수경과 대비되는 인물이다. 우선 출신 계층부터가 다른데, 수경이 대학생 인텔리였던 것으로 보이는 데 반해 그녀는 '내추럴 본 노동계급'이다. 그에 따라 수경이 의식적으로 '운동'을 시작했었다면 그녀는 자신의 존재 자체에 이끌려 운동으로 들어갔다. 또한 의식적으로 운동에 가담했던 수경이 줄곧 주변부에 머물렀을 뿐인 데 반해 말려들었을 뿐인 그녀는 그 한가운데 있어야 했고, 이후로도 수경이 운동을 중단함으로써 비교적 안온한 삶을 얻어낼 수 있었다면 그녀에게는 그러한 삶의 가능성이 주어져 있지 않았다. 이런 점들이 수경에게 더욱 부채의식을 안기는 동시에 그녀의 이야기에서 벗어날 수 없게 했을 것이다. 그만큼이나 대비되는 둘이 모두 여성으로서 운동에 참여한 인물들이라는 점도 수경의 부채의식을 더했겠다. 쉽지 않은 시대에 살았던 여성으로서, 더욱이 모든 면에서 자신보다 나쁜 조건에 있었던 그녀가 비의식적으로 운동에 가담한 결과가 편한 삶의 가능성을 모두 뺏어버리는 것으로 나타났으니, 그와 반대로 지속해야 했던 활동을 중단함으로써 편한 삶을 얻어낸 수경의 마음이 복잡할 수밖에.

이런 부채의식 탓에 그녀와의 대면은 수경에게 더없이 부담스러운 일이다. 때문에 그는 어떻게든 그녀와의 직접 대면을 피해보려 한다. 그러나 인터뷰를 생략하기 위해 최대한의 자료를 모으는 동안, 수경은 오히려 저 과거의 기억이 자신의 마음속에 떨칠 수 없이 새겨져 있음을 깨닫게 된다. 때문에 수경은 충분한 자료를 확보하고도 오히려 그녀를 직접 만나러 간다. 여기에서 수경에게 작용하고 있는 기억의 인력을 확인할 수 있다. 애초에는 '생활'의 필요 때문에 마지못해 받아들인 일이었지만, 점차 그 자신의 기억이 시키는 행위로서 이어가게 된 것이다. 그런 점에서 파티션에 찧어 부러진 둘째 발가락은 그를 붙들고 있는 저 기억에 대한 은유다. 활동에는 지장이 없지만 제자리로 돌아오지는 않은 발가락처럼, 저 과거는 일상에 지장을 주지도 않고 어느새 잊어버린 채 살게 되지만, 그의 삶의 방향을 이미 틀어버린 사건으로서 그의 기억속에 새겨져 있는 것이다. 이런 기억은 주체의 시간 감각까지를 비틀어버린다. 이제 그는 일상적 시간 안에 온전히 머물 수 없다. 기억이 불러온 다른 시간이 끊임없이 일상에 개입해 들어오며, 때문에 그는 일상 속에서 언제나 저 영원히 동결된 시간과 함께 살아갈 수밖에 없다.

그들의 시간은 다른 사람들의 시계와 분명 달랐다. (……) 그렇지 않고서야 그 짧은 시간이 수십 년을 지배할 수는 없는 거였다. 빛나던 시간들은 그렇게 천천히 간다. 그게 상처로 빛나든, 영광으로 빛나든 가슴에 새겨지는 시간은 그렇다.(61쪽)

이것은 일상이 영원과 맞닿는 시간이자 일상 속에 들어온 영원 자체, 이른바 '카이로스'의 시간이다. 그녀의 동일방직 노조 투쟁의 시간, 그리고 그것이 되살려낸 수경의 기억이 향하는 시간이 바로 그런 시간이다. 물론 결이 다를 수 있다. 그녀와 달리 수경은 그 시간의 자장 안에 자기 삶을 두고 살아오는 데 실패했으니까. 그때의 투쟁으로 세계를 바꿔내지 못했다는 점에서는 둘 다 실패했다고 할 수 있겠지만, 중간에 발을 빼버렸던 수경은 또 다른 의미로 한 번 더 실패한 셈이다. 이 점은 중요한데, 수경이 저 시간의 인력에 끌려 끝내 스스로 외면해왔던 곳으로 돌아갈 수밖에 없음을, 다시 말해 그녀와 같은 영웅적 인물이 아니라 우리가 동일시할 수 있는 보통 사람인 수경이 어떻게 저 영웅적 시간에 충실할 수 있는지를 알려줌으로써 우리의 윤리 감각을 건드리기 때문이다. 그녀와 수경 모두에게 영광으로 빛나고 동시에 상처로 빛나는 시간, 우리가 외면하고 살더라도 결국 우리를 떠나지 못하도록 붙들어두는 시간, 이 작품은 그런 시간의 기억을 활성화한다. 이렇게도 말해볼 수 있겠다. 소설은 위대한 영웅이 아닌 보통 사람들의 이야기라는 점에서 수경의 배가된 실패는 이 작품을 영웅서사시가 아닌 소설로 만들지만, 이 소설은 수경에게 작동하고 있는 충동의 윤리를 통해 근대소설이 포기해야 했던 영원성을 소설 장르의 형식 안에서 되살려내고 있다고.

이처럼 시간 속에 영원을 틈입시키는 충동의 윤리는 주체를 외면하고 싶은 트라우마적 기억으로부터 떠나지 못하게 하며, 그럼으로써 실패 앞에 주저앉는 것이 아니라 실패를 반복하며 조금씩 더 나은 실패로 나아가게 하는 힘이 된다. 「애」의 마지막 문단이 이를 알려준다.

다시 홍어 애를 먹을 수 있을까. 다시 먹는다면 참기름 속에 있던 굵은 소금처럼 고소하지만 껄끄러운 짜디짠 맛이 홍어 애의 비린 맛을 가려주지 않을까. 수경은 문득 그런 생각을 했다. 나무들 사이로 사라지던 반딧불이를 보며 숲으로 뛰어들던 남편을 떠올렸다. 어디까지 쫓아갔다 왔냐고 물었을 때 남편은 이마에 흐르는 땀을 닦으며 피식 웃었다. 꽁지 불이 꺼질 때까지.(63쪽)

반딧불이를 쫓던 남편과 홍어 애를 다시 먹는 일에 관한 생각, 전혀 상관없는 이 두 이야기가 같은 문단에서 함께 서술된 것은 둘 사이의 보이지 않는 공통성 때문이다. 이마에 흐르는 땀을 닦으며 피식 웃는 모습이나 "꽁지 불이 꺼질 때까지"라는 말은, 반딧불이처럼 희미한 불빛만으로도 좌절하지 않을 수 있었던 남편의 태도를 보여준다. 그러한 태도는 지금 수경에게도 이어져 있다. 도저히 먹을 수 없었던 홍어 애를 다시, 그러나 전과는 다르게 먹을 수 있으리라는 수경의 말은, 끝내 떨치지 못했던 트라우마적 기억에서 떠나지 않고 거기에 붙들려 있을 때 오히려 무언가가 다시 시작될 수 있으리라는 생각을 담고 있다. 그렇게 현재의 시간 속에서 재활성화됨으로써 그것은, 전과는 다른 방식으로, 반복될 수 있다. 실제로 확보된 자료를 통해 적당히 봉합해버리지 않는, 그리하여 저 과거의 기억을 다시 활성화할 수경의 글쓰기가 시작되고 있다.

6. 양진채의 충동, 인천의 기억

낭만주의에서 출발했던 양진채의 소설은 불모의 현실 앞에서의 무기력을 거쳐 충동의 윤리를 그리는 데까지 나아왔다. 이제 그 과정을 말하는 동안 하지 못했던 이야기를 덧붙이며 글을 마칠까 한다. 이 책에 실린 여러 작품들은 저 충동의 윤리를 그려 보여주고 있을 뿐 아니라 그 자체가 양진채 자신의 충동에 의해 쓰인 것들이기도 하다. 한데 그가 어쩔 수 없이 수행한 글쓰기의 중심에 있는 것은 자신의 거주지인 인천의 기억들이다. 때문에 이 책에는 인천의 여러 장소들에 담긴 이야기가 여기저기 흩뿌려져 있다. 이미 인천 근대사의 중요한 장면 중 하나인 동일방직 노조 똥물투척사건의 기억에 붙들린 「애」를 살펴보았거니와 그 밖에도 「북쪽 별을 찾아서」(북성포구, 긴담모퉁이), 「플러싱의 숨쉬는 돌」(북성포구), 「부들 사이」(수문통), 「검은 설탕의 시간」(인천 내항), 「마중」(자유공원), 「허니문 카」(송도유원지) 등 이 책에 실린 많은 작품들이 담은 이야기가 인천의 여러 장소들 위에서 펼쳐지고 있다. 그중 어느 곳도 단순한 배경에 그치지 않아서, 하나하나의 장소가 지닌 고유한 기억들이 각각의 이야기들에 깊이 개입하고 있다. 이 책을 쓴 것이 인천의 기억 자체라고 해도 좋을 정도다. 요컨대 양진채는 그 자신의 충동이 시키는 바에 따라 인천의 여러 장소들로부터 우리에게 잊힌 기억들을 건져내 다시 활성화하는 글쓰기에 나서고 있는 것이다.*

---

* 이 책에 실린 다소간 아쉬운 작품이 있다면 「참치의 깊이」일 텐데, 이 작품이 인천의 지역성과도, 흩어진 기억 주위를 맴도는 충동과도 무관한 것은 우연이 아니다. 이 작품이 다른 작품들에 비해 밀도가 떨어지게 된 요인은 여성을 불길하고 불가해한 존재로 신비화하는 동시에 타자화하는 이른바 '팜므 파탈' 서사의 전형적인 공식이 이야기의 중심을 형성하고 있다는 점인데, 이는 인천의 기억 주위를 맴도는 충동이 작품에 관여하지 않기 때문이다. 도무지 알 수 없는 이유로 주인공을 유혹하고 갑자기 떠나기를 반복하는 스테레오타입화된 여성 인물 환희의 행동은 다른 작품들의 글쓰기를 작동시킨 인천의 기억과 그 주위를 맴도는 충동 대신 이야기를 이끌어갈 것으로서 필요했던 것이다.

이런 점에서 이 책은 인천의 '로컬리티'를 담은 좋은 지역 문학의 예로 꼽히기에 손색이 없다. 다만 이 책이 좋은 지역문학일 수 있다면, 이는 이 책이 단순히 지역문학일 뿐이지 않기 때문임을 강조하고 싶다. 보통 지역문학이나 로컬리티 같은 용어를 대할 때 떠오르는 것은 수도를 중심으로 통합된 단일한 단위로서의 국가에 포섭되지 않은 고유한 영역으로서의 지방의 특수성일 것이다. 하지만 그러한 특수성 자체만으로는 아무런 반성적 사유도 전복적 상상도 일으킬 수 없다. 때문에 좋은 지역문학이 되려면 지방의 특수성을 잘 간직하고 있으면서도 그 지방의 범위를 넘어서 확장될 수 있는 보편성을 함께 지니고 있어야 한다. 지방의 이야기이자, 동시에 국가와 같은, 지방을 넘어서면서도 이를 감싸고 있는 더 큰 단위 영역의 이야기이기도 할 때라야 비로소 좋은 지역문학일 수 있다. 양진채의 소설이 바로 그렇다. 양진채의 소설은 자주 인천 안에 있는 장소들이나 인천에서 살아온 사람들에게 새겨진 공통된 기억, 또 때로는 이미 잊혀져버린 장소나 인물, 사건 등에 초점을 맞추고 있다. 동시에 그것은 그러한 이야기들이 어떻게 인천 안에서만이 아니라 한국 사회와 역사 안에서도 중요하게 기억되어야 하는지, 우리가 그것들을 기억한다는 것이 어떻게 우리 삶의 방향을 바꾸어놓을 수 있을지를 새삼 생각하게 만든다. 양진채의 소설이 좋은 지역문학일 수 있다면 바로 이런 이유 때문이다. 그리고 그런 일이 가능했던 것은 이 책의 글쓰기가 다름 아닌 충동의 윤리에 의해 수행됨으로써 양진채 자신의 거주지인 인천의 흩어진 기억들을 되살리는 데 바쳐졌기 때문이다. 그리하여 이 책에 실린 인천의 여러 장소들에 담긴 기억들은 이제 우리를 떠나지 못하도록 붙잡는 원지점이자 언제나 그로부터 이야기가 다시 시작되는 회귀의 지점이 되었다.

    소설을 쓰는 동안 버텼는데 소설을 읽는 동안 마음이 무너져 오랫동안 '작가의 말'을 쓸 수 없었다.

    자주 '아득하다'라는 말을 떠올린다.

    누군가 '쩬 배에 소금 뿌리기'라고 했던 말도 떠올린다.

    건너야 할 마음들이 온통 주춤거리며 건너지 못하고 있다.

    다음 소설집을 펴낼 때는 '명랑'이라는 한없이 가볍고 발랄한 단어를 떠올릴 수 있었으면 좋겠다.

2019년 9월

양진채

수록 작품 발표 지면

북쪽 별을 찾아서 _「대산문화」 2018년 여름호

애 _「문학의오늘」 2019년 봄호

마중 _「숨어버린 사람들」 세월호 추모 문학 12인 공동 소설집 2017년 예옥

부들 사이 _「황해문화」 2018년 봄호

플러싱의 숨 쉬는 돌 _「선택」 5인 중편 소설집 2015년 강

베이비오일 _「1995」 8인 테마 소설집 2017년 강

검은 설탕의 시간 _「문학나무」 2013년 여름호

참치의 깊이 _「문학무크소설」 2017년 창간호

드라이작 클래식 200mm _「일곱 편의 연애편지」 2014년 도요문학무크5

허니문 카 _「아라문학」 2013년 겨울호

검은 설탕의 시간

© 양진채

1판 1쇄 발행	2019년 9월 20일
1판 2쇄 발행	2020년 8월 31일

지은이	양진채
펴낸이	정홍수
편집	김현숙 이진선
펴낸곳	(주)도서출판 강
출판등록	2000년 8월 9일(제2000-185호)

주소	서울시 마포구 동교로 17안길 21(우 04002)
전화	02-325-9566
팩시밀리	02-325-8486
전자우편	gangpub@hanmail.net

값 15,000원
ISBN 978-89-8218-243-3   03810

이 도서의 국립중앙도서관 출판예정도서목록(CIP)은 서지정보유통지원시스템 홈페이지
(http://seoji.nl.go.kr)와 국가자료종합목록 구축시스템(http://kolis-net.nl.go.kr)에서 이용하실 수
있습니다. (CIP제어번호 : CIP2019032612)

• 이 도서는 아르코문학창작기금 지원사업에 선정되어 발간된 작품입니다.
• 잘못 만들어진 책은 구입처에서 교환해드립니다.